ハヤカワ文庫 JA
〈JA993〉

機龍警察

月村了衛

早川書房
6644

機龍警察

0

〈警視庁より深川《ふかがわ》1〉

「深川1、どうぞ」

〈一一〇番受理番号6282、第七方面猿江《さるえ》一丁目近くの路上より携帯電話にて入電、同二十九番山大《やまだい》工業建造物内に不審な外国人複数が潜伏中との目撃通報あり。いずれもアジア系、人着《にんちゃく》不明。銃器を所持している模様。現場《げんじょう》に向かい事態を把握せよ〉

「深川1了解、現場に向かいます」

助手席の巡査部長がマイクに向かって応答するより早く、若い巡査はハンドルを切っていた。

午前八時十七分。初秋の朝は概ね爽やかなものだが、その日は前日からの曇天で重い湿気が残っていた。

深川1は警視庁深川署所属のパトカーである。警視庁地域部通信指令本部は、位置自動報告装置で巡回中の全パトカーの位置をリアルタイムで把握している。これにより、指令センターは所轄署へ連絡すると同時に、現場に最も近い位置にあるパトカーに指令を出す。

「多いらしいですね、最近は」

信号が変わる寸前に交差点を強引に左折して、新人らしい若い巡査が助手席の同乗者に言った。

「迷惑な話だよなあ」

年嵩《としかさ》の巡査部長は嘆息するように、

「民族闘争かマフィアの縄張り争いか知らんが、やるんなら自分の国でやれってんだよなあ。他人の国にわざわざ不法入国してまでよ」

微かに混じる偏見のニュアンス。

「まだ決まったわけじゃ……見間違いか勘違いってことも」

「だといいんだけどさ。銃器を所持って言ってただろ。そんな手合いは大概どっちかなんだよ。あと強盗《タタキ》の相談か」

四分後、パトカーは指示された地点に到着した。

取り壊しを待つ古いアパートや住宅の密集する路地の奥に、ひっそりと佇《たたず》む赤茶けた鉄工場。敷地を囲む門の鉄柵は固く閉ざされ、不法投棄されたゴミの山が見える。

操業している気配はまるでない。かなり以前に廃業したものらしい。

赤錆びた門前に停車したパトカーの車内で、巡査部長はマイクを取り上げ、腕時計を見ながら報告する。

「深川1、八時二十一分現着《げんちゃく》。外観に不審は認められず。内部の確認に向かいます」

シートベルトを外しながら、若い巡査が不安そうに言う。

「銃器って、どんなの持ってんでしょうかね」

「さあ、またトカレフかノリンコってとこじゃないか……なんだおまえ、ビビってんの？」

「ええ、ちょっと……」

「落ち着いて深呼吸でもしろ。心配すんな、すぐに慣れるって。まずは状況の確認。それから応援を待つ。マニュアル通りだよ」

巡査部長が備え付けの懐中電灯に手を伸ばしたその時、金属がぶつかる凄まじい音がした。

二人は反射的に前方の建物を見る。

鉄工場のシャッターを引き裂いて、黄褐色の巨大な影が現われた。

腰を屈めた格好で出てきた〈それ〉は、ゆっくりと脚部関節を伸ばし、外気を吸い込むように立ち上がる。温度を感じるはずのない鋼鉄の巨人が、初秋の朝の肌寒さに震えたように全身を軽く揺さぶる。

「……キモノだ」

巡査部長が呆然と呟く。

人体を模して設計された全高3・5メートル以上に及ぶ二足歩行型軍用有人兵器『機甲兵装』。

キモノとは着物、すなわち［着用する得物］から来た警察特有の隠語で、機甲兵装全般を指す。

廃工場の前に佇立《ちょりつ》した機甲兵装の頭部が回転し、パトカーを捉える。

その背後から続けて二体。いずれも同型の機体がのそりと現われた。

先頭の一機が猛然とパトカーに向かって突っ込んで来る。

我に返った二人の警官は慌てて車外へ飛び出そうとする。巡査部長はすぐにシートベルトを外しにかかったが、間に合わなかった。

鉄柵を蹴破った機甲兵装は、そのままの勢いでパトカーを踏み潰した。

車体の屋根が紙のようにひしゃげ、フロントガラスが一瞬で砕け散る。巡査部長は車体に挟まれたまま圧死した。辛うじて外へ転がり出た巡査は、歩道に倒れたまま意識を失った。彼の左足は大腿部の付け根から消滅していた。


わずかに遅れて到着した深川署の署員は、先着のパトカーを踏み潰して逃走する三機の機甲兵装を目撃し、驚愕に声を失った。

警視庁警備部に第一報が入ったのはその六分後である。

［午前八時十七分、銃を所持した不審な外国人を目撃したとの一一〇番通報があり、付近を巡回中であった深川署のＰＣ《ピーシー》（パトカー）が急行したところ、アジア系外国人と見られる被疑者三名は隠匿していた第二種機甲兵装に搭乗して逃走。その際にＰＣ乗員一名が即死。一

名が重傷で病院へ搬送中。三機は現在も逃走中。住民及び通行人に相当数の死傷者が出ている模様」

一報を最初に受けた当直職員は緊張に身を強張らせた。

警察官の殉職。一般市民の死傷者多数――

その段階ですでに容易ならざる事態であった。

自宅で出勤の準備をしていた酒田警備部長は、緊急連絡を受け、即座にSAT《サット》（特殊急襲部隊）出動の断を下した。そして佐野警備部次長に連絡し、現場に直行して統括指揮を執るよう命じた。

パトカーに追われた三機の機甲兵装は、猿江から千石《せんごく》にかけて江東区《こうとう》を滅茶苦茶に走り回った。

大門通りを歩いていた人々は、脇道から不意に躍り出た巨人に驚いて振り返った。不運にも正面に居合わせた老婦人は、棒立ちのまま蹴り飛ばされ、肉塊となって四散した。走行中だった乗用車やトラックが一斉に急ブレーキを踏み、次々と衝突を引き起こす。その大惨事を顧みることなく、三機は方向を変え、悲鳴を上げて逃げ惑う人々を蹴散らすように走り出した。車道を逆走する三機の巨体に、走行中の車は大混乱をきたし、被害は連鎖的に拡大した。

近隣の警察署は言うに及ばず、警視庁自《じ》ら隊（自動車警ら隊）のパトカーも現場に急行する。夥《おびただ》しい数のパトカーが三機を追い、集結した警察車輌が主要道路を封鎖していく。

扇橋の交差点角に立地するコンビニ店内では、その日の朝も数人の客が出勤や登校前の慌ただしい買物の最中であった。

入口脇のコピー機で、ノートのコピーに余念のない女子中学生二人。口臭スプレーとウェットティッシュを選んでいる独り者らしい会社員。雑誌コーナーに並べられた漫画週刊誌を手に取っている中年の会社員。買い忘れた調味料の瓶をカゴに入れている主婦。その他にも同様の客が三、四人。アルバイトの店員が二名。レジ横で湯気を立てるおでんを注文している者はさすがにいない。

ガラスの外は重苦しい曇天だったが、それでも店内には朝のコンビニ特有の活気があった。

「……ちょっと、どこコピーしてんの?」「えっ、このページじゃないの?」「違うって! もう、ちゃんと言ったじゃない。聞いてなかったの」「えーっ、早く教えて、早く!」

友人同士らしい二人の中学生の声が、朝の店内では一際かしましい。

遠方から近付いてくるパトカーのサイレンに、店内にいた客と店員は同時に顔を上げた。パトカーのサイレンなど珍しくもない。普段なら振り向きもしないところだが、彼らが不審に思ったのは、工事の杭打ち機のような音も一緒に接近していることだった。

杭打ち機にしては間隔があまりに短い。しかもそれは、急速に高く大きくなって近付いて来る。聞いたこともない、まるで人の足音のようなストロークで強烈にアスファルトを叩く音。それに合わせて、店内が振動に揺れる。外では何事か大声で騒ぐ人の声も。

「……なんなの？」

コピーを取っていた二人の女子中学生が、外の様子を見ようと爪先立ちで伸び上がった時
——

朝の白い光を遮るように突然ガラスが黒く覆われ、爆発したように砕け散った。


逃走する三機のうち一機が扇橋の交差点を曲がり切れず、バランスを崩した。角のコンビニに激突した機体はそのままガラスを突き破って店内に倒れ込んだ。買物中だった会社員一名と主婦一名、それに女子中学生二名は、何が起こったのか知ることもなく即死した。

店内に散乱する商品やガラス、建材の破片。そして、ほんの数瞬前まで人体の部品であったものの残骸。

商品の陳列棚を下敷きにして倒れた機甲兵装は、大した損傷もなく立ち上がり、先行の二機を追って平然と逃走を再開した。

その正面に現われたパトカーに向けて、先頭の機甲兵装が左のマニピュレーターを上げる。重い轟音と共に炎が閃き、パトカーのボンネットが弾け飛んだ。車体が瞬時に引き千切られ、大破する。

重機関銃による銃撃であった。

三機はいずれもマニピュレーターに専用アダプターを接続して重火器を装備していた。走

行しながら発砲する三機によって、さらにパトカー四台が被弾、追跡不能に陥った。

およそ十五分に亘《わた》って扇橋《おうぎばし》、石島《いしじま》界隈を迷走した三機は、八時三十八分、四ツ目通りに飛び出した。前方の南側は機動隊の大型車輛数台によって厳重に封鎖されている。反対方向からはパトカーの群れ。脇道も封鎖が完了しつつある。

行き場を失った三機は、当惑したように立ち止まる。

現場にいた殆《ほとん》どの警察官が、暴走軍用機の捕獲を確信した。

——が、次の瞬間。

三機は通りの東側を幅40メートルに亘って覆っていた高さ5メートルにも及ぶ鋼板製の工事用防護壁を蹴破り、その内側に黒々と口を開けていた深い孔へと次々に身を躍らせた。

地下鉄工事のための縦穴であった。仮称有楽町新線。三機はその工事現場からトンネル内へと逃げ込んだ。

豊洲《とよす》から住吉《すみよし》に向かって掘り進められていた有楽町新線は千石駅まで完成しており、二か月前から部分開業していた。つまり千石駅は現時点での有楽町新線の終点駅である。折から朝の通勤時間帯であり、凶悪な軍用機に乗った被疑者はホームに停車していた地下鉄の運転席を破壊して運転手を殺害、乗客全員を人質に取って駅構内に立て籠もった。

八時四十一分のことである。

一本の一一〇番通報は、軍用兵器による最悪の立て籠もり事案へと発展した。

1

午前十時五十二分。地下鉄有楽町新線千石駅周辺は戦場の様相を呈していた。

千石二丁目交差点に二つある駅昇降口周辺のみならず、駅を中心として半径500メートルは完全に封鎖された。四ツ目通りは東陽六丁目交差点から扇橋二丁目交差点にかけて全面通行止め。動員された警官隊と機動隊員が黄色いテープの前で押し寄せたマスコミや野次馬と揉み合っている。

「押さないで、押さないで下さい！」「避難命令が出てるんです！」「こっちには報道の義務が！」「写真だけでも！」「下がれ馬鹿野郎！」「いいから撮れ！　早く！」「おい押すな！」「危険だと言ってるんだ！」

その間にも深川署のパトカーが住民の誘導に躍起になっていた。《こちらは深川警察署です。この地域に避難命令が出ています。住民の皆さんは、警察、消防、区役所の指示に従って速やかに避難して下さい。繰り返します。こちらは深川警察署です……》

避難を呼び掛けるスピーカーの大音量も、上空で飛び交う報道各社のヘリの爆音にかき消されそうだ。

封鎖された道路に集結したパトカーと大型の警察車輛。整列した警官隊と無秩序に走り回る捜査員。飛び交う怒号は命令なのか叱咤《しった》なのか。止むことのないサイレンと悲鳴。意味不明のノイズとしか思えない警察無線。騒乱の渦中へなおも続々と到着する警察車輛が事態の緊迫を伝えている。

事件発生からすでに二時間三十一分が経過していた。しかし被疑者の身許《みもと》、人質の人数はおろか、正確な被害者数さえ警察は未だ把握できずにいる。疾走する機甲兵装の脚部に粉砕された死体は損傷著しく、身許の特定すら容易ではない。意識不明の重傷者を含めた負傷者は数知れず、中には登校中の小学生や幼稚園児も含まれている。最寄りの救急病院はいずれも泣き叫ぶ親族と押し寄せたマスコミで溢れ返った。

「状況説明を願います」

ＳＡＴ現場指揮車の前で顔を突き合わせていた広重隊長と佐野警備部次長らが、その声に振り返った。

警察関係者にしては瀟洒《しようしや》に過ぎる濃紺のスーツを着た男が、警官の波を掻き分けるように足早に歩み寄ってくる。歳は四十前後か。背後には部下らしき男を二名従えている。

「沖津特捜部長か」

佐野が舌打ちすると同時に、いかつい顔の広重が吠えていた。

「誰があんたらを呼んだ」

「呼ばれなくても必要があれば出動する」

「もうSATが来てるんだ、必要はない」

「必要の有無は君が判断することじゃない」

「なんだと」

洒落たデザインの眼鏡を押さえながら泰然と受け流す沖津に、広重が色をなした。周囲を取り巻くSATの隊員達も血相を変えて沖津と二人の部下を睨み付けている。

「帰れ！」隊員達の間から声が上がった。「現場泥棒が！」

全員の目がその声に同調している。

一見線の細い外見でありながら、沖津はこれだけ大勢の敵意を真っ向から受け止めて動じるどころか小揺るぎもしない。

彼の部下もまた上司と同じく平然としていた。一人は興味深そうな笑みさえ浮かべている。

二人の部下——警察関係者らしいが、それにしても異様な顔触れだった。沖津も長身だが、二人はさらに高い。１９０近いだろう。年齢は二人とも三十代前半といったところだが、一人は無造作に後ろへ流した髪が殆《ほとん》ど白髪と化している。もう一人は日本人でさえない。彫りの深い鋭角的な顔立ちをした金髪《ブロンド》の白人である。

薄い笑みを浮かべているのは白髪頭の方で、金髪の方は無表情に徹している。

ブルゾンジャケットをラフに引っ掛けた白髪の男に対し、金髪の方はチャコールグレイのスーツを端正に着こなして外見に隙がない。その隙のなさがかえって頑《かたく》なな内面を感じさせる。

人を喰ったような薄笑いと、氷のように冷ややかな無表情。タイプはまるで異なるが、周囲からは傲岸にも不遜にも見えるという点で一致している。

もう一つの一致点——凶悪犯罪の現場という殺気だった場にあって、明らかに異質な存在感。

特に白髪の男の態度が示す余裕の気配は、興奮状態にある警官の集団に囲まれてなお周囲を圧している。

「外注のクセしやがって」

「素人はオペレーションの邪魔だ」

警官達の罵倒は止まない。人質救出どころか、一触即発とさえ言える内輪の異様な緊迫であった。

金髪の白人は醒めた目で受け流しているが、同僚の白髪頭の男があけすけに訊いてきた。

「こっちの〈業界〉のことははっきり言って専門外だが……警察ってのはみんなこうなのか？　それとも日本の警察が特別なのかね？」

白人は無言のまま返答しなかったが、周囲の隊員達は激昂した。

「ゴロツキが、テロを食い物にしやがって」

「警察にはＳＡＴがあるんだ」

「貴様らなんか警察官じゃない」

白髪頭は男臭い無精髭を撫でながら肩をすくめ、

「その通り、本業は警察官じゃないが、生憎《あいにく》と今は警察に雇われてる身でね」

隊員達がさらにいきり立つ。

「なんだ、その言い草は！」

「警察に下請けはいらん！」

「そう言われてもなあ……こっちも仕事なんでね。文句があるなら警察法を改正した政府に言ってくれ」

あくまでとぼけた口調の同僚に向かって、白人の男が初めて口を開いた。

「やめておけ」

日本語だった。

彼の素っ気ない忠告はしかし遅きに失した。挑発とも取れる白髪の男の態度に、広重隊長は陽に焼けた赤銅色の顔をどす黒く染めて部下達に怒鳴った。

「こいつらを追い返せ」

殺気だった隊員達が一斉に沖津らに詰め寄ってくる。反射的に二人の部下が歩み出て上司を守るように隊員達の前に立ちふさがる。白髪頭の男も金髪の白人も、精鋭揃いのＳＡＴ隊員に怯みもしない。

双方睨み合ったまま一歩も引かない。

「いいかげんにしろ」

佐野がさすがに制止した。

沖津の階級は警視長である。重大事件の興奮の渦中にあるとはいえ、警視の広重やその部下の隊員達が罵倒していい相手ではない。いや、警察という組織を考えれば「あり得ない」とさえ言える状況である。にも拘わらず、一般警官を含めた周囲にはなぜかそれを当然とする空気があった。

一方の沖津は冷静な態度を保ったまま改めて言った。

「状況をお願いします、佐野次長」

そこへ、警視庁のジャンパー姿の係員が走ってきて佐野に報告した。

「回線の接続、すべて完了しました。指揮車のモニターに監視カメラの映像が来ています」

「よし」

頷《うなず》いた佐野は沖津を振り返り、指揮車を顎で示した。

「君達も入れ」

先頭に立つ佐野に従い、広重とSAT各班の班長達が指揮車に乗り込む。沖津と部下もその後に続いた。

沖津達三人の背中に向けて、外に残った隊員の誰かがまた罵声を浴びせた。「戦争屋が！」

指揮車内で沖津は改めて名乗った。

「特捜部SIPDの沖津です」

警視庁特捜部。ありそうな部署名だが、警視庁に刑事部はあっても〈特捜部〉なるセクションはない。いや、ないはずだった。警察関係者は一様に侮蔑の色を浮かべている。

沖津は続けて背後の二人を紹介した。

「姿俊之《すがた》警部、それにユーリ・オズノフ警部です」

広重が聞こえよがしに、

「外注の雇われが警部殿かよ」

佐野に睨まれて広重がそっぽを向く。

咳払いをしてから、佐野が一同を見渡す。腹の突き出た鈍重そうな外見に似ず、佐野はその行動力で知られている。

「被疑者《マルヒ》の使用する第二種機甲兵装は『ゴブリン』の密造コピーである『ホッブゴブリン』と特定された。近年アジア系犯罪者の間で取引が急増している機種だ」

佐野が指揮車内に設置されたモニターのうち、一番から三番までの三つの画面を指差した。

「これを見てくれ」

そこには駅構内に乱入してきた機甲兵装と、驚いて逃げ惑う乗客達の映像がそれぞれ違う角度から映し出されていた。音声はない。

「千石駅のホームには安全確認のため三台のカメラが設置されていた。一番に映っているのがホームの北端、つまり住吉側の一台。三番に映っているのがその反対、南端の東陽町側。二番が中央の階段付近の映像。千石駅ホームは一面二線の島式で、両側が線路に接している。

改札への通路はこの中央階段しかない……巻き戻してくれ」

佐野の指示で係員が機器を操作する。

平穏な朝の駅構内。プラットホームに佇《たたず》む会社員や学生らしき男女。片側のホームに入ってくる四両編成の地下鉄。腰丈のホームドア、続いて車輛ドアが開いて数十人の客が降り、入れ替わりに待っていた客が乗り込む。下車した客は、みな足早に中央の階段へと向かう。階段の左右の端にはそれぞれ上りと下りのエスカレーターが一基ずつ。巨大な軍用兵器が突如右端一番のモニター画面に現われる。ホームを歩いていた乗客は呆然として足を止める。画面右下の時刻表示は八時四十分。構内侵入直後のものであることを示している。侵入したホッブゴブリンは停止している列車とは反対側の線路を疾走する。その巨体は右端一番のモニターから真ん中二番のモニターへ、そして東陽町側を映す左端三番のモニターへ。運転席の真横まで直行したホッブゴブリンは、アダプターで右腕部マニピュレーターに把持した大口径の機関銃をホームドア越しに運転席に向けて発射する。状況を確認しようと窓から上半身を突き出した運転手の全身が列車のドアごと一瞬で破砕されるのを、三番のカメラは鮮明に捉えていた。

「89式か。中国軍のヘヴィー・マシンガンだ」

姿警部が呟く。

佐野は沈痛な面持ちで、

「有楽町新線はワンマンで運行している。それが仇《あだ》になったと東京メトロの管区長が悔しがっていた」

発砲をきっかけにプラットホームと車内に残っていた乗客達が中央の階段へと殺到する。だが続いて侵入してきた二機目が乱射する89式――QJZ八九式机槍《きそう》のため、殆どの客は車内に逆戻りを余儀なくされる。大型の重機関銃も機甲兵装の手にあるとまるで玩具のように見えるが、その威力に変わりはない。ホームに穿《うが》たれる弾痕の嵐。砕け散る列車の窓。車内の乗客はホームドアのある側に身を寄せて必死に縮こまる。階段を駆け上がって逃れることができたのはわずか数人。二機目はそのまま階段手前で停止する。最後に侵入してきた三機目はホーム北端に陣取って動かない。一機目もホーム南端で停止したまま射撃体勢を取っている。

「先頭、中央、後尾と押さえたわけか」

いまいましげに呻《うめ》いた広重に、指揮班長の一人が指摘する。

「この二機目、こいつがここで頑張ってる限り、階段からの突入は難しいですね」

線路上に停止していた二機目の胴体部両サイドのロックが外れた。胸部ハッチがガクンと開き、コクピットが開放される。

「おい、見ろ」別の班長が一番モニターを指差して思わず声を上げる。「出てくるぞ」

シートから立ち上がり、ホームに飛び降りた犯人は、黒い目出し帽を被っていた。モニターを注視していた一同の間から落胆の吐息が漏れる。リアルタイムのものではないが、なにしろ広重隊長以下、SATの全員が初めて見る映像である。

開いたままになっているドアから車内に乗り込んだ男は、拳銃を手に何事か喚いている。車内の乗客が皆床にうずくまる。

「トカレフのようだな」

画面の粒子の粗さにも拘わらず、姿がまた呟く。

ユーリは一切の無駄口を叩かず、じっと画面を見つめている。アイスブルーの目が鋭さを増す。何物をも見逃すまいとする猟犬の眼光。

画面の中の男は一番近くにいた中年女性のバッグをひったくり、中身をぶちまけて空になったバッグを手に車内を徘徊する。そして突然立ち止まって一人の乗客の頭にトカレフを突き付け、バッグを差し出す。銃で脅された乗客は慌てて手にしていた携帯電話を犯人のバッグに投げ込む。次の瞬間、男は相手の頭部に発砲した。

無音の画面から発砲音と乗客全員の悲鳴が聞こえてくるようだった。

乗客は男が差し出すバッグに次々と携帯を投げ入れる。男は順番に各車輌を回り、銃で脅しながら乗客の携帯を取り上げて行く。

「この時点まで、携帯で外部と連絡を取っていた乗客も少なからずおり、さらには動画を撮影して送信する者もいた。マル被はそれを察して乗客の携帯を取り上げたのだ。現在それらの情報を出来得る限り回収させている」

三両目の車輌に乗っていた会社員らしき男性が二人、思い切って飛び出し階段へと走る。それに気付いた一機目と三機目のホッブゴブリンが89式を掃射、二人は階段に辿り着く前に肉塊と化してホームに転がる。

「車輛ドアとホームドアは連動していて、運転席から開閉するシステムだそうだ。運転席を破壊されたために、すべてのドアが開いたままとなっている。ホームドアとは可動式ホーム柵のことで、高さ1・3メートル、千石駅のホームと線路の境に隙間なく設置されている」

二機は他の乗客を威嚇するようにそのまま89式を天井に向けて乱射。一番、次いで三番のモニター映像がプツリと途切れた。

「ホーム両端の映像はここまでだ」

佐野が悔しげに言う。

「この乱射で一番と三番のカメラが破壊された。だが幸いにも二番のカメラは生きている」

その言葉の通り、二番のモニター映像には、右端に二機目のホップゴブリン、左端に車輛の一部が依然として映し出されている。乗客の携帯で膨れ上がった二個のバッグを持った目出し帽の男が自機に駆け戻って行く。バッグを線路に放り投げ、機甲兵装のコクピットに飛び移る。再び閉じられるハッチ。

「二番のカメラは階段の上に設置されていて、線路上のホップゴブリンからは死角に当たる。ホームからでも階段を上って行かない限り見えないそうだ。そのため被弾を免《まぬが》れた。以上が立て籠もり発生時のリアルタイム映像だ。この後さらに負傷者が出ているかどうか、現在の車内の様子は不明。人質となった乗客の正確な人数も依然把握できていないが、カメラに映っていた範囲から推測しておよそ百二十人。家族や職場からの問い合わせなどを元に人質の特定を急がせている。マル被への呼び掛け、説得は続けているが反応はなし。マル被側からの要求が未だ何もないというのも……」

佐野が話している途中で、指揮車のドアが開いた。

「失礼します」

長身をかがめるようにして入ってきたのは、外国人の女性だった。

白人。砂色に近いブロンド。グリーンの瞳。着古した革ジャンにデニム。そして、若い。

女は沖津に向かって報告した。

「遅くなって申しわけありません。『バンシー』三号装備の点検時に不具合が見つかりました」

「そうか。で、『バンシー』は使えるのか」

「幸い応急処置で復旧、鈴石主任によれば作戦行動に支障はないとのことです」

素っ気ない口調。イントネーションは多少おかしいものの、立派な日本語だった。

沖津が一同に紹介する。

「ライザ・ラードナー警部。テロ対策のスペシャリストです」

「テロのスペシャリストだと。この女がか」

広重の嘲笑に、沖津はなぜか重々しく頷いた。

「ラードナー警部ほどテロを熟知している人間はそうはいない。世界中の特殊部隊を探してもね」

一同は改めて女を見る。二十代後半だろうか。ノーメイクにも拘わらず、人の目を惹きつける顔立ちとプロポーション。しかし、彼女の全身を包むこの陰鬱な気配はなんだろう。名状し難い翳《かげ》りのようなものが美貌を打ち消すほどに覆っていて、美しいというよりむしろ不吉な印象のみを与える。豊かな砂色の髪さえも、心なしかプラチナブロンドが秋霜の末に褪色したもののように見えた。

「そのスペシャリスト様が肝心の時には遅刻か」

「我々の〈特殊装備〉は運用に最大限の注意を要するものでね。情報は徹底して共有するから問題はない」

沖津の態度はあくまで淡々として微塵も崩れない。

「次長!」

我慢の限界に達したのか、広重が佐野に詰め寄った。

「マル被の三人は密輸のホッブゴブリンででかいヤマを狙ってたんでしょう。武装強盗か、敵対組織への殴り込みか、おそらくそんなところだと思われます。それが通報されて逃げ回った挙句、地下鉄に立て籠もった。我々はこうした状況下での実戦を十分に経験しています。この段階で外部のアドバイスを入れることは現場に無用の混乱を生じさせる恐れがあると本職は考えます」

特捜部をあえて〈外部〉と呼んだ。広重は機動隊出身の叩き上げで、人生の大半をSATの強化育成に捧げてきたような男である。それだけに警察内部の異物に対する反感は大きい。

「こいつらを単なる強盗と決めつけるのはどうかな」

　姿警部だった。

「素人にしては最初に運転席を叩いたあたり手際が良すぎる。突入に備えた戦力の配置もな」

　姿の指摘に広重が応じる。

「誰もただの素人とは言ってない。大方兵隊崩れだろう。キモノを扱えるマル被ならそれくらいの頭は持っててもおかしくない」

　沖津がフォローするように、

「姿警部は言わばウチの軍事顧問でもある。ＳＩＰＤは彼の意見に対しても報酬を払っている」

「聞いてますよ。随分と高い報酬だそうですね。部長殿は我々の給料がいくらかご存じですか。同じ命を懸けてこれじゃあ誰だってやりきれない。しかし我々はＳＡＴとしての仕事に誇りを持っているからこそ……」

「俺はフリーランスの傭兵だ。もっとも最近じゃ民間警備要員と呼ぶのが流行《はやり》だがね。フリーでやってる以上は自分のキャリアに見合った契約をする。今はクライアントが警視庁だというだけだ。公務員とギャラが違うのは当然だろう」

　姿の言い様は広重の反感をさらに煽《あお》った。

「金の話をしてるんじゃない！」

「そうかな、俺には金の話にしか聞こえなかった」

「ふざけるな！」

「怒るなよ。大事だぜ、金の話は」

「貴様！」

「やめんか！」

佐野が怒鳴った。これ以上内輪で醜態を晒《さら》すわけにはいかない。

「沖津部長以外はみんな外してくれ」

指揮車内から人を追い払うと、佐野は即座に切り出した。

「突入はSATにやらせる」

「待って下さい」

「警察官が死んでるんだ。警察自身の手でカタを付けねば現場は到底収まらん」

「我々も警察です」

「金で雇った傭兵を同じ身内と考える警察官などいるものか。さっきの白髪の男、あいつの言い草はなんだ」

「姿警部はプロフェッショナルであることに過度のプライドを持っているだけです。あっちの業界では一流の人材ですよ。彼を獲得するのにどれだけ苦労したことか」

「〈あれ〉の搭乗員は機動隊から選抜すればよかったんだ。一般警察官でもいい。少なくとも傭兵よりはマシだ」

「それができなかった理由は佐野さん、あなたもよくご存じのはずじゃないですか」

「……………」

佐野が一瞬言葉に詰まる。固く結ばれた口許に苦渋の色が見て取れた。そして呻くように、

「他に手はなかった。別の選択肢さえあれば……〈あれ〉は途方もなく厄介な……そうでなければ、俺も君の支持などせん」

「感謝しています。次長はあの時、少なくとも事態の意味を理解して下さった」

「当たり前だ。俺は警察官として……！」

何かを言いかけた佐野は、不意に言葉を切った。柄にもなく内面を吐露しかけた自分を押さえるように口調を変え、

「なあ沖津、この前の八王子《はちおうじ》の件でＳＡＴは君らに面子《メンツ》を潰されたと思ってる。今回は奴らの顔を立ててやれ」

「人命がかかってるんですよ。面子がどうのと言っている場合ではないでしょう」

「分からんのか、その方が君らのためでもあると言ってるんだ。それでなくても警察内部では特捜部の評判は悪い。いや、憎まれてると言ってもいい。法改正の上に完全トップダウンで創設された部署だ。総監は知らんが、警察官なら誰だっていい気はせん。狛江《こまえ》事件がなければ組織を上げて抵抗したところだ」

佐野の言葉に本音が滲む。

「君は元外務官僚だろう。組織内の駆け引きくらい分かりそうなもんじゃないか」

「生憎とそれが苦手で外務省を追い出されましてね」

本心とも冗談ともつかぬことを表情も変えずに言う。

「SATか我々か、どちらを投入するのがより適切か。状況を慎重に検討してから判断して下さい。我々の『龍機兵《ドラグーン》』ならば……」

「SATにも最新型の機甲兵装がある。思い上がるな」

「お言葉ですが、たとえ最新型であっても第二種機甲兵装と龍機兵とでは状況への対処能力が根本的に異なります」

「何度も言わせるな。君らのためだ。分からんのか」

「理解はしているつもりです」

沖津の顔をじっと見つめていた佐野は、溜め息をついて背を向けた。

「話は以上だ。特捜部SIPDには待機を命じる」

「特捜部は警備部の管轄下にあるわけではありませんよ」

「では待機を要請する。いずれにしろ総監の御判断を仰がねばならん」

「分かりました。要請に従います」

沖津は急にあっさりと従った。

「押すだけ押したら潮よりも早く引け……と外務省で教わりました。役に立ったことはありませんが」

佐野はもう答えもしなかった。

十一時四十六分。事態は依然膠着《こうちゃく》状態にあった。

上空をあれほどうるさく旋回していたヘリの影はどこにもない。警察庁から報道各社に上空からの中継を自粛するよう要請がなされたのだ。携帯端末で犯人がテレビやネット中継を視聴している可能性は極めて高い。突入が近い今、作戦行動の模様を犯人に知られるわけにはいかない。

今現場上空を飛んでいるのは、警視庁のヘリのみである。上空から撮影した映像は現場本部である指揮車輛、そして霞が関の警視庁、警察庁へと送られている。その映像には、川南小学校校庭に集結した九体の巨人がはっきりと映っていた。ＳＡＴに配備された機甲兵装だった。第一種『ブラウニー』が三機、第二種『ボガート』が六機。オリーブドラブに塗装された各機体の周辺で忙しげに立ち働いているのは、最後の点検を行なっている整備班員達である。

ＳＡＴ隊員が臨時拠点とする川南小学校周辺から四ツ目通りを１００メートルほど北に離れた路上――

道路を封鎖するパトカー群からも離れて大型トレーラーが三台並んでいた。プレートは８ナンバーだが、警察車輛であることを示す表示はどこにもない。

二台は同じ大きさで、三台目は一回り小さい。

「SATの突入には警視総監と警備部長の許可が必要となる。突入が承認された場合、SIPDは後方よりSATの支援に当たれ――それが我々に下された命令だ」

SIPDの指揮車輛である三台目のトレーラーの中で、沖津が言った。

内部にいるのは姿、ユーリ、ライザ。そしてもう一人、警視庁のスタッフジャンパーを着た若い婦警。

「こっちにも花を持たせたつもりかね。バカバカしい」

缶コーヒーを手にした姿の嘲笑を、沖津が軽くなだめる。

「そう言うな、姿」

「上はハナからウチにやらせない腹だったんでしょう？　次長の顔にもそう書いてあった」

「あれで佐野さんはまだ我々に好意的な方だ」

「面子があるのは軍隊も同じだが、SAT、と言うより日本警察のアレはもうワケが分からんね」

姿は呆れ顔でユーリに向かい、

「なあ、モスクワ民警はどうだった？」

「忘れたな」

にべもないユーリに、姿はニヤニヤと頷く。

「なるほどね、少なくとも無愛想なのは日本の警官もロシアの警官もおんなじらしいな」

「過去の詮索をしないのがおまえ達の〈業界〉じゃなかったのか」

ユーリが皮肉で返す。一切の他者を拒否するようなアイスブルーの瞳の奥に、感情の片鱗らしきものが覗いた。

「沖津部長」

それまで車内に設置されたモニター機器を調整していたジャンパー姿の婦警——鈴石《すずいし》緑警部補が振り返った。

「用意ができました」

壁面を埋め尽くすように並んだディスプレイに、千石駅の構造図、付近一帯の地図、有楽町新線の路線図等が一斉に表示される。

「まず周辺の地図を見てくれ」

沖津がディスプレイを指差しながら、

「有楽町新線は現在まだ工事中で、千石駅から住吉に向かって掘削用のシールドマシンが稼働している。もちろん、事件発生後は停止しているがな。その手前、つまり駅から200メートルの地点に資材搬入用の縦穴が開いており、マル被はここから駅に通じるトンネルに侵入した」

姿が首を傾げる。

「そんな縦穴ならかなりの高度差があるだろう。敵のホッブゴブリンはどうやって降下したんだ？」

「飛び降りたんだ。資材を段階的に運び下ろすため、鉄骨の足場が何段か設置されていた。

マル被は鋼板の防護壁を突き破ってその上に飛び降りた」

「それでもサスペンションやショック・アブソーバーの限界ギリギリだろう」

「当然ながらこのトンネル入口は現在六機（第六機動隊）が完全に封鎖している」

次に沖津は駅の反対側を示し、

「千石・東陽町間は開通しているが、こちら側も東陽町駅から50メートルの地点で封鎖された。そして、マル被が立て籠もる千石駅の構造図がこれだ」

沖津が横のディスプレイを示す。立体表示される構造図、および設計図。面積、通路幅、天井高など各種データも併記されている。

「千石駅の昇降口は二丁目交差点の角に二つ。それとバリアフリー対応のエレベーターが北東の2番出口に一基。いずれも下で同じ改札口につながっている。改札はこの一箇所のみ、そこからさらに地下のホームに降りる階段も一つ。ホッブゴブリンが一機、ここで待ち受けている」

ディスプレイの一つに、階段近くの線路に佇立《ちょりつ》する機甲兵装の腕が映っている。被弾を免れた二番カメラのリアルタイム映像。11:49:29——画面右下の数値——現在時刻。

「見ての通り、ここから突入しようとすれば89式の掃射を食らうというわけだ。が、それ以前にこの階段からの突入には大きな問題がある」

「と言うと？」

「機甲兵装の大きさでは千石駅の昇降口を通れない」

「なるほど、そりゃ確かに大きい問題だ」

姿が苦笑する。

「機甲兵装は本来市街戦を想定して発達した特殊装備だ。特に第二種の屋内戦闘モードは体表面積を大幅に縮小するが、それでも無理らしい。千石駅の昇降口はいずれも立地の問題で新設駅にしては極めて狭い造りになっているそうだ」

「まあ、日本ほど狭いところにゴチャゴチャとモノを作りたがる国はないからね。日々実感するよ」

「ボガートを前面に立てて突入するにはトンネルを使うしかないが、ホームの前後にはやはりホッブゴブリンが一機ずつ控えている。さして広くもないトンネルを直進して突入すれば簡単に狙い撃ちだ」

それまで黙っていたユーリが口を挟む。

「突入の経路は三つ、だがいずれも使えない——逆に言えば、敵にとっても逃げ道はないということではありませんか」

「その通りだ。SATは事件の偶発性及びマル被の無計画性による結果と見ている」

「だとすると、マル被が自暴自棄となって暴発する危険性が高い」

「そこで、肝心のSATの作戦となる」

沖津の合図で、緑がキーパネルを操作する。

有楽町新線の路線図——千石駅と東陽町駅との間に、分岐するラインが赤い色で表示された。駅から約30メートルの距離。

「地下車輛基地への引込線だ。東京メトロの話では、分岐トンネルの視認は角度的にホーム近辺からは不可能だそうだ。生き残ったカメラと引込線の存在。SATはこの二点に目をつけた。まず北側、つまり工事中の住吉側から旧式のブラウニー三機で突入する。当然陽動だ。マル被は応戦のため全機ホーム北側に向かうと予想される。二番カメラで一機目、及び二機目が移動したことを確認すると同時に、六機のボガートを主力とする制圧班が引込線から突入。敵機甲兵装を狙撃、これを制圧する——とまあ、そんなところだ。詳細はSATのブリーフィングで訊け」

言葉を切って一同を見回す。全員が一様に釈然としない顔をしていた。沖津は予想通りといった面持ちで黙っている。

「気に食わない」

姿だった。

「出来過ぎてる。何もかもだ。上手くは言えないがな」

「ラードナー警部、君の意見は」

「姿警部と同じです。何かが引っ掛かる。例えば……」

ライザは二番カメラの映像を指差した。

「このカメラだけが残った点。プロフェッショナルなら、真っ先にすべてのカメラを破壊する」

ユーリが考え込みながら、

「だがSATはマル被をプロのテロリストとは考えていない」

「おまえもそう思うのか」

姿の問いに、ユーリは即答した。

「いや、思わない」

沖津が頷いて、

「マル被の特定については捜一《そういち》（捜査一課）が血眼《ちまなこ》になっているところだろうが、ウチの捜査員にも当たらせている」

緑が線路上に立つ機甲兵装の映像を段階的に拡大する。

「溶接部が相当に荒っぽいところを見ると、台湾あたりで密造された機体のようです。確かにアジア系犯罪者がよく使う定番のタイプですが……」

ディスプレイを凝視していた姿が声を上げた。

「おい、敵のホッブゴブリン……足のところのこいつはなんだ？」

姿の指摘に即応して、緑が映像をさらに拡大する。

ホッブゴブリンの脚部、人間で言えばふくらはぎに相当する部分に、細長い鉄板のようなものが取り付けられている。

ディスプレイを覗き込んだユーリが、

「補強用の装甲じゃないのか」

「違うな。角度のせいではっきりとは見えないが、何かの部品みたいなものが裏側に付いている……この丸い奴だ……それにチューブみたいなのも」

緑も口を揃える。

「私もこんな装備は見たことがありません。使用目的は不明ですが、ただの装甲でないのは確かでしょう。ラボで分析すれば何か分かるかも知れませんが、ここでは無理です」

「歴戦の姿と技術主任の鈴石君が言うんだ、恐らくその通りだろうな」

沖津はあっさりとした口調で、

「以上はすべてSIPDの見解として本部に上申しておく。彼らに聞く耳があればいいのだが、これまでの例から言っても期待はできんだろう」

「それが分かっていて出動するわけですか、俺達は」

姿の皮肉に、

「そうだ。君が先刻SATに向かって言った通りだよ。君達は大金を貰って仕事をするプロフェッショナルだ。言うまでもないが、その金の出所《でどころ》は国民の税金だ」

「ギャラの出所が税金であろうと裏金であろうと、契約は履行しますよ。この仕事は信用が第一ですから」

そう言って指揮車の出口に向かおうとした姿が、思い出したように振り返った。

「部長、一つだけ訊いておきたいんですがね」

「なんだ」

「あんたはなぜ引いた？　なぜ黙って上の命令を受け入れた？」

ユーリとライザも立ち止まって沖津の顔を見る。反応を探る目付き。

「なぜも何もないよ。命令なら従わざるを得ないだろう。君の〈業界〉でも同じはずだ」

「そりゃそうですが……少しは無茶のきく部署じゃなかったんですか、ウチは」

「それも時と場合による。いずれにしても命令の受諾は私が判断したことだ。君達はＳＡＴの支援に全力を尽くせばいい」

無言で頷いた三人に、

「私からも一つ言っておくことがある」

沖津の口調が厳しいものに変わった。

「これは人の命がかかった仕事だ。その重さの前にはＳＡＴもＳＩＰＤもない」


十二時五十分。警視総監が突入を承認した。

乗客の様子は依然不明のまま。それまで必死に続けられていた犯人への説得の努力はすべて徒労に終わった。犯人側は沈黙を続け、警察は交渉の糸口さえ摑めなかった。

川南小学校校庭に集合していたＳＡＴの隊員が、機甲兵装を中心に二班に別れて移動を開始する。

同時刻。ＳＩＰＤの大型トレーラーの左側面が上部に向かってウィング状に開放された。

内部には2メートル四方の立方体型コンテナが二個。それぞれを固定していたセルガイドのロックが外れ、モーター音と共に各コンテナの上部から外に向かって二本の鋼鉄のバーが伸びる。コンテナが持ち上がり、バーに沿ってスムースに横行、道路上へと降ろされた。コンテナの前面には、ただ［警視庁］とのみ記されている。

周囲にいた警官達は肘でつつきあったりしながら、興味津々といった体《てい》で眺めている。

「おい見ろよ」「あれか」「あれがＳＩＰＤの」「奴らが突入するのか？」

『特捜部』という部署の存在自体は決して非公表のものではないが、特殊部隊としての側面を持つ以上、その組織構成・人員・装備等は一切公開されていない。中でも『龍機兵《ドラグーン》』は最高の機密であり、たまたま事件現場に居合わせた人々が目にするくらいで、その全容については殆ど知られてはいない。警察官であってもそれは同様である。

ざわめきが広がる中――

ＳＩＰＤ専用の特殊防護ジャケットに着替えた姿とユーリが、それぞれコンテナの前に立つ。コンテナ上部側面のランプがグリーンに点灯し、ロックが外れる。コンテナの前面と上部が開き、小さくうずくまるような形態で格納されていた人型の装備が現われる。コンテナ内で〈それ〉を固定していたアームが自動的に上部へと伸びる。

アームに引き上げられる形でその全貌を現わす未分類強化兵装『龍機兵』。これこそが警視庁特捜部ＳＩＰＤの中核を成す〈特殊装備〉である。

ＳＩＰＤ――Special Investigators, Police Dragoon――ポリス・ドラグーン。警察法、刑

事訴訟法、及び警察官職務執行法の改正と共に警視庁に設置された特殊セクション。その突入要員に与えられる装備が『龍機兵』なのだ。

　姿は眼前に佇立した龍機兵の、露出した脚筒《グリーブ》に両足を突っ込む。ラッチが靴底を固定すると、龍機兵の下半身が完全に起立する。同時に脚筒内壁のパッドが膨張して下半身を固定する。

「グリーブ・ロック確認。シット・アップ」

　ハッチのグリップを引くと、上半身が定位置に移動し、前面ハッチが閉鎖される。続いて左右に腕筒《バンブレイス》が来る。それに両腕を挿入し、先端にあるコントロール・グリップを握る。

「ハッチ閉鎖、ハンズ・オン・スティック」

　グリップを握った状態で、背中をハーネスに押しつける。それにより腕筒内壁のパッドが膨張、固定されていた龍機兵の腕が展開する。ヒューマノイド形態が完成すると同時に、姿の頭部を覆うシェルが閉鎖。内壁のVSD（多目的ディスプレイ）に外部の映像が投影され、各種情報がオーバーレイ表示される。

「シェル閉鎖。VSD点灯。オンスクリーン・リーダブル」

　半透過スクリーンの奥で、スキャナーが姿の視線を追い、脳の電位を検出する。BMIデバイスがそれを基準にスキャナーを調整、［ADJUSTED］の文字が点滅する。

「BMIアジャスト完了」

　背筋が熱くなり、全身に一瞬痺れとも痛みとも言えない感覚が走る。『龍骨《キール》』の回路が開かれ、姿の脊髄に埋め込まれた『龍髭《ウィスカー》』と連動したのだ。

『龍骨』と一対一で対応する専用キー『龍髭』。

この瞬間、いつも姿は戦場の感覚が全身に甦るのを感じる。悪寒にも似た陶酔。閉塞にも似た高揚。炸薬と硝煙の甘美な腐臭。無数の針で体中を抉られるような感触が、細胞の一つ一つに刻み込まれた闘争の記憶を呼び覚ます。

「キール、ウィスカー、エンゲージ確認。エンベロープ・リミット5・0」

両腕、両脚、胴体各部のアジャスト・ベゼルが回転し、リコイル・トリム（抵抗）を調整。自己診断プログラムが異常の有無を走査する。結果：未検出。全ハッチのロックを示すインジケーターが点灯した。

「最終トリミング完了。ステイタス・セルフチェック、オールグリーン。PD1フィアボルグ、レディ」

姿俊之警部専用龍機兵・コードネーム『フィアボルグ』。

ダーク・カーキを基調とする市街地迷彩のボディがコンテナから足を踏み出し、路上に立つ。

周囲の警官達がどよめき、驚嘆が広がっていく。

全長約3メートル。従来の機甲兵装と比べて一回りは小さい。さらに大きな違いは、その形状にある。武骨そのものの機甲兵装に対して、『龍機兵《ドラグーン》』はまさに〈人〉であった。腕の先のマニピュレーターなどその最たる部位で、人の掌、人の指を見事に再現したフォルムを有している。

第二種機甲兵装のはるか先を行く次世代機——誰しもがその優位性を直感せずにはいられない外観であった。

「こんな新型があるんならSATに回せばいいんだ」

警官の一人が吐き捨てるように言った。すぐに誰かが応じる。

「そうだ、SATの方がうまく運用できるに決まってる」

少なからぬ数の警官が同意の頷きを見せる。

続いてフィアボルグの隣に立ち上がったのは、ユーリ・M・オズノフ警部の搭乗する機体。コードネーム『バーゲスト』。

フィアボルグのダーク・カーキに対し、こちらは全身黒で塗装されている。獰悪《どうあく》とも見える漆黒の威容に、警官達は一様に我知らず後ずさる。

『バーゲスト』とはイングランド北部及びコーンウォール州に出没したとされる黒い妖犬の名であるが、その形状に犬を想起させる部分はまるでない。それでも、風を切るような流線を生かしたシルエット、また上半身に比して逞《たくま》しい脚部に、獲物をどこまでも追い詰める猟犬——あるいは警察犬——にも似た敏捷さと執拗さが感じられる。

二台目のトレーラーから、また別のコンテナが降ろされた。装備点検時の不具合のため出動の遅れた『バンシー』のパッケージである。

搭乗者はライザ・ラードナー警部。姿、ユーリらと同様のプロセスを経て搭乗したライザが同機を起動させた時、警官達はさらに息を飲んだ。

一点の曇りもない純白のボディ。フィアボルグやバーゲストと比べてもはるかに細身のフォルム。全体のラインには優美とさえ言えるゆるやかな曲線も含まれる。だがその白い機体は見る者に決して天使の無垢を思わせない。『バンシー』とはアイルランドの民間伝承に云う「死を告げる女精霊」のことである。その名をコードネームに持つ機体に不吉な印象が漂うのは、むしろ当然かも知れない。

コンテナから歩み出たバンシーが、トレーラーに近寄って背面を向ける。トレーラーに格納されていたオプションが油圧式アームによって自動的に押し出され、バンシーの背面に接続、固定される。接続と同時にパーツがスライドして左右に大きく展開する。

『三号装備』。蝶の羽のような形状をしたそれは、任務の性格に応じて換装されるバンシーの特殊オプションの一つである。本体と同じく純白に塗装された背面の羽が、典雅にして冷酷というバンシーの屈折した印象を一際強める。

『フィアボルグ』『バーゲスト』そして『バンシー』——三体いずれも形状が著しく異なっている。おそらくスペックにも相当の差異があるのだろう。それは取りも直さず、三機が試作機、もしくは量産型ではない特別仕様機であることを示している。

姿の乗るフィアボルグがトレーラー内の専用ラックから大口径ライフルを掴み上げた。バレットXM109ペイロード・ライフル。25㎜弾使用の重装弾狙撃銃。ペイロードとはミサイル弾頭の意味である。リコイル（発射時反動）を軽減するための着脱式マズルブレーキは当然ながら不要のため外されている。同様にバイポッド（二脚）もスコープも装着されていない。

いくら龍機兵のマニピュレーターが人間の手に近い形状をしているといっても、さすがにそのままでは現用銃の使用などできない。フィアボルグの掌底部と指に内装された専用アダプターが器用にXM109のグリップを固定し、トリガーと接触する。第二種機甲兵装と同じく、アダプターの使用により銃器の運用を可能とする設計だが、内装である分だけ第二種よりはるかにスムースに銃器を把持できるようになっている。

三機の龍機兵の視界映像やセンサーの情報は、いずれもリアルタイムでSIPD指揮車輛へと送信される。また車輛内では、龍髭と量子結合で連絡した龍骨により制御される龍機兵の反応を常時モニタリングしている。すべての龍機兵には、搭乗要員のバイタル監視装置が内蔵されているのだ。その監視役は、専《もっぱ》ら鈴石主任自らが務めていた。

深々とシートに座って足を組み、ディスプレイを眺めている沖津を、反対側のコンソールに向かっていた緑がちらりと振り返る。いつもの飄々《ひょうひょう》とした後ろ姿。彼の腹の底など誰も読めはしない。

言うべきか、否か。緑はしばし躊躇《ちゅうちょ》する。もちろん言うべきではない。だが思考に反して言葉が口を衝《つ》いて出る。

「部長」

「なんだ」

龍機兵からの中継映像を見つめたまま沖津が応える。

「部長はＳＡＴにラードナー警部のことを対テロスペシャリストと言ったそうですね」

「早耳だな、君はいつも」

「もう現場中に広まってますよ」

「いいじゃないか。その通りだろう」

「あの人は対テロスペシャリストではありません。テロリストです」

「元テロリストだ」

「同じです」

「そうだな」

ディスプレイを注視していた沖津が振り返った。

「だからこそ彼女は誰よりもテロを熟知している。違うかな」

「それはそうですが」

「実際のところ、対外的には対テロスペシャリストという肩書はいかにも通りがいいんでね。大概の人間はなんとなく納得してくれる。それに佐野さんは彼女の本名を知っている数少ない一人だ」

「しかし迂闊《うかつ》な発言だったのでは。我々がテロリストを雇用していることがもし発覚すれば」

何気ない風を装っていた緑が食い下がる。

「心配しなくていい。逮捕はおろか指名手配されたこともない。少なくとも記録上は一般市民としか言いようがない。彼女がテロリストだと証明できる公的機関があれば、とっくに逮捕されている。証明できるのは本人とIRF参謀本部だけだが、それはないと断言できる。〈ある理由〉からね」

IRF——アイリッシュ・リパブリカン・フォース。

停戦、武装放棄を決定したIRA暫定派から分裂した幾多の過激派が、熾烈《しれつ》な抗争と血の粛清の末に奇跡的統合を成し遂げて誕生した最悪の組織。

「万一彼女の本名が知られたとしても、対応策は十分に用意してある。これでも元外務省でね、根回しは万全だ。それどころか私は、むしろ知られた方がいいんじゃないかとさえ思っている。彼女の名前は犯罪者への大いなる抑止力になるだろう。それだけの大看板だ」

呑気とも言える部長の態度に、緑は苛立った。

「私はやはり信用できません。人殺しなんですよ、あの人は」

言ってしまってから悔やむ。内なる憎悪、任務の最中に露わとすべきではないものを噴出させてしまったことを。

沖津はシガリロのケースを取り出し、紙マッチで火をつける。モンテクリストのミニシガリロ。外交官出身であるにも拘わらず、沖津は時と場所に構わず平然と愛用のシガリロをふかす。それもまた外務省と合わなかった原因ではないか——緑はふとそう思った。

「ライザは確かに殺人者だ。彼女に対する君の感情は私も理解しているつもりだ。いや、テロ被害者に対して理解しているなどと安易に言うべきではないな」

「いえ……」

緑は俯《うつむ》いた。自分の心底は最初から見透かされていた。自分はあの女を警察官と——仲間と——認めたくないだけなのだ。沖津部長の目を欺《あざむ》くことなどできはしない。それくらい重々承知のはずだったのに。いや、沖津でなくても一目瞭然だっただろう。普段の自分にはあり得ない幼稚な言動。今日の自分はやはり普通ではない。よりにもよって今日こんな事件が起ころうとは。テロで死んだ家族の命日に、テロリストの乗機のチェックをさせられるとは。平静でいられる方がどうかしている。

「ご家族のご冥福を改めてお祈りする。だが今日の君は遺族でも被害者でもない。警察官だ」

静かな、それでいて強い口調。緑の内心を読んで先回りしたかのような。やはり部長は今日が自分にとってどういう日かを覚えていた——

「我々はとんでもなく危険な橋をいくつも渡っている。その中で最も危険な橋が龍機兵だ。この危険物を運用するには彼女のような人間がどうしても必要となる。たとえ彼女自身が〈危険物〉であっても。それは君も分かっているはずだ」

「……はい」

唇を嚙み締めるように頷く。

静かにシガリロをふかす沖津。その理知的な横顔に決然たる意志が覗いている。

「危険な橋だが、我々はどんな手を使ってもこれを渡り切る。すべてを覚悟して立ち上げた特捜部だ」

シガリロの灰を落とさぬようにしながら、沖津は再びディスプレイに向かう。

「申しわけありませんでした」

それだけ言うと、緑も再びコンソールの機器に向き直った。


指示に従い、ユーリのバーゲストは制圧第一班と合流すべく千石三丁目に向かった。ライザのバンシーは駅北側の建設資材搬入口で一足先に降下していたSATの制圧第二班と合流。姿のフィアボルグは地下鉄昇降口付近の路上で待機しているはずだ。

荒垣警部補を班長とする一班は、六機のボガートを中心に四個分隊で編成されている。六人の搭乗要員は全員コクピットを開放し、半身を乗り出した状態で待っていた。近付いてくるバーゲストを冷ややかな目で見つめている。中央の髭面が班長。気になる顔だった。はっきりとした理由は分からないが、心の隅のほつれのように引っ掛かる顔。彼だけはブリーフィング時にユーリに向かって自ら名乗った。

——第一班班長の荒垣義男だ。

愛想のかけらもない、ぶっきらぼうな挨拶だった。

——特捜部付のユーリ・ミハイロヴィッチ・オズノフです。

頭を下げて応じたユーリに、

――おい。

髭面の班長は続けて何かを言いたげに彼を見つめた。

――なんでしょうか。

――いや……いい。

どうやら上手く言い出せなかったらしい。結局何も告げずに、班長は憤然と怒ったように踵《きびす》を返した。

一体なんだったのか、まるで分からない。他の連中と同じく、皮肉か嫌味の一つでも言おうとしたのだろうと、ユーリは気にも止めなかった。

名乗ってくれただけでも上等だ。他の隊員は名乗るどころかユーリの目礼に顔を背けた。

今も隊員達が聞こえよがしに言う。

「見ろよ、新車で乗りつけてきやがった」

「新車にしては遅かったな」

「運転手がヘボなんだよ」

嘲笑を浮かべる隊員達に、荒垣が怒鳴った。

「無駄口を叩くな！　総員搭乗！　コクピット・ロック、移動開始！」

五人の搭乗員は全員素早く反応する。シートに着席し、コクピットを閉じる。ハッチ閉鎖。隊列を形成。熟練を感じさせる無駄のない動き。さすがにＳＡＴ最精鋭だけのことはある。

第一班は荒垣班長機を先頭に二列縦隊で動き出した。ユーリのバーゲストもその後に続く。バーゲストの駿足を以てすれば、どの機体よりも早く現場に先着できるが、今はただ命令に従うのみと割り切っている。

〈こちらBG01、PD2聞こえるか〉

ユーリの頭部シェル内壁にデジタル通信音声が響く。BG01は荒垣班長が搭乗するボガート一号機の作戦時暗号名である。

「こちらPD2、良好に聞こえる」

PD2＝ユーリがシェル内で発する言葉がデジタルで暗号化、変調され、送信される。

〈マップ確認を怠《おこた》るな。予定地点に到着したら後方に下がって指示を待て〉

「PD2、了解」

〈いいか、後ろから俺達のケツを撃ちやがったら承知せんぞ〉

音声を拾われないよう音を立てずに舌打ちする。モスクワ民警でも現場の分隊は閉鎖的だった。それは自分自身が骨身に染みて知る警察官特有の気質である。

〈あんた、元は刑事だろう〉

出し抜けの思いがけない通信。

〈自分は捜査畑じゃないが、それくらい分かる〉

「…………」

どう返答すべきか考えていると、荒垣班長が唐突に呟いた。

〈『イワーナ・ガルヂン・ゴルヂイ・ピョース』〉

発音はかなり怪しいが、ロシア語だった。

Ивана гордый костный пёс――イワンの誇り高き痩せ犬。

権力の走狗としての微かな自嘲と、人民を守る警察官としての大いなる自尊心。かつて最も身近で慣れ親しんだ言葉。モスクワの警察官なら誰でも知っている言葉。それは信頼で結ばれた仲間うちでのみ通じる符牒だった。

体の奥で暖かい灯のようなものが点る。遠い記憶にある懐かしい感触。

荒垣がブリーフィング時に言おうとして言えなかった言葉はこれだったのだ。

まったく、呆れるほどの口下手振りだ。

彼はかつてモスクワの警察官と交流を持ったに違いない。国際研修か、あるいは捜査協力か。その時にこの言葉を教えられた。ならばそれは、決して表面的な交流ではなかったはずだ。

今、班長は自分にその言葉を掛けた。つまり自分を仲間と認めている――少なくとも今だけは――という意思を伝えようとしたのだ。

荒垣の髭面が目に浮かぶ。粗野で無愛想。分厚い胸をした筋肉質の体格。目許の意外な柔和さ。そして、口下手。

そういう男達がユーリの知る警察には確かにいた。新人だったユーリを鍛えてくれた不器用な男達。金髪の若僧を叱り、愛し、一人前の刑事へと育て上げてくれた警察官達。

った。

「PD2、了解」

〈どうしたPD2、聞いているか〉

フッと浮かんだユーリの笑みは、バーゲストの装甲に隠されて誰にも見られることはなかった。

SAT制圧第一班は封鎖された無人の区画を整然と進む。バレットM82A1を携えた機甲兵装の物々しい足音が、マンションと雑居ビルの谷間で反響する。その後に続く四個小隊。全隊員はマスクの上に複合素材のヘルメットとゴーグル、面積増加型ボディアーマーを着用。カスタマイズされたH&K MP5を手に駆け足で機甲兵装に続く。それは遠い外国の光景ではない。紛れもなく日本の、現代の光景なのだ。

強力になり過ぎて使用がままならなくなった大規模破壊兵器の衰退、索敵技術とその対抗技術の発達に伴い、市街地でのCQB＝近接戦闘を主眼として台頭した兵器体系——それが機甲兵装と総称される軍用有人兵器群である。第一種は最初期のコンセプトモデルを受け継ぐベーシックな機体。第二種は第一種の発展型第二世代機。そして第三種は第一種、第二種の規格から逸脱する機体全般を指す。ワンオフで製造された大型機、及び極端な改造機などがこれに当たる。

『ボガート』は年明けに導入されたばかりの第二種最新鋭機で、SATの新たな象徴とも言えた。

十三時二十八分。制圧第一班は地下車輛基地に集結した。薄暗い構内のあちこちで本庁、所轄の警官達が東京メトロの職員と一緒になって慌ただしく立ち働いている。皆一様に緊迫した表情を浮かべていた。

そこにはすでに二台の保守点検用作業車が用意されていた。後尾の運転席に運転方法のレクチャーを受けたSAT隊員が一人ずつ乗り込む。

先頭の作業車の剥き出しの荷台に、荒垣班長のボガート一号機がゆっくりと上がる。続けて部下のボガートが二機。残る三機は後続の作業車に。歩兵の突入隊員もそれぞれ二個分隊ずつ同乗する。同じく住吉側でも三機のブラウニーが作業車に乗り込んでいるはずである。

囮《おとり》のブラウニーに犯人が引きつけられたのを確認後、作業車で人質の車輛と反対の車線に突入、同時に特殊閃光弾《フラッシュバン》を投擲する。新型の磁力弾も使用。間髪を容《い》れずボガートが車上より敵機を狙撃、制圧する――SATの立案した作戦の概要である。

特殊閃光弾は機甲兵装自体には影響はないが、搭乗者を攪乱する効果が期待できる。磁力弾は機甲兵装のセンサーに一時的なダメージを与えるため開発されたもので、SASやGSG‐9の対テロ作戦においてその効果が実証されている。

「制圧第一班、作戦開始」

指揮班長の合図と共に二輛の作業車が出発する。走行音を犯人に感知されないよう徐行運転で予定地点まで移動するのだ。ユーリのバーゲストは距離を開け自走で作業車の後に続く。

龍機兵の走行音は機甲兵装に比べて驚くほど小さい。

　後方に就いて不測の事態に備え、第一班を適宜支援せよ——それがユーリに与えられた任務であった。


　千石二丁目交差点より南に50メートルの地点。四ツ目通りの路上に佇立したフィアボルグのカメラを通して、姿は付近を哨戒《しょうかい》している。網膜に投影される周辺映像。交差点にある二つの地下鉄昇降口も視界の内にある。

（バカげてる）

　まるで案山子《かかし》だ。姿は内心に毒づいた。突入に最も適したフィアボルグを哨戒に回すとは。戦術的にあり得ないとしか言いようがない。

　アイルランドに伝わる原始の巨人の名をコードネームとする『フィアボルグ』。近接戦闘における格闘能力は、従来の機甲兵装はおろか、他の二機の龍機兵をも凌駕する。筋肉質の人体に近いフォルムは、さながら人造の闘士《グラディエーター》と言ったところか。もっとも、ＳＡＴはフィアボルグのスペックを知る由《よし》もないはずだから一概に責めるわけにもいかないが。

　それでも彼には、傭兵という出自を口にした自分を、ＳＡＴがあからさまに外しにかかったとしか思えない。あるいはＳＩＰＤの関与を最小限に抑えて、事件解決時にＳＡＴの功績のみをアピールする腹か。

（これだからアマチュアは）

密かな嘲笑は、すぐに自戒へと変わる。犯罪という〈異業種〉においては〈アマチュア〉は自分の方なのだ。

状況の軽視と油断は常に最悪の結果を招く。姿は即座に頭を切り替える。スイッチを切り替えるように、発想を瞬時に転換できるかどうか。それが生死を分かつ〈兵士の資質〉だ。

姿の思考は任務の確認と周辺状況の再点検に移った。

ディスプレイに地図や路線図などの各種データを呼び出し、位置関係を再確認する。集中、しかし没頭はしない。哨戒を行ないつつ脳内を〈経験〉と〈直感〉でスキャンする。作戦の全体像を滑らかにイメージできるか。やはり何かが引っ掛かる。心証に微かなノイズ。反応あり、ただしカテゴリーは不明。強いて言うなら——既視感。

シェル内で姿が眉根を寄せる。そうだ、この状況はどこかで……


十三時三十九分。制圧第一班を乗せた二輌の作業車が緩やかなカーブの手前でさらに速度を落とし、完全に停車する。

予定地点に到達した。カーブを曲がれば千石駅は近い。

荒垣班長機よりSAT指揮車輌に通信が送られる。

〈こちらBG01、インテリアショップに到着〉

住吉側トンネル工事現場。三機のブラウニーと制圧第二班隊員を乗せた作業車、そしてライザのバンシーが待機している。

指揮車輛よりの通信が入った。

〈インテリアショップにクローゼット入荷。テーブルの出荷を開始せよ〉

命令は下った。作業車が轟音を上げ勢いよく発車する。東陽町側からの第一班の接近を犯人に気付かせぬためである。バンシーも自走でその後に続く。

頭部を包むシェル内で、ライザはなんの表情も浮かべてはいない。淡い緑の瞳でディスプレイを凝視している。彼女に与えられた任務もやはり［不測の事態における適宜支援］である。せっかくの三号装備も出番はないだろう。しかし、とライザは内心に思い描く。三号装備が焼けつくまで戦い抜き、すべての弾薬を使い果たし、手折れ足砕かれ、ボロ屑のようになって息絶える己の姿を。だがその妄想に反して、左右の手指は命令に従いコントロール・グリップを機械のように正確に操作する。

前方より銃火。犯人が住吉側からの突入に気付いた。ブラウニーが62式機関銃で派手に応戦する。

ホームよりの銃火が二つに増えた。十三時四十三分。

同時刻、SAT指揮車輛。ホームに残されたカメラの映像を食い入るように見つめていた係官が叫んだ。

「動きました！　残り一機がホーム北端に向かって移動、二番カメラ視界内を通過！」

「よし！」

広重が通信機のマイクを取り上げる。

集中、さらに深く。作戦はすでに始まっている。姿は焦る。猶予はない。

千石駅、ホームの両端。引込線、分岐点。陽動部隊。

この地形……この位置関係……この作戦……このタイミング……

「――キサンガ渓谷だ！」声に出して叫んでいた。間違いない。キサンガ渓谷急襲作戦。

「罠だ！　すぐに撤退しろ！」

シェル内で怒鳴る。

「本部、聞こえるか！　部隊をすべて撤退させろ！」

〈ＰＤ１、何を言っている⁉〉

「撤退だ！　急げ！」

〈作戦中にバカを言うな！　命令するのはこっちだ！〉

「くそっ！」

交差点に向かって駆け出しながら通信を続ける。

「ユーリ！　ライザ！　聞こえるか⁉　すぐに下がれ！」

引込線分岐点近く。今まさに突入態勢にあった第一班の通信機にも姿の声が響いた。

〈第一班！　すぐに下がるんだ！〉

〈なんだ貴様は⁉　正気か⁉〉

〈いいから下がれ！〉

ユーリのバーゲストは作業車の後方35メートルの位置に就いていた。姿と荒垣班長のやり取りをユーリは混乱しつつ聞いている。他の隊員達も同じだった。

〈ユーリ！　早く離脱するんだ！〉

〈BG01、ダブルベッド出荷せよ！〉

バーゲストのシェル内に姿の叫びと突入命令が同時に響いた。

口中が瞬時に乾く。突入寸前という最悪のタイミングでの葛藤。

姿の声がなおも聞こえる。

〈ユーリ！〉

ユーリは咄嗟《とっさ》に叫んでいた。

「荒垣班長、何かあったらしい！　突入は待ってくれ！」

〈そんなことができるか！〉

「頼む、班長！」

〈急げ、ユーリ！〉

〈突入！〉

0・1秒にも満たない間に判断を下す。判断というより本能だった。

ユーリは脚部ブースターのスイッチを入れ、線路を蹴るように思いきり後方に跳びすさった。バランサー全開。着地と同時に身を捻り、全速で離脱を図る。

次の瞬間——閃光が走り、センサーが死んだ。背後からの爆風に龍機兵の巨体が木の葉のように吹き飛ばされる。衝撃に翻弄され、バーゲストのコントロールを失う。

凄まじい爆発。鼓膜が破裂しそうな轟音と共にトンネル内を炎の塊が吹き抜ける。崩壊する天井。落盤の暗黒が怒濤となって押し寄せる。意識を失う前に、ユーリはなぜか犬の鼻息を聞いたように思った。モスクワの凍《こご》えた朝に夜勤明けの警官達が——イワンの誇り高き犬達が——疲れきった顔で吐く白い息を。

地上でも駅周辺が振動に大きく揺れた。見渡す限りの建物の窓という窓が、衝撃で粉々に吹っ飛ぶ。四ツ目通りを走っていた姿のフィアボルグも危うく体勢を崩しかける。

冷静にグリップを操作。バランサーを制御して持ちこたえる。

龍機兵の操縦はマスター・スレイブ方式とＢＭＩ（ブレイン・マシン・インタフェイス）を併用している。内部で脚筒に足を固定した姿が走れば、フィアボルグもその通りに走る。

今、姿は白昼の車道を全力で疾走していた。

〈ＰＤ１、引込線と住吉側工事現場で爆発があった。状況は不明。ＰＤ２の通信途絶。ＰＤ３は救助のため地上から車輌基地に向かった〉

沖津部長の声が入ってきた。少なくともＰＤ３＝ライザ機は無事らしい。

地下鉄昇降口に向かって突進しながら、ディスプレイの駅構造図を拡大し、昇降口部分の設計データを呼び出す。第二種機甲兵装のサイズでは到底通過できないが、龍機兵なら……

（ギリギリ行けるか）

腰を稼働範囲の限界まで前傾させ、頭部を下げる格好で昇降口に飛び込み、階段を数歩で駆け降りる。肩部倍力機構の装甲が左右の壁面をガリガリと削っていく。移動に支障はない。だがその先には右に曲がる踊場がある。このままでは肩がつかえて通過できない。

右腕マニピュレーターに把持したバレットＸＭ１０９で踊場に面した右壁面の角を撃つ。砕け散るコンクリート。勢いを殺さず突進し、そのまま曲がる。ちょうど肩の位置でえぐり取られた壁面をうまくすり抜けるかと思われたが、ガキッと音がして肩が引っ掛かった。構わず全身で押す。コンクリート片を粉砕しながら強引に曲がり切った。

階段を降り切って改札に向かう。周辺で右往左往していた機動隊員が驚いて立ちすくむ。突入作戦のさなかの爆発になんの指示もなく、混乱に陥っていたところへ突然龍機兵が狭い階段から姿を現わしたのだ。どんなに訓練を積んだ隊員であっても思考停止に陥って当然だ。フィアボルグは驚異的な俊敏さを発揮して、棒立ちとなっている機動隊員の間をかすりもせずことごとくすり抜けていく。従来の機甲兵装では到底考えられない運動性能である。

改札を跨《また》ぎ越し、さらに階段を降りる。地上から改札までの階段よりは広くなっていて、容易に通過できる。市街戦を想定して設計された二足歩行型機動兵器は、こうした局面においてこそその有効性が発揮される。

踊場から一気に飛び下りるようにホームへ到達。住吉側の線路の先に、脱線した作業車とブラウニーの残骸を確認する。そしてSAT隊員達の焼け焦げた死体。乗客は車内で身を伏せている。

（敵は――!?）

索敵装置を使用するまでもなかった。反対側の線路上。ホッブゴブリンが一機、かがみ込んで何かを操作していたが、すぐに立ち上がって線路をすべるように移動していく。

開いたままのホームドアから線路に飛び下りる。

遠ざかるホッブゴブリンの背中にバレットの銃口を向ける。

ホッブゴブリンは自走していない。線路に車輪を嵌《は》め込むようにして取り付けた推進装置に両足を乗せ、噴射炎を上げながら離脱していく。

脚部の謎の装備はこれだったのか――姿は内心で呻いた。

大した速度ではないが、それでも第二種機甲兵装の走行速度よりははるかに速い。

他の二機はすでにずっと先行している。トンネルの奥に小さく機影が視認されたが、すぐに噴射炎さえ見えなくなった。三機目も仲間の後を追ってどんどん遠ざかっていく。

グリップのトリガーボタンを押す。

バレットの25㎜徹甲弾が逃走するホッブゴブリンの腰部を貫通した。

バランスを失ったホッブゴブリンはカーブを曲がりきれずに投げ出される。両足の走行装置が線路から外れ、虚しく噴射炎を上げながら生き物のようにトンネル内をのたうち回っている。

カメラを赤外線に切り換え、バレットを構えたまま接近する。

ホップゴブリンの腰部に開いた大穴から流れ出る液体。サーモスキャン――摂氏37度。大量の血液。

側にしゃがみ込み、左のマニピュレーターで胸部ハッチをこじ開ける。

カメラ、ズーム。下半身を失った搭乗者の死顔。見覚えがあった。

〈……PD1、応答せよ……状況を報告せよ……聞こえるかPD1……PD1……〉

SAT指揮車輛からの通信音声がひっきりなしに聞こえている。二日酔いの朝のように脳髄に響く。神経に触って堪らない。

「一機は制圧。二機は特殊推進装置を使用して線路上を東陽町方面へ逃走中。人質の安否はそっちで確認してくれ」

それだけ答えて通信をOFFにした。

2

〈……あ、警察ですか、猿江一丁目の山大《やまだい》工業って鉄工場に変な人達が出入りしてます……山大さんはとっくに潰れててあそこは誰もいないはずなんですが……どう見ても日本人じゃなくて……アジア系外国人ってやつですか……拳銃みたいなものも見えました……ええ、確かです……もう怖くって怖くって……とにかく早く来て下さい〉

〈分かりました、あなたのお名前を……〉

〈近所の住民です。早くお願いしますよ〉

通話が切られる音。城木《しろき》理事官はそこで録音の再生を止めた。

「これが本庁通信指令センターに入った事件の第一報だ。通報者は声から推測して成年の男。氏名等は名乗らず。目立った訛り等もない。古いプリペイド式携帯からの通報で、発信場所は現場近くと推定される」

事件発生から十七時間以上が過ぎ、すでに日付の変わった午前一時三十五分。江東区新木場、警視庁特捜部庁舎内会議室。窓のない白く細長い長方形の空間。平凡でありふれた会議室のようにも見えるが、機能第一のその部屋は、常に平凡とは言い難い緊張に満ちている。

正面の席に部長の沖津。その両脇に理事官の城木貴彦警視と宮近《みやちか》浩二警視。城木と宮近は共に沖津の両腕とも言える同格の副官で、年齢も同じ三十歳。キャリアの同期である。両理事官はそれぞれ役職と階級に相応《ふさわ》しい上質のスーツを着用しているが、見るからに官僚じみた七三分けの宮近より、どこか貴公子然とした城木の着こなしの方が様になっている。生来身に付いた品の良さだろう。

組織上本来なら二人の上に次長がいるはずだが、適任者が見つからず目下選考中という理由で空席のまま今日に至っている。また警察組織としては異例だが、特捜部の捜査会議では理事官の城木が司会進行を務めるのが通例となっていた。

三人の席――いわゆる雛段と向かい合うように並べられた細長い会議用テーブルには、特捜部の擁する四十一名の専従捜査員が顔を揃えている。

庁舎内は禁煙が原則だが、部長の沖津が率先してシガリロをふかすものだから、捜査員達も遠慮なく持参の灰皿を吸殻で山盛りにしている。中には嫌煙家も少なからずいるだろうが、誰も文句を言おうともしない。唯一の例外は宮近理事官で、彼だけは会議のたびにあからさまに不快そうな顔を見せる。新築であるにも拘わらず、会議室の白い壁はすでに煙草のヤニで黄色く変色し、指で触れずともべたついて感じられる。室内に設置された無数のディスプレイや机上の端末が汚れて困ると技術班に文句を言われるが、沖津は馬耳東風といったところ。部下の捜査員達も上司に倣って節煙の素振りさえ見せない。

最前列の右端に技術主任の鈴石警部補。龍機兵《ドラグーン》搭乗要員の姿《すがた》警部とラードナー警部は三列目の左端に座っている。彼らの役職名は厳密には『部付』、すなわち特捜部付である。

オズノフ警部はいない。爆発現場に急行したライザのバンシーが、機体に装備した液体火薬でコンクリートの瓦礫を吹き飛ばし、土砂に埋まっていたバーゲストを辛うじて引きずり出した。バーゲストの外部装甲及び駆動系はほぼ全損、搭乗者のユーリは意識不明の状態で救出された。幸い生命に別条はなかったが、さすがに全身打撲と脳振盪で現在も入院治療中である。咄嗟《とっさ》の判断と機体の瞬発力、加えてクッション性を併せ持つ龍機兵内部シェルの強固さが生死を分けたと言える。他の機甲兵装は作業車ごと跡形もなく消し飛んだ。

爆発の後、東陽町方面へと逃走した二機のホッブゴブリンを迎撃すべくSATの狙撃支援班が東陽町駅で待ち構えていたが、一向に現われる気配がない。完全武装の第六機動隊が東陽町駅と千石駅の双方から捜索したところ、両駅の中間地点で放棄された二機のホッブゴブリンを発見した。そこはすぐ横の壁面に小さな鉄梯子が敷設されている地点で、その鉄梯子は上部の保守点検用通路につながっていた。犯人はトンネルの途中で機甲兵装を捨て、点検用通路を経由して地上へと脱出したのである。複雑に入り組んだ通路は多数の出入口に通じており、犯人の正確な逃走経路すら未だ摑めてはいない。

フィアボルグによる制圧後、駅構内になだれ込んだ警官隊はすぐさま人質の確保に当たったが、乗客に新たな死傷者はいなかった。つまり、運転手を始めホームのカメラで射殺が確認された被害者を除いて、乗客は全員が無事であった。

「現在までの経緯をもう一度確認しておきます」

城木理事官が声を張り上げる。

「通報は本日八時十七分。これを受け、付近を巡回中だった深川署のPC《ピーシー》が急行した。八時二十一分現着。現場に潜伏していたアジア系外国人三名は、PCを見て驚き、慌てて飛び出した。彼らが所持していたのは銃どころかキモノだった。マル被は先着のPCをキモノで踏み潰し逃走。八時三十九分、地下鉄千石駅に入り込み、乗客を人質に取って立て籠もった。以後、マル被側からの要求、声明等は一切なく、交渉もまったく不能であったため、十三時四十三分、SATが突入。しかしトンネル内に仕掛けられていた爆薬により突入第一班は全滅。使用されたのは混合爆薬C‐4と推定される。いわゆるプラスチック爆弾だ。マル被一名は姿警部により射殺されたが、逃亡した二名の行方は現在も捜索中」

重い沈黙。全員の頭上に漂う煙草の紫煙さえ、その動きを止めたかのような。

「では由起谷《ゆきたに》主任、お願いします」

「はい」

城木理事官に促され、由起谷志郎警部補が立ち上がる。まだ若いが、捜査班主任として部下からの信望は厚い。

「事件発生から立て籠もりまでの経過を厳密に検証しました。これをご覧下さい」

正面――沖津部長らの背後――の大型ディスプレイに現場周辺の地図が映し出される。全員の席の前に置かれたノート端末にも同じ映像が表示されている。

ディスプレイの映像に光点が浮かぶ。そして8:21の表示。

「マル被が潜伏していた廃工場がここ。ＰＣ現着が八時二十一分。以下、マル被の逃走経路を赤い線で示します」

地図上に赤いラインが表示され、光点の移動に従って伸びて行く。

猿江から扇橋、石島界隈を迷走しながら伸びるライン。時刻も一分刻みで表示されていく。

「ご覧の通り、ジグザグに走り続けています。追われるまま必死に逃げ回った様子が窺えます。その挙句、最終的に地下鉄坑内に入り込んだのが八時三十九分。注目して頂きたいのは、ここです」

由起谷は犯人が侵入した地下鉄工事現場近くの交差点を示した。8:33から8:37までの時刻が重なって表示されている。

「この交差点は雑居ビル、マンション、コイン式駐車場などがあるだけの、言ってみればなんの変哲もない場所なのですが、それまでずっと走り回ってきたマル被はなぜかここで突然停止しています。三機同時にです。四分間。刻一刻と包囲が狭まりつつある状況下に四分間も。マル被はパトカーが続々と集結する過程も目の当たりにしていたはずです。その四分間はとてつもなく長いものだったでしょう。そして八時三十七分逃走を再開し、二分後に工事現場に飛び込んだわけです。以上です」

由起谷が着席する。

「次、夏川主任」

「はっ」

夏川班の夏川大悟《だいご》警部補が立ち上がる。彼もまた若い。優男めいた甘さを残す由起谷と対照的に、角刈りのいかにも警察官といった風貌。

「車内で最初にマル被に携帯を奪われ、直後に射殺された乗客ですが、現在に至るもなお身《み》許《もと》が摑めません。やはり不法入国者の線が強いと思われます。その他の乗客はすべて身許が判明しており、捜一が聴取を続けています。乗客数名の証言によると、射殺された男は折り返し運行となる列車に最初から乗っていて、終点の千石駅で下車しなかった。これだけでも不審なのですが、さらに事件発生までずっと携帯で話し続けていたそうです。これほどマナーの悪い乗客は今時少ないこともあり、不快に思った同じ車輌の乗客がはっきり覚えていました。中でも近くに座っていた乗客は、男が話していたのは日本語ではなく、中国語のようだったと証言しています。またマル被が回収した乗客の携帯が入ったバッグは現場に放置されており、すべて持ち主が特定されていますが、射殺された男が使っていたはずの携帯だけは未だ発見されていません。マル被が持ち去ったものと思われます。以上です」

夏川が着席すると同時に、ディスプレイにアジア系の男の顔写真が表示される。

「姿警部が制圧したホッブゴブリンに乗っていたのがこの男だ。彼については姿が興味深い情報を持っていた」

沖津の言葉を受けて城木が続ける。

「彼の情報を元に資料を作成した。手元にある端末にも呼び出せるが、本人から直接説明してもらう」

座ったまま姿が応じる。

「名前は王富徳《ワンフードウ》。元人民解放軍の傭兵だ」

「貴様、立って話さんか！」

宮近理事官が怒鳴る。七三分けの下の額に青筋が浮いている。

「はいはい」

姿が大儀そうに立ち上がった。

「早い話が俺の〈同業者〉というわけだ。間違っても流しの強盗なんかやる男じゃない」

「断言できるのか」

「できる」

宮近の問いに即答する。

「業界的にあり得ない」

「貴様の業界の常識か。こっちの業界ではそれを先入観と言うんだ」

「こいつは本物のプロフェッショナルだよ。今の世の中、高くてもいいから一流を雇いたいというクライアントはいくらでもいる。富徳クラスの男なら引く手あまたと言ったところだ」

「この男を同業者だと言ったが、貴様、会ったことがあるのか」

「ある。戦友だ」

全員が息を呑んだ。沖津とライザを除いて。

姿はゆっくりと言葉を続ける。

「インドネシアで何度も一緒に戦った。こいつには同じ人民解放軍出身の富国《フーグォ》という兄貴がいて、いつも一緒に仕事をしている。逃亡した二機のうち一機はこの王富国だろう」

「フードゥとフーグォの漢字表記は資料を見てくれ。入管には王兄弟の入国記録はなかった。偽造パスポートによる不法入国と思われる」

城木が補足する。

「戦友と言うからには、貴様はこの兄弟とよほど親しかったんだろうな」

宮近が絡むように言う。嫌味としか聞こえない口調だが、本人に自覚はない。

「さあな、親しかったかどうかはなんとも言えない。同じクライアントに雇われ、同じ戦場で戦った。それだけだ。ただ……」

「ただ、なんだ？」

「東ティモールで俺は死にかけていた富徳《フードゥ》の命を救ったことがある」

「命の恩人か、貴様はそいつの」

「まあそうだ」

「かつて救った男を、今度は殺したわけか」

「そういうことになるな」

宮近の無神経な言い方に、温厚な城木が眉をひそめる。だが姿本人は気にしている様子はない。

「兄弟の仲はどうだった？」

「一緒に仕事をしているくらいだからな、そりゃよかったさ。はっきり言って富国はかなりの弟思いだ」

「では貴様が弟を殺したと知れば、富国は貴様を恨むだろうな」

「俺を囮《おとり》にでも使おうって話か。残念だがそいつは無駄だ。何度も言うようだが奴も俺もプロフェッショナルだ。クライアントが違えば敵と味方に別れて殺し合う。当然だ。個人の情は関係ない。業界の全員が承知してる。それにプロはギャラの出ない仕事はしないものさ。もっとも、俺のクライアントの敵対勢力が兵員を募集したとしたら、奴は喜んで自分から売り込みに行くだろうがね」

「もういい」

沖津が姿の饒舌を遮った。

「結論から言おう。これは偶発的な立て籠もり事件ではない。極めて周到に用意された計画的犯行だ。目的はただ一つ――SAT殲滅《せんめつ》。最初からそれが狙いだったのだ」

全員が薄々察してはいた。だが捜査会議という場で発せられたその言葉の意味するものは、警察官である彼らにとってあまりに重い衝撃を伴っていた。

沖津が端末を操作する。ディスプレイに表示される引込線爆破現場の惨状。原型をとどめぬまでに破壊された機甲兵装のパーツらしきものが見える。土砂の合間に転がるマニピュレーターの指が、断末魔の如く虚空に向かって突き出されている。

「制圧第一班は全滅。SATは虎の子のボガート六機を一瞬で失った」

一旦言葉を切り、室内の空気の重さを確認するかのように息をついてから、沖津は淡々と続けた。

「犯人は何も要求しなかったわけだ。そんなものはありはしなかったのだからな。最初の通報からすでに罠だった。言葉の選び方も絶妙だ。〈アジア系外国人〉と聞けば所轄はすんなりと犯罪者をイメージする。偏見を利用されたのだ。銃の所持をほのめかせば、少なくともパトカー数台でやって来る。匿名でも近所の住民と言っておけば不審には思われない。近隣の人間は関わりを恐れて通報時に名乗らないケースが多いからだ。パトカーに驚いたように見せかけて飛び出したのも、付近を一見滅茶苦茶に逃げ回ったのも計画通り。コンビニに突っ込んだのは素人の狼狽と思わせる演出だ。工事現場近くの交差点で四分間停止したのは言わば時間潰し。目的の列車がホームに入るタイミングに合わせるための〈時間調整〉だ」

全員が声もなく聞き入っている。

「正確な運行で知られる日本の鉄道でも、どんなアクシデントがあるか分からない。それでなくても時刻表と多少ずれることは日常的にあるだろう。この作戦は「機甲兵装が乱入した時、ホームに列車が停車している」ことが絶対条件だ。だから列車内に共犯者を乗り込ませ、列車の位置を逐次報告させる必要があった」

最初に携帯を渡して射殺された男——全捜査員が彼の死顔を思い浮かべた。

全員の心を読み取ったかのように沖津が頷《うなず》く。

「そう、あの男だ。おそらくは臨時雇いの不法入国者。計画の全貌など知る由《よし》もない小者だ。

彼自身は最後まで人質の振りをするつもりでいたはずだ。そういう計画だと聞かされていなければ協力などするわけがないからな。最初に携帯を渡すところまでは予定通りだが、その直後に射殺されるとは思ってもいなかっただろう。口封じを兼ねた他の乗客への見せしめ。奴らにとっては一石二鳥。予想外だったのは、仲間の一人を射殺されたことだ。線路を利用した逃走のために特製のジェットボードを用意したまではよかったが、なんらかの理由で王《ワン》富徳《フードゥ》が装着に手間取った。そのため姿に射殺され、面が割れた。単なる粗暴犯などではない、プロフェッショナルの面がな」

捜査員達は手許の端末に表示された資料に目を走らせる。

王富徳、三十二歳。王富国《ワンフーグォ》、三十九歳。貴州省の出身。再開発という名目で地方政府に土地を不法に強制収用された〈失地農民〉の家庭に生まれる。共に十代半ばで人民解放軍に志願。富国は成都軍区第十三集団軍、富徳は第十四集団軍に配属される。除隊後、兄弟は行動を共にし、民間警備要員として主にインドネシアの東ティモール、アチェ特別州、マルク諸島で活動。特にマルク諸島ではインドネシア国軍に雇用されてイスラム地下組織ジェマ・イスラミアの掃討作戦に参加し、多大な戦果を挙げる——

そこで沖津は姿の方を見て、

「この犯行計画、いや作戦について、姿警部にもう一度説明してもらおう」

姿が再び立ち上がる。

「『キサンガ渓谷急襲作戦』……地図を見てくれ」

ディスプレイにアフリカ山間部の地形図が映し出される。左右を絶壁に挟まれた細長い谷。それは、まるで――

「リベリアで追いつめられた反政府ゲリラが、政府高官の家族を人質に取って急峻な谷間に立て籠もった。キサンガ渓谷だ。そこにはたまたま鉱山跡の古い坑道が通じていた。それを知った政府軍は、谷の入口で陽動を行ないつつ、坑道から一気に突入する作戦を立てた。ご想像の通り、こいつが罠だった。坑道内に仕掛けられていた爆薬で、政府軍の突入部隊は全滅した」

「姿警部、君はその作戦に参加していたのか」

城木の問いに、姿は苦笑する。

「大昔の話だよ。俺も王兄弟もまるで関わっちゃいない。だが業界人なら大抵の奴は知っている」

「ありがとう、姿警部」

沖津は姿を着席させ、改めて一同を見渡した。

「敵がこの作戦を参考にしたかどうかは推測の域を出ないが、類似点が多々見られるのは事実だ。マル被はあらかじめ引込線に大量の爆薬を仕掛けていた。ＳＡＴがそこから突入すると確信していたからだ。本線と違って運行の少ない引込線なら人知れず爆薬を設置することも容易だったろう。同時に陽動部隊が来るであろう北側にも爆薬を仕掛けた。工事現場に入り込むのも大して難しくはない。こちらの爆薬はそれほどの量ではなかった。ホームの近くで大規模な爆発を起こせば、自分達まで崩落に巻き込まれる可能性があったからだ。先行した第二班のブラウニーは破壊されたが、バンシーが無傷で済んだのはそのためだ。工事現場側の爆破は追撃を遅らせることにもなる。これまた一石二鳥。ラードナー警部が事前に指摘していた通り、カメラが一台だけ破壊されなかったのも偶然ではない。陽動に乗ったことをSATに分からせ、突入のきっかけを与える。すべて敵の計画通りだ。カメラが残っていたという僥倖、これを利用しない手はないという心理的陥穽に警察は見事に嵌《は》まってしまった」

その時、城木理事官の前の内線電話が鳴った。城木がすかさず受話器を取り上げる。

「城木です……そうか……」

端整な顔が瞬時に曇る。

「……ご苦労様でした」

深刻な表情で受話器を置き、城木は一同に向かって言った。

「マル被の銃撃で大破したパトカーに乗っていた警察官のうち、意識不明の重態だった巡査二名がたった今息を引き取った。これで警察官の殉職者数は三十七名となる」

衝撃の数字。これを聞いて動揺しない警察官はいないだろう。一事件の殉職者数としては間違いなく戦後最大である。警察内で疎外されている特捜部の捜査員達も、同じ警察官として全員が拳を強く握り締め、怒りの呻《うめ》きを漏らす。姿でさえ瞑黙するかのように目を閉じた。緑は身を固くして端末のモニター画面に見入っている。いや、見入っている振りをしている。マウスを握った右手が小刻みに震えていた。大規模テロ。被害者多数。嫌でも思い出す。横目でライザを見る。

あまりに重苦しいこの場にあってただ一人、ライザだけが外見になんの変化も示していない。虚無の色しか湛《たた》えることのない鉱石のような瞳。緑は気付かれぬように顔を背ける。

沖津は眼鏡を外し、ふっと息を吹き掛けて埃を払ってから掛け直した。

「偽の通報一本。密造の機甲兵装三機。バイトのチンピラ一人。爆薬と手製のジェットボード。たったそれだけで敵は警察の戦力に未曾有の大打撃を与えた。最小の投資で最大の効果。恐ろしいまでに作戦立案能力に長けた相手だ。しかも相当に用心深い。それは実行犯としてフリーランスの傭兵を使っている点からも明らかだ。黒幕を炙《あぶ》り出すのは容易ではないだろう。この事件は最早疑いの余地なく、単なる犯罪ではあり得ない。警察への挑戦である」

室内が静まり返る。

「これは狂気だ。狂気の沙汰だ。狂人の犯行という意味ではない。立案者は極めて冷静にプランニングを行ない、実行者はそれを正確に遂行した。おそらく少数とは言えない人間が関わりながら、誰一人疑問を抱くことなくビジネスとして虐殺を行なう。このビジネススキームが存在し得る時代。それこそが狂気だ。敵が何者で、最終的に何を目論んでいるのかは分からない。だが我々は、法治国家の根幹を守る民主警察として、なんとしてもこの敵の正体を暴かねばならない」

「ここで諸君に特に注意しておくことがある」

先程から何か言いたそうに苛立たしげな顔をしていた宮近が、半ば強引に口を挟んだ。

「以上はすべて極秘であり、絶対に他言してはならない。本件の爆発は、SATによる突入時、犯人グループの所持していた爆薬が偶然誘爆したものである。SATは多大な犠牲を払い、人質の救出に成功した――明朝、警察庁長官の記者会見においてそう発表される。この点を周知徹底してもらいたい」

捜査員達の間にざわめきが広がった。

「宮近理事官」

由起谷主任が憤然と立ち上がった。

「どういうことですか。それは隠蔽にあたるのでは」

「分からんのか。部長がおっしゃられた通り、警察の威信は絶対に保たねばならんのだ」

「部長はそんな意味で言ったのではないと本職は理解しております」

「SATの精鋭部隊がワナに引っ掛かって全滅したとあっては警察の面目は丸潰れだ。そうなるとテロへの抑止力はどうなる？　それこそテロリストの思う壺だ」

「しかし事実を明らかにすることこそが我々の」

「君は死んだSAT隊員に間抜けの烙印を押したいのか」

「それは……」

由起谷が詰まった。同じ警察官としてそれは確かに忍びない。

「間抜けなのは司令部だ。個々の兵隊じゃないぜ」

姿だった。正論だがさすがに表立って賛同の声を上げる者はいない。

宮近は腹立たしげな目で姿を睨みつけたが、あえて無視して話を続ける。

「勘違いするな。これは隠蔽ではない。あくまで一時的に情報を抑えるだけだ。現状すでにこれだけの騒ぎになっている。警察へのテロを公にしたりすれば混乱に拍車がかかり、事態の収拾はさらに難しくなるだろう。事が重大過ぎるのだ。慎重の上にも慎重を期して対応しなくてはならない。捜査の進展に応じて情報は順次公表していく。最終的にはすべての事実を明らかにする予定である」

おそらくは本庁自体が混乱の極にあって未だ方針を決めかねているのだ。各派閥の思惑も入り乱れて、意志の統一にも程遠い状況なのだろう。宮近の言動は無意識的にそれを反映してしまっている。

夏川主任も立ち上がった。

「もし公表以前に暴露されたら、警察のダメージはより大きくなるのでは」

「幸い現場周辺は封鎖されていたし、人質の乗客はみな車内で身を伏せていて状況を把握している者はいなかった。心配はない」

「ですが、犯人側からの声明が出たりすれば」

「だから状況に応じて情報を出していくと言っているのだ」

「つまり、ばれるまでは言わないということですか」

「これは決定済みなんだ！　我々は黙って従っていればそれでいいんだ！」

思わず怒鳴った宮近に、全員が黙り込む。それが本音だろう。宮近が露骨に本庁寄りなのは誰もが感じている。キャリアであるから当然と言えば当然なのだが、それも時と場合による。城木は溜め息をついている。

宮近もさすがに言い過ぎに気付いたのか、ばつの悪さを紛らすように言い添えた。

「夏川君、君も将来を考えてものを言え。無責任な発言は外部の人間だから言えることだ」

外部の人間とは言うまでもなく姿達を意味する。警察内部で孤立する特捜部の中で、宮近は巧《たく》まずしてさらなる対立を煽《あお》っていた。差別は差別の中に生まれる。

夏川は座るしかなかった。彼もやはり警察官であり、その点においては彼も、他の捜査員も、宮近理事官の意識に近かった。

姿はただ苦笑している。ライザは依然として虚無。

何かフォローの発言をしようとした城木を制して、沖津が言った。

「宮近理事官の言う通り、これは決定事項だ。本事案は日本の国際的信頼にも関わってくる。情報操作もやむを得ない」

宮近が我が意を得たりといった顔で頷く。が、沖津は続けて、

「我々は上層部の決定に従えばいい。ただし――捜査は別だ」

眼鏡の奥で沖津の眼が鋭さを増した。

「捜査の主導権をどこが握るか、本庁では今頃大揉めに揉めているところだろう。刑事部の捜一か、警備部か、あるいは公安《ハム》か。いずれにしても我々には関係ない。特捜部ＳＩＰＤは

本来の設立主旨に則り、独自に捜査を続ける。マル被は必ず我々の手で挙げる」

どよめきが上がった。

被疑者を自分達の手で検挙する――これほど捜査員の士気を高める発言はない。

「臨場《りんじょう》や敷鑑《しきかん》は捜一に任せておけばいい。合同でやろうとしてもどうせ妨害されるだけだ。それより本筋は王富国《ワンフーグオ》の行方だ。なんとしても富国の身柄《ガラ》を押さえてクライアントの名前を吐かせる。おそらく間に代理人を何重にも噛ましてあるだろうが、今のところ黒幕につながる線はそれしかない。担当は夏川班とする。姿警部の情報を元に富国の立ち回りそうな所を当たってくれ。同じ情報は本庁にも上げてある。捜一、組対《そたい》（組織犯罪対策部）、それに公《ハ》安《ム》も全力で富国を追っているだろう。絶対に出し抜かれてはならない。特に公安に抜かれるな」

公安に抜かれるな――その言葉が言外に意味するものに改めて慄然《りつぜん》としながらも、夏川は手帳にボールペンを走らせる。

「分かりました。しかし富国がすでに国外へ逃亡している可能性は」

「無論ある。だが富国はまだ国内、それも首都圏に潜伏して第二、第三の犯行を計画している可能性もある」

「なんですって」

メモを取っていた夏川の手が止まる。

「あくまでも可能性だ。と言うより、まあ勘だがね。SAT殲滅という犯行をやってのけた敵の真の目的は不明だが、それが警察に対するテロ攻撃であるということだけは確かだ。だとすれば、敵の混乱に乗じてすかさず第二波、第三波の攻撃を加えるのは軍事的な定石だと思うが……どうかな、姿警部」

「ま、軍事的にはその通りですがね。生憎《あいにく》とテロリストがそう考えるかどうかまでは」

「テロも同じです」

ライザが口を開いた。

「テロリストは自らの行為を犯罪とは呼ばない。あくまで軍事行動と考える。そして常に敵を叩く最も効果的な手段を模索する」

緑がまたちらりとライザを見る。視線の中の皮肉。あなたには分かるでしょうね、だってあなたは——

ライザがその視線に気付いているかどうか。彼女の陰鬱な横顔からは何も読み取ることはできない。

「次に機甲兵装、及び89式重機関銃の調達先。これは由起谷班だ。マル被は最も流通量の多いホッブゴブリンを使った。入手ルートを絞り込むのは容易ではないだろうが、全力で当たってくれ。もし敵が本当に第二、第三の犯行を計画しているとすれば、トンネル内に放棄したホッブゴブリンに代えて新たなキモノの調達を図る恐れもある」

「はいっ」

由起谷が頷く。緊張と闘志の混じる興奮の面持ち。

「鈴石主任、バーゲストの修復状況は」

「システムの点検に手間取っています」

緑が立ち上がって答える。手許の端末を操作しながら、

「進捗状況は24パーセント。外部装甲はすべて交換します。幸い『龍骨《キール》』には損傷がありません。これがやられていたら私達には手の施しようがないところでした。技術班は二十四時間体制で作業に当たっていますが、再起動まで少なくとも二週間は必要かと」

「マル被が遺留したジェットボードの解析は」

「並行して進めていますが、構造自体は単純なもので特別な技術も用いられていないことから、製作者を特定するのは困難と思われます」

「分かった。引き続き作業に当たってくれ」

状況の詳細な分析、各種連絡事項の確認など、会議はその後一時間以上に亘って続けられた。

最後に城木が立ち上がり、全捜査員を見渡して、言った。

「今回警察は確かに未曾有の殉職者を出した。だが一般市民にも多数の死傷者が出たという事実を忘れるな。敵は市民を巻き込むことを前提に犯行計画を立案した卑劣極まりない最低の犯罪者だ。我々はこの犯罪者から市民を守ることができなかった。それを常に念頭に置いて捜査に当たってほしい。今日はご苦労様でした」

恒例の城木の締めで深夜の捜査会議は終わった。全員が足早に退室していく。

「宮近、ちょっといいか」

城木が宮近を呼び止める。

「なんだ」

不機嫌そうに振り返った宮近に歩み寄り、全員が去ったのを確認してから切り出す。

「おまえ、ここに配属されたことをまだ不満に思ってるんじゃないか」

「そんなことはない」

「本当か」

不満でないはずはない。はっきりと顔に出ている。キャリアである警察官僚にとって、組織の鬼子とも言うべき特捜部への配属は、明白な左遷を意味する。少なくとも同期のキャリア組はみなそう考えている。

可哀相に、あいつらも終わりだな——

同期の連中が陰で自分達をそう嘲笑っていることは、城木にも容易に想像できた。実際、間接的に耳にもしていた。キャリアにとって、競争相手の脱落は自らの出世のチャンスの増加に他ならない。

「うるさいな、どうしてそんなことを訊く？」

「あの三人を毛嫌いし過ぎだぞ、おまえは」

「三人というと、龍機兵の雇われ搭乗員か」

「そうだ」

「おまえの方こそあいつらに肩入れし過ぎじゃないのか」

「龍機兵はＳＩＰＤの要《かなめ》なんだ。彼らにもっと心を開くべきだ」

「金でどうにでも転ぶ連中だぞ。一般の警察官と同じように扱えるか」

正論である。ただし警察の。

警察官である限り、城木にも反論はできない。

「第一、心を開くも何も、話しかけてもはぐらかすか無視するか、なんのことはない、向こうで心を閉ざしてるような手合いじゃないか」

「確かに彼らは一般人とはかけ離れたメンタリティを持っている。いわゆる普通の付き合いってのは無理だろう。それでも彼らから学ぶべきことを考えれば……」

「バカバカしい。やってられんよ」

背を向けて帰りかける宮近を引き止める。

「まあ待てよ」

「まだ何かあるのか」

「会議中に言ってたことだが……確かに警察は縦割り社会だ。しかし宮近、それを差し引いてもおまえは本庁の意向に偏り過ぎだ」

「俺達が本庁の方針を徹底させるのは当然じゃないか」

驚いたように目を見開く宮近に、

「SIPDの意義は、既存の部署と違って柔軟に動けるところにあるんだ。せっかくのメリットを削《そ》ぐ方向に持って行きたくはない。捜査員のモチベーションもある」

「だからと言って本庁に逆らってどうする。警察組織の根幹を否定するつもりか。俺達は部長のように他省庁《ヨソ》から来たわけじゃない。生え抜きの警察キャリアだ。あの人だけが特別なんだ」

二人にとっては、部長の沖津さえ姿らと同じ〈異邦の客〉でしかない。それもまた警察官には反論のしようもない事実であった。

「狛江事件さえなけりゃ、こんな人事はあり得なかった。特捜部自体もなかったんだ」

勢いのまま宮近は触れてしまった。警察の忌まわしい記憶に。

狛江事件。機甲兵装密造の疑いでかねてより神奈川県警にマークされていた韓国人犯罪者が、東京都狛江市の路上で所轄の巡査から職務質問を受け逃走。多摩川緑地近くの倉庫に隠してあった機甲兵装に搭乗し、運悪く通り掛かった男子小学生を人質に逃げ回った挙句、多摩川に掛かる宿河原堰堤上に追い詰められた。そこは東京都と神奈川県の境界線上に位置していた。警視庁と神奈川県警は伝統的に極めて仲が悪い。県境で立ち往生している機甲兵装を挟んで、警視庁と神奈川県警が真っ向から対立した。悪しきセクショナリズム、捜査と実働との乖離《かいり》。いくつもの捩《ねじ》れた因子が絡み合い、最悪の事態を招いた。結果、警視庁と神奈川県警、双方併せて三名の警察官が殉職。機甲兵装のマニピュレーターで長時間胴体を鷲摑みにされていた人質の児童も腹部圧迫による内臓破裂で死亡した――

これがその後警察の根深いトラウマとなった『狛江事件』である。

この事件のあったが故《ゆえ》に、警察組織は特捜部SIPDの創設に表立った抵抗ができなかった。

「狛江事件か……」

城木も感慨深そうに、

「何年経っても、警察官には嫌な響きだよ」

「お陰で俺達の人生も妙な雲行きになっちまった」

「ああ、だがな宮近……」

俯《うつむ》きつつも食い下がる城木に、宮近は改めて向き直り、

「しっかりしてくれ城木、お前だってキャリアとして入庁したからには上を見ていないはずはない。俺もおまえもまだ本庁に戻る目は残ってる。潰れたわけじゃないんだ。おまえなら長官の椅子も夢じゃないと俺は思ってる。こんなところでつまずくな」

「俺はそんな器じゃないよ」

「俺達の間で謙遜はやめろ」

宮近の語調はいつの間にか昔のものに戻っている。互いに心を開き合えた頃のものに。

城木は同期の親友に向かって、

「確かに出世できるならその方がいい。然《しか》るべき地位にいなければできない仕事は山のようにある。だが今はそんなことを言ってる場合じゃない。警察自体がすぐにでもドラスティックに変化すべき時なんだ」

「部長の受け売りか」

「半分はな。正直言って沖津さんはまだまだ腹の底が見えないというか、得体の知れないところがある。でもあの人の言っていることは正しい。その意味ではウチのトップに沖津さんというのは適任だったと思う。あれくらい変わった人でないと何も変えられはしない。時代は想像をはるかに越えて動いている。今度の事件だってそうだ」

宮近も黙って聞いている。確かにこれがほんの数年前なら、傭兵を雇ってSATを全滅させようなどという計画を本気にする者は誰もいなかっただろう。だがそれは現実に実行された。

真剣な表情で、城木はゆっくりと考え込むように言う。

「日本はどんどん薄気味の悪い国になっている。俺はな宮近、これからもっともっと異常なこと……そうだ、今までの常識では考えもつかないようなことが起きるような気がするんだ、この日本でな。沖津さんが警察官という立場からそれを防ごうとしているのなら、俺はあの人についていく」

「……相変わらずだな、城木」

宮近の目が和らいだ。

「まるで変わってない。お前の理想主義と心配症は不治の病だよ」

「病とはひどいな」

「病で悪けりゃ、そうだな、重度の過労という奴だ。疲れてるんだよ、おまえは」

尊大でいかにも官僚然とした宮近が、家庭人の顔になった。

「そうだ、折を見てまたウチに寄ってくれ。今度の事件が一段落するまでは無理だろうがな。久美子が喜ぶぞ」

「そうか、久美子ちゃんも二年生になったんだっけな。入学式のお祝いに行ったのがつい昨日のようだ」

「ああ、早いもんだ。子供でも女の子はませてるな。久美子が言ってたぞ、城木のおじちゃんはテレビのなんとかっていうタレントよりもカッコイイってな」

「それは光栄だな」

思わず破顔する。確かにそれは、誰からも好感を持たれるであろう爽やかな笑顔だった。早くに上司の娘と見合いして身を固めた宮近と違い、彼は未だ独身である。

「また遊びに行くと久美子ちゃんに伝えておいてくれ。だが宮近、俺の言ったことも考えておいてほしい」

「分かった。おまえこそ俺の忠告を忘れるなよ」

「感謝してる。俺は確かに脇が甘い」

「分かってりゃいい」

城木と別れて廊下に出ると、宮近は正面階段へと向かった。

しかし階段には進まず、その手前で急に左に曲がる。自販機の置かれた休憩室を抜けて非常階段へ出た。あたりに人気《ひとけ》のないのを確認し、携帯を取り出して発信ボタンを押す。

「……もしもし、宮近です……夜分遅くに申しわけありません……ええ、今終わりまして……は、それがですね……」


翌朝、午前十時。沖津特捜部長は姿とライザを伴い、入院中のユーリの見舞いに向かった。

日当たりがよいだけの古びた狭い病室。個室だが、窓の外の景色は雑居ビルの背面の列でしかない。黒ずんだコンクリートにびっしりと張り付いたエアコンの室外機が、毒々しい昆虫の卵の塊を思わせる。

「出動前に姿が訊きましたね、上からの命令に対してなぜ引いたと」

窓際のベッドで半身を起こしていたユーリは、沖津の顔を見るなり問い掛けた。

「部長はあれが罠だと気付いていた。だから命令に従うふりをして俺達を、いや龍機兵を下がらせた。つまりSATを盾にしたんだ。違いますか」

「朝からそう興奮するな。傷に障るぞ」

ベッドの前に立ったまま沖津がなだめるように言う。

「答えて下さい」

「いくら私でもそこまでの洞察力はないよ」

見舞いの花をサイドテーブルの花瓶に差していた姿が、さりげなく口を挟む。

「敵の作戦の全容とまではいかないにしても、大まかな見当くらいはついてたんじゃないですか」

ライザは革ジャンのポケットに手を突っ込んだまま無言でドアの側に立ち、外を警戒しつつ沖津の顔を横目で観察している。

ユーリは激烈な口調で、

「あえて従順な振りをすることによって、あんたは何よりも大事な龍機兵の温存を図った。結果は大当たりだ。貧乏くじはSATが進んで引いてくれましたからね。大した策士だ」

打撲で赤黒く変色した両手を握り締め、

「荒垣班長も、隊員達も、みんな死んだ。みんな生粋の警察官だった。死ぬのはいつでも現場の人間だ」

ユーリの激情。全員が初めて見る。

姿が冷ややかに言う。

「俺もユーリと同意見ですよ、部長。だから俺はあの時あんたに訊いた。そんな気がしたんだ。あんたはそれくらいやる人だ。もっとも、そういう指揮官でなければ俺はついて行きませんけどね」

そしてベッドで身を震わせるユーリに、

「余計なことを考えていると必要以上に体力を消耗する。おまえには回復に専念する義務があるんだ。冷静になれよ。そうでなければ次に死ぬのはおまえだ」

「俺はおまえと違って軍人じゃない」

「だが今は俺と同じ〈職場〉にいる。おまえがミスをすればこっちまで命取りになるんだよ」

ユーリが黙り込む。

沖津は顔色一つ変えず、

「確かに龍機兵は大事な装備だ。装備と言うより我々の切札だ。何があろうと絶対に失うわけにはいかない。しかし、だからと言って私が同じ警察官の命を捨て駒にして平気でいられると思うか」

姿が鼻で笑う。

「そいつは俺達には分かりませんよ。指揮官はみんな同じことを言いますからね」

「いいだろう」

沖津はわざとらしい溜め息をついた。

「では合理的に考えてくれればいい。君達は高額の報酬と引き換えに警視庁に雇われた兵士だ。契約書に従って命令通り動けばそれでいい」

「無論ですよ」

あっさりと姿が応える。

「十分に承知してますよ、三人ともね」

ライザは表情を変えないまま微かに頷いた。

ユーリもう何も言わなかった。ただ顔を背けるように険しい視線を外に移しただけだった。煤けたコンクリートしか見えない窓の外に。

3

事件発生から一週間が過ぎた。連日の報道は加熱する一方で、怒濤のような警察への非難もまた収まる気配すら見せなかった。

大量の犠牲者を出しながら犯人の逃亡を許した不手際、一向に進展しない捜査、情報を公開しない対応の不味《まず》さなど、日が経つに従い警察は世論の指弾を招くばかりであった。事件の三日後には広重ＳＡＴ隊長が辞表を提出、受理されている。同日警備部佐野次長の降格処分が発表された。その他今日までの処分は警察幹部五名に及び、当局はこれを以て処分の終結としようとしたが、当然の如く収まるどころか非難は増大した。

また事件当日、現場一帯は封鎖されていたにも拘わらず、当局の命令を無視して入り込んだマスコミ関係者や隠れていた住民がいたらしく、彼らが密かに撮影した現場写真が新聞、雑誌の紙面を飾り、ネットに流れた。中でもＳＩＰＤの新型機甲兵装と覚しき写真——龍機兵《ドラグーン》の不鮮明な部分写真——は一部で話題となり、軍事専門誌以外の一般誌でも特集が組まれるほどだった。

そればかりではない。事件は国際的にも大きな話題となり、日本警察の失態が各国主要紙り、また、日本の危機管理能力の脆弱さを証明するものであった。

その日の朝、特捜部庁舎内の休憩室では、ベンチに足を組んで座った姿《すがた》が携帯電話で誰かと通話していた。ブロークンな英語。

「……へえ、そりゃ災難だったなあ。まったく、世の中何が起こるか分からんな。俺がそっちにいた頃も、ソマリアの天気予報は毎日おんなじでね、［晴れ時々グレネード、ところにより集中砲火］と決まってた。レナルズの野郎もさぞ……え、死んだ？　レナルズが？……そうか、死んだか。あれだけ用心深い男だったのに……本当に何があるか分からんな」

自販機で買った缶コーヒーを手に、世間話でもしているように気楽そうに話していた。が、その内容は世間の日常とは大きく乖離《かいり》している。

「それで、保険は？　奴には確か女房と子供が……あるだろう、軍や会社の口利きで加入できる保険が……そうか、ならいいんだが……保険会社は何かと難癖つけてくるからな。なにしろ連中はそれが仕事だと思ってやがるし……」

そこへユーリが入ってきた。普段と変わらぬ端正なスーツと黒い革手袋。

ちらりと姿に一瞥をくれ、自販機に硬貨を投入する。

それを目にした姿は、通話を打ち切りにかかる。

「まあ、お互い気をつけようや。他の連中の近況も何か耳に入ったら教えてくれ……悪かったな、寝てるところを……俺か？　これから仕事だよ……そうだ、こっちは朝なんだ」

携帯を切った姿が、ユーリに向かい、

「いつ退院したんだ？」

「昨日だ」

手袋を嵌《は》めた手で自販機からミネラルウォーターのボトルを取り出しながら、ユーリが素っ気なく答える。

「いいのか、もう復帰して」

「問題ない」

「そうか」

あっさりと頷《うなず》いた姿は、缶コーヒーを啜《すす》りながらユーリを観察する。

打撲のみで骨折はなかったとはいえ、ユーリのスーツの下は未だ痣《あざ》だらけに違いない。手袋の下の両手も。全身に疼《うず》くような痛みが残っているはずだが、クールな佇まいからは微塵も窺えない。

「今話してた相手だがな、俺の同業者で、ソマリアにいるんだ。小氏族の小競り合いがまた始まったらしい。よかったよ、電話がつながるうちに話せて」

ユーリはあからさまに興味もないといった顔で、

「あと二分で会議だ」

「分かってるよ」

気にする風もなく、姿は手にした缶コーヒーを示し、

「おまえもたまには別のを飲んだらどうだ？　ストレスには糖分が有効だ」

何も応えず、ユーリは踵《きびす》を返す。他者を拒む背中。いつものユーリ・ミハイロヴィッチだった。

「美味いんだがなあ」

一人ごちて缶コーヒーを飲み干した姿は、ユーリの後を追って立ち上がった。


煙草の煙が充満した会議室内。蛍光灯の光さえ煙に遮られ霞んで見える。そのぼんやりとした光の下で、全員が濃い疲労の色を浮かべていた。

王富国《ワンフーグオ》の行方を追う夏川班の報告。めぼしい収穫はなし。捜査員達の苛立ちが感じられる。現段階では指名手配は無理だが、重要参考人として富国の行方を全国の警察が追っている。にも拘わらず手掛かりらしいものは何一つ挙がっていない。

続いて機甲兵装の入手ルートを担当する由起《ゆき》谷《たに》班の報告。

「首都圏でキモノを扱える規模の密輸業者は約十二。いずれも東南アジアの密造業者と取引があります。パーツごとにバラして複数の経路から密輸、国内で組み立てて商品化するわけですが、性能の割に単価の押さえが利《き》くホッブゴブリンはどの業者も積極的に扱っているようです」

由起谷主任が手帳を見ながら報告する。

「それじゃまったく絞り込めてないも同然じゃないか、え、由起谷君」

言わずもがなの発言で宮近《みやちか》が一同の疲労感を倍増させる。

「はい、ですが数ある密輸ルートのうち、過去に89式を扱った形跡があるのは約半数。その半数の業者すべてとなんらかの関わりがあると思われる組織があります。和義幇《フーイーパン》です」

和義幇。香港を拠点とする黒社会の中でも最大組織の一つに数えられる。近年日本にも進出し、急速に勢力を伸ばしつつあることは関係者にとって周知の事実だった。

「確かか、それは」

「確かです。組対《そたい》の情報とも符合します」

「だったらなぜ和義幇に当たらんのだ」

「末端の構成員を押さえても意味はありません。密輸部門、それもキモノ担当を割り出す必要があります。連中は組織の一端を摑まれてもすぐに切り離せるように横の連絡を遮断しています。同じ組織であっても他の構成員を知らなかったりするのです。そのため組対も未だ実態解明には至っておりません。我々もなんとかやっているのですが、取っ掛かりすら摑めないというのが現状です。それと、これは公安《ハム》から拾ってきた話なのですが……」

言い淀んだ由起谷を、宮近が苛立たしげに促す。

「なんだ、言ってみろ」

「はあ、裏は取れてないと念を押されましたが、外二《がいに》（外事二課）では和義幇とフォン・コーポレーションとの間に何か特別な関係があると見ているようです」

公安部外事二課はアジア系外国人の犯罪を扱う部署である。

「フォン・コーポレーションというと、あの……？」

「ええ、馮《フォン》グループの日本総代理店です」

「まさか、そりゃ外二の見込み違いだろう。そうでなければまたガセネタを摑まされたんだ」

警察内で孤立する特捜部の専従捜査員は、皆筆舌に尽くしがたい苦労を強いられている。彼らは全国の警察から引き抜かれた刑事だが、元の同僚からしてみれば、裏切り者以外の何者でもない。それでなくても特捜部は警察内部の異分子と見なされている。偏狭な体質を持つ警察組織が、特捜部に滅多なことでは情報を渡そうとしないのも当然と言えた。それだけではない。時には悪意に基く誤情報を意図的に伝えることがある。明白な嫌がらせであり、捜査妨害である。特に公安部にその傾向が顕著であった。今までも公安には何度か苦い思いをさせられた。それでも特捜部専従捜査員達は日夜歯を食いしばって情報収集に努めているのだ。

それを宮近は他人事のように言う。またしても捜査員の間に反感が募る。

「ネタ元は自分の旧友で、信頼できる男です。外二の勇み足かも知れませんが、少なくともこちらを嵌めようと狙ったものじゃありません」

「しかし君、まさかそんな」

「いや、あり得るな」

それまで黙っていた沖津部長が口を開いた。

「心当たりがある。その情報はおそらく正しい」

確信に満ちた口調。沖津の前身が外務官僚であったことを全員が思い出した。外務省時代になんらかの情報を摑んでいたのか。

「フォン・コーポレーションと和義幇《フーイーパン》の関係を洗ってみよう。案外それが近道になるかもしれん」

とまどいつつ城木《しろき》理事官が発言する。

「だとしても部長、由起谷主任の報告にもあった通り、和義幇に切り込む糸口さえない現状では……」

「社長に訊けばいい。フォン・コーポレーションのな」

全員が啞然《あぜん》とする。

我に返った城木が、

「そんな、どうやって……フォンは経産省の肝煎りで香港財界との合同プロジェクトを推進している真っ最中です。下手につつくとそれこそ……」

「心配するな。面談するだけだ。アポは私が取っておく。ただし——面会には姿警部が行くように」

全員が一斉に姿を見た。本人も（ほう……）という顔でさすがに驚いているようだ。

「いえ、自分に行かせて下さい」

　由起谷が憤然として言った。城木も頷いて、

「私もその方がよいと思います。姿警部は突入要員であって捜査員ではありません。事情聴取には由起谷主任が適任です」

「姿警部との契約には捜査員としての任務も含まれている。そうだったな、姿。念のために確認してみるか」

「それには及びませんよ。契約書は頭に入ってます。確かにその条項はあった」

　白髪頭の後ろで組んでいた両手をほどいて前に乗り出す。

「だが城木さんの言う通り、事情聴取なら本職の方がいいと思いますがね。捕虜の尋問なら俺でもいいが」

「ならばオズノフ警部に同行させる。二人で行ってきたまえ。いいかね、ユーリ・ミハイロヴィッチ？」

「はい」

　ユーリは即座に同意する。刑事らしい仕事だ。彼は胸の内に微かな歓喜を覚えていた。そして複雑な当惑も。並み居る捜査員を差し置いて拝命すること――しかも相棒は姿だ――は、特捜部内での自分の立場をまた厄介な方へと追いやるだろう。

「納得できません。どうして自分では駄目なのですか。説明をお願いします」

　由起谷がさらに食い下がる。夏川ら他の捜査員の間にも反発が広がっていた。

「理由は簡単だ。フォンの社長は姿だから会う。それだけだ」

呆気に取られている一同に、

「段取りはアポが取れ次第通達する。以上だ」

それだけ言うと沖津は何事もなかったかのように立ち上がった。

「姿！」

沖津の退席と同時に、宮近と城木、それに捜査員達が姿を取り囲む。

「姿警部、君はフォンの社長と面識でもあるのか」

「ないよ」

城木に問われて座ったまま答える。

「本当か。本当にないのか」

重ねて詰問する宮近に、

「ああ、本当だ」

姿の顔には珍しく当惑の色がある。どうやら本当らしい。

「じゃあなぜ部長はあんなことを言ったんだ」

「そりゃこっちが聞きたいくらいだね」

そのやり取りを横目に見ながら、由起谷と夏川がユーリに近寄ってきた。

「オズノフ警部」

由起谷が切り出す。

「今の話……オズノフ警部はどう思われますか」

「…………」

ユーリは無言で二人を見る。

またか、と思う。危惧した通りだ。

こうした局面において、捜査員達は必ずユーリに振ってくる。ユーリを信頼しているからではない。外部の人間に対する頑《かたく》なな拘《こだわ》りは変わらないが、特捜部の三人の部付の中で彼らが辛うじて共感を抱き得るのは元警察官のユーリしかない。つまり彼らはユーリの意見というより、同じ警察官としての同意を求めているに過ぎないのだ。ユーリにはそれが良く分かる。分かり過ぎるほどに。

「さあな、俺に分かるわけがない」

素っ気なく答えて踵を返す。背中に夏川と由起谷の冷たい視線を感じる。これでまた自分の孤立が深まったことを認識する。

彼らの求める答えを与えてやりたいと思う。警察官としての一体感、仲間意識。その心地好さは知っている。懐かしくて堪らないくらいだ。だが自分にはもう分からなくなっている。警察官への心の開き方が。かつて警察に裏切られた自分には。

二日後。午後二時。丸の内のオフィス街。フォン・コーポレーション本社ビルの受付に二人の男が現われた。

「社長の馮《フォン》さんを頼む」

男の一人が言った。若く精悍な顔に男臭い無精髭、だが総白髪に近い長髪——姿俊之《としゆき》。

もう一人、鋭い目のブロンドの白人はユーリ・オズノフ。非の打ち所のないグレイのスーツを着用しているが、両手に嵌めた黒い革手袋がどこか不穏な印象を与える。

相手の異様さに怯える受付嬢が答えるより先に、屈強な警備員が四人、早足で近付いてきた。二人一組で姿とユーリをそれぞれ挟み込むように取り囲む。

「あちらへどうぞ」

「なんだ?」

「あちらへ。騒ぐとこちらもそれなりの対応をします」

「アポは取ってあるはずだが」

「さあ、あちらへ」

脂ぎった大男が押し殺したような声で繰り返す。胸にセキュリティ・リーダーのID。無表情を装っているが、目にはすでに有無を言わせぬ暴力の気配が現われている。

「いきなりやる気だよ、こいつら」

呑気な声を上げる姿の腕を、リーダーがレスラーのような太い腕で摑んだ。

「どうぞあちらへ。指示に従わぬ場合は……」

そう言いかけて、リーダーは声を失った。自分よりもはるかに細い相手の腕がビクとも動かない。まるで弾力のある鉄棒のように。

思わず相手の顔を見る。

姿はニヤリと笑った。

「それ以上ジャマするんなら公務執行妨害で持ってくぞ」

「なに？」

「警察だよ、俺達は」

「ふざけるな、どう見ても……」

姿がＩＤを取り出す。

「特捜部、姿警部」

警備員達が信じられないといったようにぽかんと口を開ける。

「そんな……」

「よくないね、人を見掛けで判断するのは……どけよ」

姿は警備員を押し退けて、受付のデスクに肘をついた。

「そういうわけだ。社長を頼む」

受付嬢は慌てて内線電話を取り上げた。

社長室は最上階の二十七階だという。

エレベーターの中で、ユーリと無言で向かい合っていた姿が口を開く。

「ここの警備員……全員が暴力でメシを食ってきた手合いだな」

「ああ」

ユーリが頷く。

「俺のような傭兵が勤める国際警備企業でも警官上がりは多いが、あれは警官でも軍人でもない。匂いで分かる。そんな連中を警備に揃えている企業……それだけでもう真っ黒ってもんだ」

「姿」

「なんだ?」

「おまえはもう少し外見に気を遣え」

姿は黙って肩をすくめる。

エレベーターのドアが開くと、秘書らしき中年女性が待っていた。

「こちらへ。社長がお待ちになっておられます」

発音に微かな訛り。中国系か。先に立って二人を案内する。余計な口は一切開かない。

「どうぞ、お入りになって下さい」

通された社長室は、モダンな内装の広大な空間だった。全体に白い光が溢れている。一切の無駄な装飾を排して空間を演出する、計算され尽くしたデザイン設計。限なく差し込む白々とした光が生活感を殺菌しているようだ。

部屋の広さの割にはコンパクトなデスクに向かっていた男が、立ち上がって二人を迎える。

「……なるほど、これは確かに」

入ってきた二人を一瞥して、なにやら愉快そうに頷いている。明快な日本語だった。日本でのビジネス経験が長いことが分かる。公表されている年齢は三十六。見るからに仕立てのいいオーダーメイドのスーツ。華美でもなく堅苦しくもない。切れ長の眼をした東洋の古典的美男。毛並みの良さを十分に感じさせる。

「いや、失礼しました。フロントのセキュリティから報告が上がってきて、一人は確かに警官の匂いがするが、もう一人は極めて疑わしいとあったものでしてね」

警官の匂い。ユーリが一瞬憮然とした表情を浮かべる。

「私が当社CEOの馮志文《フォンジーウエン》です。どうぞお座りになって下さい」

窓際に置かれた応接セットのソファを二人に勧める。香港有数の財閥の御曹司に相応《ふさわ》しい洗練された物腰。

やはりモダンなデザインのソファに近寄った姿が、手の甲で窓を軽く叩き、

「ほう、防弾仕様ですか。このフロア全部がそうだとすると、結構なお値段でしょうなあ」

「いえ、意外に大した額ではありませんでしたよ」

さらりと流す馮に、ユーリが律義に名刺を渡す。

「警視庁特捜部付のユーリ・オズノフ警部です。こっちは……」

「姿俊之警部ですね。沖津さんから伺っています」

馮は自らも腰を下ろしながら、

「受付では失礼な振舞いがあったようで、私からお詫びします。アポイントメントについては申し伝えておいたのですが」

「どうかお気遣いなく。誤解を与えた我々の責任です」

「誤解も何も、こっちはなんにもしてないぜ」

「何かお飲みになりますか。隣の部屋にホームバーをしつらえておりますので、大抵のオーダーにはお応えできると思います」

「いいえ、勤務中ですので……それより、馮《フォン》さんはうちの沖津とお知り合いなのですか」

「いいえ、お会いしたことはありません」

「本当に？」

「ええ。私は以前、姿さんと契約しようとSNS——ソルジャー・ネットワーク・サービスに仲介を依頼していたのですが、わずかの差で沖津さんに持って行かれました。あの時は随分悔しい思いをしたものです。それでライバルがどんな人物なのか気になりましてね、少々調べさせて頂きました。向こうでもこちらを調べておられたようですよ」

顔を見合わせたユーリと姿の様子を見て、馮はいささか驚いたように、

「もしや、ご存じなかった？」

「全然」

ソファに深々ともたれかかった姿が両手を白髪頭の後ろで組む。

「そういうことか……部長が俺ならあんたが会ってくれると言ったのは」

馮は聡明にもすぐに事情を察したらしく、

「沖津さんは私の性格と発想を読み切った上であなた方を寄越したわけですね。私は姿さんというプロフェッショナルに並々ならぬ興味と関心を持っている、だから機会があればきっと本人に会いたがるだろうと。なるほど、あの人らしい」

愉快そうに声を上げて笑う。

「民間の企業人であるあなたがどうして傭兵と契約する必要があったのですか」

ユーリがニコリともせず質問する。

「企業秘密なので具体的には申し上げられませんが、当社の本体である馮グループは、数年前から某国への進出を計画しています。かの地は政情が大変不安定な状態にありまして、セキュリティ・アドバイザーとして一流の軍事関係者を雇用したいと考えたのです」

「だったら民間軍事企業と契約すればいいじゃないか。アトライドでもブラックフォールズでもいい」

そう言ってから、姿は思い出したように、

「そうだ、確か馮グループはだいぶ前からアトライド社と契約していたはずだ」

「その通りです。しかし私は企業とではなく、もっと融通が利き、かつ信頼の置ける個人と新たに契約したかったのです。雇うからにはベストの人材をと思い、いろいろ調べまして、最終的に姿さん、あなたに目をつけたのです」

「融通の利く個人を雇って、どんな仕事をさせるつもりだったことやら」

姿の皮肉にもまったく動ぜず、

「さあ、それも企業秘密のうちなので悪しからず。それよりも姿さん、どうでしょう、今からでもウチへ来て頂けませんか。警視庁といかほどの金額で契約なさったのか存じませんが、その倍は保証しましょう。もちろん現クライアントへの違約金は別にこちらで用意します」

一見ヘッドハンティングのようだが、立場を考えればあからさまな買収の誘いである。

ユーリは横目で姿を見る。

「へえ、そりゃ悪くないね……うん、悪くない」

満更でもなさそうな顔。まさか、とユーリは眉をひそめる。まさか乗る気か、この男は。

「私どもはそれだけあなたを評価しているのです。どうです、考えて頂けませんか」

「うーん……」

姿は片手で無精髭の残る顎を撫でながら、

「いい話だとは思うが、俺達の仕事は信用が第一だ。いかなる場合でも途中でクライアントを乗り換えるわけには行かない。違約金を払って正当に契約を解除しても、業界的には金額次第で動く男だと評価されるだけだ。それは先々の営業上かなりマズい。第一、警視庁との契約には途中解除不可の項目がある」

「そうですか。残念です」

あっさりと引いた馮《フォン》に、姿は未練がましい様子で、

「悪いなあ……もしなんだったら、来年もう一度声を掛けてくれ。その頃にはフリーのはず

だ」

姿は本気で言っているのか。彼の言動は本気と冗談の区別がつけにくい。腹が読めないという点では、ユーリにとって沖津も姿も同じである。

地味なスーツ姿の若い男がコーヒーを運んできた。

「秘書の關《クワン》です」

馮が紹介する。軽く頭を下げる關。姿とユーリはその横顔に無言で視線を走らせる。隠しようもない負の気配。フロントの警備員達が発していた殺気など足下にも及ばない昏《くら》いなにか。

全員のコーヒーをテーブルに置くと、關は一礼してドアの近くまで下がり、退出せずに壁際で控える。

それを目で追い、馮を振り返った姿とユーリに、

「ご心配なく。彼は私の最も信頼する部下で、第一秘書を務めております」

「そうですか。馮さんがそうおっしゃるならこちらは構いませんが」

「關と言うのか……タダ者じゃないな」

姿がカップを口に運びながら意味ありげに呟く。

「と、申されますと?」

「このコーヒー、素人にはなかなか出せない味だよ。匂いで分かる」

馮が苦笑する。

「姿さんは意外に通でいらっしゃるようだ……さて」

おもむろに背筋を正し、

「それではご用件の方を伺いましょう。沖津さんのお話では、何か私に訊きたいことがおありとか」

「ええ、では単刀直入にお伺いしますが……」

ユーリが質問を始めようとした時、姿が言った。

「単刀直入に訊くが、あんた、和義幇《フーイーパン》とどういう関係があるんだ」

ユーリは啞然として姿を見る。

「ほう」

馮《フォン》は面白そうに、

「いきなり切り出してくるということは、相当お調べになったようですね」

「まあね」

とんでもないハッタリ。

「ですが、それが事実であろうとなかろうと、私は否定するしかないじゃないですか。それ以外の返答は論理的にあり得ない。姿さん、分かってて訊いたんでしょう?」

「いや、そうでもないさ」

「仮に私がその和義幇となんらかの関係があったとして、どうするおつもりですか」

「例の地下鉄の事件、実はあれで使われた機甲兵装の出所《でどころ》を調べてるんだが、あんたが知ってるんじゃないかと思ってね」

「姿」

ユーリが声を荒《あら》らげる。姿の質問は通常の手順を逸脱するばかりか、捜査そのものをブチ壊しにしようとしている。

「そこまでおっしゃるからには、確証がおありなのでしょうね」

「ある」

なんだと……

ユーリはまじまじと姿の人を食った横顔を見つめる。

「人当たりの良すぎる指揮官は信用できない。決まって裏がある。俺の経験則からするとな。だからあんたにも裏がある」

「本当に面白い人ですね、あなたは」

馮が感《かん》に堪《た》えたように言う。

「では、そうですね、例えばそちらの城木警視もなかなかの紳士だそうですが、姿さんは信用なさらないわけですか」

「当然だ……と言いたいところだが、あの人は指揮官じゃない。ナンバー2の副官にはこの法則は当て嵌まらない」

向こうから勝負に来た。姿の狙いはこれか。ユーリが身を乗り出す。

「馮さん、あなたが我々との面会に応じた理由は、姿に興味を持っていたからだけではないですね？」

真っ直ぐに馮《フォン》を見据える。射抜くような冷たい蒼。イワンの誇り高き痩せ犬の眼。

「どうやら馮さんはSIPDにも興味がおありのようだ」

「当然ですよ。世間はあの事件に関する話題で持ち切りじゃないですか。SIPDなる組織も多大な関心を呼んでいる。私も例外ではありません」

「妙な腹芸はそろそろ切り上げてもらえませんか。私は同僚ほど酔狂じゃない。ゲームじみた会話を楽しみに来たのではないのです」

「ハラゲイとは、ご自分が無粋のようにおっしゃるわりには面白い言葉をご存じですね。アジアの裏社会での仕事が長かっただけはあるということですか」

「…………」

「『ユーリ・ミハイロヴィッチ・オズノフ――元モスクワ民警の刑事。在職中殺人その他の容疑で指名手配となり、国外へ逃亡。アジアの裏社会を転々とした挙句、日本に流れ着く』」

空気が凍てついたような無言の間。

言葉を失うユーリ。黒い手袋に包まれた両手が微かに震えている。痩せ犬が水に落ちた。

手札の一枚を晒《さら》して余裕の馮。姿は牽制するように壁際の關《クワン》にチラリと目を遣る。

数秒後、ユーリが口を開く。いつもの冷静な口調。刑事として捜査中であるという意識が辛うじて自制を保たせた。

「正確に言うと、現在では指名手配は取り消されています」

「それも存じていますよ。指名手配は撤回されたが、名誉回復は事実上なされていないこともね」

馮が片手を上げて闞に合図する。

「デスクの上のファイルを」

無言で動いた闞がファイルを取り上げ、馮に手渡して再び元の位置まで下がる。

馮はパラパラとファイルをめくりながら、

「資料は無論データで保管していますが、私は紙で読む方が好きでして……つくづく興味深い組織ですね、ＳＩＰＤとは」

姿とユーリの視線を十分に意識しながら楽しげにファイルを繰る。

「警視庁特捜部ポリス・ドラグーン……刑事部、公安部などいずれの部局にも属さない専従捜査員と突入要員を擁する特殊セクション――通称『機龍警察』」

そしてファイルから顔を上げる。もう笑ってはいない。

「ご存じでしたか、裏社会でそう呼ばれていることを」

「そうらしいな」

姿が頷く。

「香港や中国本土では『机龙警察《ギイロンチンチャ》』と発音します。有名ですよ」

「犯罪者に有名でも嬉しくはないね」

「いくらトップダウンとはいえ、こんな無茶な組織の創設は本来なら到底あり得ない。それを後押ししたのが『狛江事件《こまえ》』だった。そうですね？」

狛江事件。日本警察の悪夢。それを馮《フォン》はさらりと口にした。

「このため警察の抵抗勢力は封じられ、世論の後押しもあって法案は可決された。新たに創設される部署は、その主旨から警察庁直属の実働部隊とすべきという意見も根強くあった。それが結果的には警視庁内に設置された。警察庁の管轄下に置くには運用面で無理があるというのがその理由ですが、新組織の長となった沖津警視長の根回しも大きいと言われている。そう、沖津旬一郎。この人が最大のキーマンだ。そもそも彼は警察関係者でもなんでもない。日本では通常、キャリア官僚が警察庁から外務省に行くことはあっても、その逆、つまり外務省から警察庁に行くことはないそうですね。異例中の異例だとか。しかも外務省入省直後から各国の領事館に赴任、同期のキャリアはさすがに全員が彼の赴任先を把握していたようですが、それでも詳しい職務内容を知る者は殆《ほとん》どいない。彼は一体何者なのか」

「あの人がナゾだという点については大いに同意する」

コーヒーを啜りながら姿がもっともらしい顔で言う。

「ではあなた方も沖津さんの経歴についてご存じないと？」

「質問に来たのは我々の方ですよ」

型通りの警告はするが、ユーリも理解している。質問はとっくに始まっているのだ、双方ともに。そして必要とする答えの輪郭を互いに相手から摑み取っている。

「上官の過去を知らなくても作戦行動に影響はないからな。だが俺にも好奇心てものがある。

何か分かったらこっそりとでいいから教えてくれ」

「いいでしょう」

「頼むよ。俺もいろんなタイプの指揮官を見てきたが、あの人はちょっと独特だな」

「恐ろしいまでの手腕です。全国の警察から若手を中心に有能な刑事を引き抜き、最精鋭からなる捜査班を作り上げた。由起谷さんも夏川さんも実に優秀な人材だ。しかも全員に通常よりワンランク上の階級が与えられている。一番の下っ端でも巡査部長だ。それだけに警察内部の反発も大きかったようですがね。若手で固めたのは旧弊な組織のしがらみを極力排除したかったからでしょうか……ああ、コーヒーのお代わりはいかがですか」

「頼む」

「結構です」

姿とユーリが同時に答える。姿とは対照的に、ユーリはカップに手を付けてもいない。ポットを手に近寄ってきた闞《クワン》が姿のカップにコーヒーをたっぷりと注いで去る。無表情を装ってはいたが、観客の顔だった。白熱するボクシングの試合、あるいは闘犬か何かの。

「新型特殊装備を使用する突入要員としてお二人を選んだのもさすがだ。残る一人、ライザ・ラードナー警部。美しい人ですね。この人の経歴だけがはっきりしませんが、なに、いずれ分かるでしょう……そして、最大の謎がこれだ」

手にしたファイルを開いてテーブルの上に置く。

そこには、これまでメディアに露出した龍機兵の各種スナップが挟まれていた。全国紙の一面を飾った写真。ネットで配信された映像をプリントアウトしたもの。海外の軍事専門誌の表紙。姿とユーリが初めて見る写真もある。

「そう、『龍機兵《ドラグーン》』です」

ユーリが顔を上げる。狙いはこれか――

「次世代型特殊兵装『龍機兵』。世間では機甲兵装の次世代機として第四種とも第五種とも言われているようですが、とんでもない。機甲兵装と龍機兵とでは設計思想が根本的に異なっている。まるで別物だ。まったくの新世代機と言った方が正しいでしょう。問題はそこだ。従来のテクノロジーをはるかに越える機体を日本警察が突然持ち得たという事実は不可解という他ない。部品の多くは既製品か、特注でメーカーに製造させているが、肝心のシステムに関する部分は整備、点検もすべて内部で賄い、調べた限り一切外には出していない。開発者及び開発過程を含めすべて極秘。なんなんですか、これは」

「馮《フォン》さん、質問するのはこちらだと申し上げたはずですが」

「教えてやってもいいぜ」

姿がコーヒーを手に、

「俺の知っている限りでいいのならな」

「本当ですか、姿さん」

「ただし、条件がある」

「伺いましょう」

「このコーヒーの淹れ方と引き換えだ」

馮が思わず微笑する。壁際に控えた闞《クワン》の表情は変わらない。

「いいでしょう、後日でよろしければ闞にメールさせます」

「商談成立だ。さて、知りたいのは龍機兵がいつ、どこで、誰によって作られたか、そして警視庁はそれをどうやって手に入れたのか——以上だな？」

「はい」

「おい姿！」

さすがにユーリが気色ばむ。まさか本気で機密を漏らそうとしているのか？

「面倒なのでまとめて答えるぞ、いいか——以上のことは俺もまったく知らない。以上だ」

「…………」

「知っている限りは答えたぜ。俺達は龍機兵の搭乗要員として警視庁と契約した。与えられた装備を使って任務を遂行する。それだけだ。貸与される装備の開発史なんて契約書には載ってない」

「結構です」

なぜか馮は納得したように、

「どうやらあなたは真実を語っておいでのようだ」

「どういうつもりだ、姿」

ユーリが怒気を表わす。知らない範囲を示すということは、場合によっては大きな情報となり得る。

「おまえはそれでも……」

「警官か、とでも言いたいのか」

返す言葉に詰まる。

「契約書にある守秘義務に抵触することは言ってない。つまり問題は何もない」

「契約がすべてじゃない」

「すべてだよ。おまえだって俺と同じ立場のはずだ。それともおまえは生え抜きの日本の警官だとでも言うのか」

「………」

「契約と言えば、姿さん」

馮《フォン》が何気ない口調で、

「私以外にもかなりの好条件を提示したクライアントがいたはずなのに、あなたはなぜわざわざ条件面で劣る警視庁と契約されたのですか」

「その質問はさっきの取引のうちに入ってない」

「ノーコメントということですか」

「まあ、強いて言うならあんたと同じだよ」

「私と？」

「『龍機兵』だよ」

「ああ……」

合点がいったという顔で馮が頷く。

「あれは間違いなく世界の次期主力兵器になるだろう。この契約で俺は必然的に龍機兵の運用に関するオーソリティーとなる。キャリア上大きなプラスだ」

「確かに……でもそれだけじゃない。他にも何かありますね？」

「さあね。とりあえずそいつもあんたの言う〈特捜部の謎〉の一つにカウントしておいてくれ」

「そうしましょう……ああ、いけない」

ユーリの視線に、急に思い出したといった風を装って、

「最初に伺うべきでした。オズノフ警部は例の事件で入院なされていたとか。お体の方は……」

「ご覧の通り、今はもう大丈夫です」

「ならよいのですが……そうだ」

馮が闞《クワン》に目で合図する。頷いて隣の部屋に引っ込んだ闞が、すぐに何かを持って現われた。酒のボトルと紙袋だった。

「気持ちだけのもので恐縮ですが、これは私からのお見舞いです。どうぞお持ち下さい」

ボトルを紙袋に入れて闞が恭《うやうや》しく差し出してくる。

「悪いがそいつは……」

断りかけた姿を制して、ユーリが紙袋を受け取る。

「お心遣い、ありがとうございます」

闞《クワン》が背後から馮《フォン》に何事か耳打ちする。

「……分かった」

小さく頷いて二人に向かい、

「次の予定が押しています。申しわけありませんが今日はこれまでということで」

姿とユーリが同時に立ち上がった。

「美味いコーヒーだった。ごちそうさん」

「失礼します」

一礼し、ユーリが退出する。姿もその後に続く。

「ああ、姿さん」

馮が姿を呼び止める。

「来年また必ずオファーさせて頂きますよ。その時はよろしくお願いします」

「頼むぜ。忘れないでくれよ」

呑気に言い残して姿は部屋を後にした。

闞は最後まで二人に向かって言葉を発しなかった。

庁舎への帰途、ユーリの運転する黒いインプレッサWRXの助手席で、姿が漏らした。

「受け取らないと思ったんだが……意外だったな」

「……………」

「見舞いでも下手すりゃ収賄とかになるんじゃないのか。おまえがああすんなりと……」

「奴がくれたのは見舞いじゃない。手掛かりだ」

「？」

後部座席に手を伸ばして紙袋を掴み取った姿が、中からボトルを取り出す。

［подарок］——パダーラクと書かれたラベル。なんの変哲もないウォッカ。

ハンドルを握ったままユーリが横目でボトルを一瞥する。

「やはりな。間違いない」

姿はしげしげとボトルを見て、

「中身は酒じゃないのか」

「酒だよ。ただのウォッカだ」

「ラベルに何かあるのか……ロシア語の暗号か？」

「違う」

「じゃあなんだ」

「サンクトペテルブルグにヤーカリという密輸組織があった。三年前に消滅したがな。『パダーラク』はその組織が摘発前に表向き扱っていたブランドだ」

「へえ……」

「見舞いと称してそんな曰《いわ》くつきの酒を出してきた。なんらかのメッセージと見るのが妥当だろう」

「つまり、ヤーカリと取引のあった日本の業者を当たれと言うことか」

「たぶんな」

「なるほど、部長の読みは確からしいな……龍機兵を握ってるってだけで、悪党の方から手土産持参で寄って来てくれる」

　姿はボトルから顔を上げ、

「だが奴は捜査の目を他に向けさせようと狙ってこれを渡したのかも知れないぜ。そうでもなけりゃわざわざ手掛かりを教えてくれる理由がない」

「理由ならある。一つは自分達の組織、すなわち和義幇《フーイーバン》が不必要につつかれるのを避けるため。一つは商売仇の業者を我々に潰させるため。そしてもう一つ……」

「俺達に貸しを作るため、か」

「そうだ。馮《フォン》は異様なまでにSIPDに執着している。ここで貸しを作っておくのは将来的になんらかのメリットがあると計算したんだろう」

「それが分かっていておまえは……」

「貸しというのは向こうが勝手に思っていることだ」

　点滅していた前方の信号が黄色に変わる。ブレーキを踏み込みながら、ユーリは吐き捨てるように、

「俺は見舞いの酒を貰った。それだけだ」

「犯罪組織のモラルについては俺は専門外だが……それじゃ通らんだろう。仁義とか筋って奴だ」

「知ったことじゃない。俺は刑事で、奴らは犯罪者だ。共通しているのは、どちらも屑《くず》だという点だ。屑に信頼を期待する方が悪い」

姿は無言でユーリの横顔を見る。アイスブルーの瞳は真っ直ぐに信号を見つめている。その目には覚えがある。かつて何度も見てきた目だ。そんな目をした男は戦場にいくらでもいた。

ユーリが今見つめている赤の信号。その先にあるものを姿は知っている。〈過去〉だ。


果てしなく続く密林の緑は、記憶の中でその濃さを増している。全身にまとわりつくような湿気の不快さも。

――だいぶ〈バックコーラス〉が多いな。

丘の斜面を登り切る前から、クイナックの集音装置は相当数の銃声を捉え、無線は応援を要請する味方の悲鳴を伝えていた。

――間に合うか。

第二種機甲兵装『クイナック』に搭乗した姿は、バランス制御に留意しながら速度を上げる。除去しきれぬ振動でコクピットの固いシートが背に食い込み、首筋が強張る。だがシートから身を起こして背筋を伸ばすわけにも行かない。操縦桿付棺桶と呼ばれるほどの狭苦しいコクピット。余分な空間はまるでない。閉所恐怖症の人間には一秒も耐えられないだろう。じっとりと沁み出た汗が軍服を濡らす。

グリーンを基調としたリーフ系迷彩の機体は、熱帯雨林の中を野生動物のように移動する。東ティモール、バウカウ県。着任と同時に受けた出動命令。

姿の配属された部隊の一分隊が市街地で反政府ゲリラと交戦中だという。他の分隊は80キロ先で到底間に合わない。指揮官のネヴィル大尉は基地で錯綜する情報の把握に追われていた。出撃可能な機甲兵装はただ一機。大尉は基地に顔を出した新任の姿に、無情にも単独での出動命令を下した。すでに応援に向かっているという多国籍治安部隊との合流が前提だが、彼らの足は遅く、合流地点は未定。

友軍が未着の場合は臨機応変に対応せよ——ネヴィルの命令が言外に何を示唆しているかは明らかだった。

［機甲兵装は従来の軍事上の常識を大きく打ち破る運用が可能である］。世界各地で軍事関係者の認識が変わり始めた頃だった。それでも通常ではまずあり得ない命令だが、姿は拒否しなかった。戦場に〈あり得ない〉命令などない。すべてが〈あり〉だ。

多国籍治安部隊はやはり未着。だいぶ遅れているらしい。戦闘地域に到着した応援は姿のクイナック一機のみ。

――触れ込み以上にキツイ〈職場〉じゃないか。

途方もなく暑い日だった。外の湿気が乗機の装甲を沁み通り、コクピット内で狂気に似た何かに変わる。

丘の頂上部に到達。熱帯雨林の合間から眼下を見下ろす。白く塗られた三、四階建てのビルの合間に、簡素な造りの商店が点在する。身を寄せ合うように建ち並ぶビルの背中は、時に取り残された中世の城壁のように見えなくもない。果てのない内戦に疲弊し切って、コンクリートの屍《しかばね》を山間に晒すありふれた街。ありふれた戦場。

大して距離はない。直線で約200メートル。街までは勾配のきつい草付の斜面が開けていた。

複数の地点で銃火を確認。

――間に合ったが、しかし……

敵の兵力は情報よりはるかに多い。土色のリザードパターン迷彩に塗装された第一種機甲兵装『ノーム』。洗練とは程遠い武骨なクイナックよりもさらに大きく、ずんぐりとした鈍重そうな外見。性能では第二種のクイナックの方が勝っているが、いかんせん多勢に無勢だ。現在も交戦中の味方機クイナックは約十機。それに対し、敵のノームの数はカメラが拾える範囲でざっと三倍。

外装式アダプターでクイナックの右マニピュレーターに装着したバレットM82A1セミ・オートマティック・ライフルの銃口を下方に突き出し、照準システムと連動させる。目標は正面のビル屋上で重機関銃を掃射しているノーム。

トリガーに指を掛ける。発射。コクピットのディスプレイに、12・7㎜×99弾薬で大穴を開けられたノームの背中が映る。

続けて隣のビル屋上のノーム一機。そして街の中央広場を移動中の二機。

姿は淡々とトリガーを引き続ける。狙撃した機体が六機を数えた時、正面のビルの後ろから無数の白煙が立ち登った。

上空より無差別に降り注ぐ砲弾の雨。

反射的に飛び出して斜面を街に向かって滑り降りる。躊躇《ちゅうちょ》の余地はなかった。

背後で熱帯雨林が吹き飛んだ。爆風が来る。

城壁の外へ迎撃に出て来たノーム三機が、姿のクイナックに向けてＫｏｒｄ重機関銃を乱射する。

大きく開けた草地の斜面に遮蔽物は何もない。姿は懸命にレバーを操作して斜面を滑降しながら、銃口を敵に向ける。補正し切れぬブレで照準がまるで定まらない。尾骨から頭頂部まで突き抜ける凄まじい振動。内臓がミキサーでシェイクされているようだ。舌を嚙まないように歯を食いしばる。ディスプレイ内で上下左右に跳ね回る照準マークが、一瞬、先頭の機体と重なった。

発射――ノーム胸部に着弾。残る二機が驚いたように散開する。当然だ。二足歩行型の機甲兵装で斜面を滑降するだけでも相当な熟練が必要とされる。ましてや、滑降しながら精確に射撃する技術など想像もつかないだろう。

二機目を狙撃。急所は外したが、バランスを崩した敵機は斜面を派手に転がり落ちて行く。三機目が眼前に迫っていた。狙撃を断念。左の肩部装甲を向け、正面からぶつかって行く。避けようはない。双方の機体が宙に浮き、次の瞬間、ノームは仰向けに背中から斜面に叩き付けられる。倒れたノームの上にのし掛かる格好で、右マニピュレーターの銃口を敵の胸部ハッチに押し当てる。発射。

沈黙したノームから離れ、速やかに下降を再開。斜面を下り終えて街へ入る。

路地から路地へ。敵部隊の背後へ回る。索敵装置に不具合。間に合わせの調整で飛び乗った機体だ。仕方がない。

横から不意にノームが飛び出してきた。互いの排気が吐息のように触れ合う距離。ノームはＫｏｒｄの銃口を向けようとするが、全長１６２５㎜の銃身が狭い路地の壁に引っ掛かった。咄嗟《とっさ》にM82Ａ1の銃身で相手の銃身を払う。Ｋｏｒｄの12・７㎜×１０７弾が舞い踊り、路地のコンクリートに弾痕を穿《うが》つ。

敵の銃身を片手で押さえ込んだまま、クイナックの左大腿部にテープで貼り付けていた黒いアーミーナイフを左マニピュレーターで引き剝がす。全長90センチ近い機甲兵装サイズ。最も使い慣れたナイフのスケールアップ・コピー。無論材質はまったく違う。機甲兵装の装甲をも貫く特殊合金の刃。

素早く敵の胸部に突き立てる。悲鳴のような軋《きし》みを上げて、ノームは活動を停止した。搭乗者の血の滴るナイフを引き抜き、ただの鉄人形となったノームを蹴倒して先へ。

アンテナ類を収納し、脚部を縮める屋内戦闘モードにシフトチェンジ。あたりを付けた商業ビルの一つに、裏の搬入口から入り込む。

廃墟も同然のがらんとした空ビルだった。通りに面した窓の一つからKordを乱射しているノームを発見する。車輛搭載型の重機関銃を水鉄砲よりも軽々と撃ちまくる快感に酩酊しているのか、こちらに気付く気配はない。経験の浅い新兵だろう。背後に忍び寄ってナイフで仕留める。

狙撃に有利な位置を確保するため、意外に広い階段を使って最上階の四階へ向かう。階段を登り切る寸前でノームと遭遇。上部から突き出されたKordの銃身を掻い潜り、左マニピュレーターのナイフで敵の腹を抉る。

最上階フロア。ナイフを床に突き立て、右マニピュレーターに固定されたままのM82A1の弾倉を交換する。第一種より向上しているとはいえ、機甲兵装の武骨なマニピュレーター一本で弾倉を交換するのはどうしても時間が掛かる。平均で二分から四分。熟練した姿は一分で交換を終え、再びナイフを掴んで窓際へ進む。

ガラスが砕け散った大きい窓の縁から外の様子を観察する。すぐ前の道路で、一機のクイナックが四機もの敵を相手に奇妙な白兵戦を演じていた。

——なんだ、あれは……？

3メートル以上はある太い鉄棒を自在に振り回し、周囲の敵を翻弄している。地を叩き、空を裂き、敵の腕を払い、足を打つ。まるで中国武術の棍《こん》だ。一機のノームが左マニピュレーターをへし折られ、頭部を粉砕される。単純な武器だが近接戦闘での効果は絶大だった。

機甲兵装とは思えぬその俊敏な動きに目を奪われる。おそらく独自に作成した杖術のようなプログラムを自機にインストールし、機体各部をそれに合わせて調整しているのだろう。無論インストールしただけで機甲兵装がその通りスムースに動くものではない。むしろ正常な動作を阻害するに違いない。経験に基くシステムの微調整と、勘所《かんどころ》を熟知した操縦が不可欠だ。眼下のクイナックの搭乗者はそれを見事にやってのけている。

噂には聞いていた。鉄棒を機甲兵装の武器に使う傭兵。外人部隊きっての猛者――王富国《ワンフーグオ》。たぶんこいつだ。

瞬く間に三機をスクラップの鉄塊に変えたクイナックは、鉄棒を振りかざして残る一機に向かう。

その背後に新手のノームが二機。鉄棒を持ったクイナックに銃口を向ける。

姿は窓から機体を乗り出し、すかさずM82A1を連射。新手の二機を撃ち抜く。

荒武者のようなクイナックは、最後の一機に鉄棒の凄まじい突きを食らわせた。ノームの胸部ハッチがたわんで歪み、中の兵士の血が隙間から噴出する。

クイナックが鉄棒を降ろし、姿の方を振り仰いだ。

〈ディアボロスの男か……今日着任すると聞いた〉

姿のコクピットに無線が入る。中国人特有の訛りのある英語。

そうだ、と応じると、無線の声は嗤うようにこう言った。

〈いいナイフを持っているな〉

姿の持つアーミーナイフから滴る血。鉄棒を手にしたクイナックのカメラは、その黒く紅い刃を捉えていた。

〈本当にいいナイフだ……〉

4

西新宿三丁目。ワシントンホテル近くのカフェで、姿《すがた》は運ばれてきたコーヒーのカップを手に取った。

細い道を入ってすぐのビルの一階。ホテルで知人と会った帰途、散歩がてらに歩いていて見つけた店。クラシックな店の構えが気に入った。パリの裏通りにでもありそうな佇《たたず》まいだった。入口の見える壁際の席。背後の非常口は入店時にさりげなく確認してある。身に染み付いた習慣の一つ。

日中はまだ暑いようでもやはり日本の秋だ。夕刻になって急に冷え込んできた。アイスコーヒーを頼むつもりだったが、肌寒さに気が変わった。メニューの中にマンデリンのリントンスペシャルを見つけ、思わず注文した。

香りを楽しみつつ一口啜《すす》る。悪くない。が、店主はローストの加減が不得手らしい。甘味、苦味、そしてコクのバランスがわずかに崩れている。

マンデリンはインドネシアの代表的なコーヒーである。厳密にはスマトラ島北部で栽培されるアラビカ種を指す。

深い味わいに、インドネシアでの日々を思い出す。それは美しい思い出であるはずがない。東ティモールでもコーヒーは重要な輸出作物の一つだ。多くの農民達がコーヒーの栽培で生計を立てている。しかし止むことのない内戦で多くの農園が蹂躙《じゅうりん》され、荒廃した。その過程を嫌というほど目にしてきた。姿自身が機甲兵装で踏みにじったコーヒー園も無数にある。悲嘆に暮れる農園主の顔も鮮明に覚えている。

カップを置いて、ポケットから携帯端末を取り出す。メールをチェック。何通かは丹念に読む。その内の二通を即座に消去し、別の二通をそれぞれ三箇所に転送。その直後、新たに一通が着信した。発信者のアドレスを確認し、すぐに開いて文面に目を走らせる。一つの名前に目が止まった。過去と現在につながる名前。姿の眉根が微かに動いた。

番号を選択して発信する。

相手はすぐに出た。

〈姿か。早いな〉

「メールを読んだ。本当か」

〈百パーセントじゃないがな。それでも、あんたが気にするんじゃないかと思ってね〉「大いに気になる。どこで仕入れた？」

〈グッドマンの『ショップ』だ。他でも知ってる奴がいた〉

「そうか……」

〈役に立ったか〉

「なんとも言えないが、個人的には役に立たない情報であって欲しいね」

〈どうやら俺はいい球を投げたらしいな〉

「借りとくよ。そのうち礼をする」

〈期待してるぜ〉

「来年パリで会おう。またラ・クリニエールで一杯飲《や》るか」

〈レナルズが死んだって話は聞いてるか〉

「聞いてる。遺体はまだ砂に埋もれたまんまだそうだ」

〈おまえも気をつけろよ。死ぬんなら借りを返してから死んでくれ〉

「そうするよ」

携帯を切り、カップを取り上げて口に運ぶ。

マンデリンの芳醇な味わいはいつの間にか消え失せて、苦味だけが残っていた。


「外事一課によると『ヤーカリ』、すなわち日本語で［錨］を意味する名称を持つこの密輸組織は、三年前ロシア当局の一斉検挙により事実上壊滅した。これはオズノフ警部の情報と一致する。詳細は資料を参照のこと」

捜査会議の席上。発言する城木《しろき》理事官の前に置かれたウォッカのボトルに、一同の視線が注がれる。

沖津が皮肉めいた笑みを浮かべ、

「フォン・コーポレーションからの見舞いのボトル。ブランド名の『パダーラク』とは「贈り物」の意味だが、文字通りフォンからの願ってもない贈り物というわけだ」

「待って下さい、部長」

宮近《みやちか》が沖津に向かい、

「出所《でどころ》は犯罪組織との関係が疑われる人物ですよ。いや、仮に姿警部らの報告が事実だとすると、フォンと和義幇《フーイーバン》との関係はもはや疑いの余地はありません」

「仮にってのはなんなんだよ」

小声でこぼす姿を横目で睨んで、

「自分は、フォンが捜査の攪乱を狙った可能性は否定できないと考えます」

「宮近理事官の言う通り、私も慎重に判断すべきかと思いますが」

城木も口を添える。

「君達の意見はもっともだが、せっかく手に入った手掛かりだ。当たってみる価値はあると思うがね」

「それはそうですが……」

「手掛かりの信憑性についての疑念は常にこれを念頭に置き、我々はあらゆる線を追う。夏川班、由起谷《ゆきたに》班は合同でヤーカリと接点を持つ密輸業者を洗い出すこと。現在活動している業者はもちろん、すでに解散した組織を含め、関係者すべてを対象とする。ただし、これまでの捜査も継続。両班からそれぞれ人員を割《さ》いて引き続き捜査に充てることとする」

その言葉に、全員が頷《うなず》く。宮近と城木も納得している。

「ただでさえ人員が不足しているところに、さらに人を出せと言うのはかなりの負担を強いることになると思う。だがやってもらわねばならない。今の我々は、どんな細い線であろうと全力でそれを手繰り寄せるしかないのだ」

「部長」

姿だった。首を捻りながら手を上げている。

「なにか、姿警部」

「実は、頼りない線がもう一本あるようで……いや、実のところ線かどうかも分からないいんですが……」

「言ってみろ」

沖津に促され、立ち上がる。

「傭兵仲間から入ってきた情報なんですがね。いや、情報と言ってもただの噂で……俺達はしょせんフリーの個人事業主であるわけで、定期的な情報交換は業務上不可欠でして。軍人の世間話ときたら、イラクの基地暮らしの愚痴から軍事機密と紙一重のネタまでそりゃあもう……」

「要点を早く言え、要点を」

苛立たしげに宮近が急かす。

「ある男が日本に入国したらしい。他の同業者にも訊いてみましたが、確かなようです」

「軍人か」

「厳密には元軍人ですがね。クリストファー・ネヴィル大尉。ＳＥＡＬｓ《シールズ》（米海軍特殊作戦部隊）出身の傭兵で、東ティモール政府軍の外人部隊で俺と王兄弟の上官だった男です」

「ほう」

沖津が面白そうに目を細める。興味を惹かれたようだ。

「俺、王富国《ワンフーグオ》、それにネヴィル。東ティモールで同じ部隊にいた三人がこの時期に顔を揃えている。中東やアフガニスタンのような紛争地域ならともかく、この日本でね……どう思います？」

「『偶然を信じるな』。外務省の鉄則の一つだ」

「俺達の世界でもおんなじですよ」

姿は頷いて、

「ネヴィルは戦争稼業からはとっくに足を洗ってますが、どんなに耄碌《もうろく》しても観光で来日するようなタマじゃない。間違っても京都で仏像を拝んだり、秋葉原で家電を買ったりはしませんよ」

「元軍人と言ったな。今は民間人なのか」

「カタギかどうかってことですか。とんでもない。書類上は民間人に違いないですがね。足は洗ったが、代わりに手を汚す商売を始めた。軍歴を売りにタチの悪い連中から仕事を請け負う。早い話が軍人崩れの悪党ですよ」

口調に軽侮の色が混じる。

「依頼を受けて犯罪に荷担するという点では今回の富国と同じように思えますが、富国は現役の兵士で、しかも一線級だ。ネヴィルとは違う」

「技量差の話か」

「いや、もちろん富国クラスには及びませんがね、それでも指揮官に任命されるくらいのキャリアはある。なんて言うかな……そう、兵士としての矜持って奴ですか。いくら腕の立つベテランでも、俺達からすると奴は前線から脱落した落伍兵でしかない」

沖津は新しいシガリロの箱を取り出し、

「辛辣だな」

「当然ですよ。兵士と殺し屋はどちらも同じ人殺しだ。この二つを区別するのは職業意識でしかない。プロフェッショナルとしてのね。それがなければ、二つの間の境界はあっと言う間に消えてしまう」

「王富国もそれを見失ったというところか」

「そうなりますね」

姿はあっさりと同意する。

「で……それだけか」

「それだけです」

「そうか」

　未開封の箱のセロファンを爪先で剝がしながら、

「現段階ではクリストファー・ネヴィルなる人物が本事案に関与していると判断する材料は何もない」

　引き抜いた一本に、紙マッチで火を点ける。

「……が、洗ってみる価値はある」

　姿は上司の顔をじっと見つめる。

「偶然を信じるな、ですね」

「そうだ」

「部長」

「なんだ」

「外務省はよっぽど熾烈《しれつ》な所だったようですね。俺がよく知っている戦場のような」

　紫煙の向こうで沖津の目が笑った。が、すぐに厳しい声で全員に言い渡す。

「当面の捜査方針は以下の三点を以て基本とする。一、夏川・由起谷両班によるヤーカリ関連の洗い出し。二、従前の捜査の継続。三、クリストファー・ネヴィルの所在と目的の確認。これは姿警部の担当とする。いいな」

「ま、しょうがないですね。言い出したのは俺だし、仲間内の情報網から当たってみますよ」

警察官の上司に対するものとは思えない姿の言い方に、例によって宮近が眉をひそめる。

「姿警部はネヴィルの資料を本日中に作成のこと。私はICPO《インターポール》（国際刑事警察機構）に照会してみる」

会議は終わった。捜査員達が足早に散って行く。

テーブルの上に残されたウォッカのボトルを、城木が無言で持ち上げる。

少なくとも、これで捜査の端緒が見えてきた——

城木は内心に思う。ネヴィルに関しては、念のため自分から公安《ハム》の外一《がいいち》（外事一課）にも話を通しておこう。備局《びきょく》（警察庁警備局）の外情《がいじょう》（外事情報部）にも。そうした根回しは姿警部には無理と言うより、念頭にもないだろう。そこは自分がフォローすればいい。

改めてラベルを眺める。『パダーラク』。

贈り物、か……

ただの好意に基くものであるはずはない。しかし、たとえ悪意に基くものであっても、現状で唯一の手掛かりであることに違いはなかった。

会議を終えた捜査員達の半数は階段を駆け降り、残る半数はエレベーターホールに向かった。二基あるエレベーターが男達を満載して扉を閉じる。エレベーターホールに残ったのは、緑とライザの二人だけであった。

緑は横目でライザを見る。

ライザはただ無言でエレベーターを待っている。例によってその横顔からは虚無以外の何物も読み取れない。

緑の視線に気付いているのか、いないのか。警察官ではあるが捜査の経験などまるでない緑には、それすらも分からなかった。

努めて事務的な口調で言う。

「ラードナー警部」

ライザが振り返る。やはり無言。

「バンシーの照準システムに再調整の必要があります。ご協力をお願いします」

「分かった」

「明後日の午前十一時はいかがでしょうか」

「構わない」

「では明後日、ラボまでお越し下さい」

ライザが頷く。

エレベーターの一基が戻り、扉が開いた。

二人を乗せたエレベーターが降下を始める。

沈黙の内部。

逡巡の後、緑は思い切って言った。

「笑っていましたね、会議中」

操作パネルの階数表示ランプを見つめていたライザが応える。

「私が？」

「ええ、姿警部が元上官を批判した時に」

「ああ……」

ライザの口許が微かに動いた。

そう、それだ……

それが笑いに見えたのだと、緑は改めて思った。

「落伍兵だ」

「え？」

唐突なライザの言葉に、緑は思わず訊き返した。

「姿はネヴィルを前線から脱落した落伍兵と呼んだ。同じだと思った、自分と」

「…………」

「そうか、私は笑っていたのか」

ライザが呟く。初めて気付いたかのように。

一階に到着。エレベーターの扉が開く。

外に出たライザは、そのまま振り向きもせずに歩み去った。

緑は凍り付いたように身動きもできなかった。

エレベーターの扉が再び閉まった。

「アライメントの調整データをこちらに下さい。それとVSDの再確認を」

端末のモニターを見つめたまま緑は部下の技術者に指示を下す。

モニターに表示されたデータの列がかすんで見える。デスクの上に常時置いている目薬を取り上げ、眼鏡を外して点眼する。

警視庁特捜部庁舎地下。ラボと工場が一体化した広大な施設で、緑の指揮する技術班は不眠不休でバーゲストの修理に取り組んでいた。人員が限られているとはいえ、通常の機甲兵装ならここまで神経を磨り減らすような作業は不要だろう。しかし龍機兵《ドラグーン》は違う。慎重の上にも慎重に扱わねばならない。なぜなら――

龍機兵の開発過程を知る者はSIPDの技術班にさえいないのだから。研究資料の類《たぐい》も一切ない。異常なまでに厳重な審査を経て警視庁に採用された彼らが、特捜部庁舎地下に招集された時、三体の龍機兵はすでにそこに〈あった〉のだ。

「龍骨《キール》の二次チェック、すべて終了しました。これから三次チェックの項目aに移ります」

背後からの声に、眼鏡を掛け直して振り返る。技術者の一人、柴田だった。

「ご苦労様です」

柴田は緑より二つ年上の痩せぎすの男だが、技術以外に興味のない典型的なテクノロジストである。緑と同じく、龍機兵という最高の玩具――と言うにはあまりに禍々《まがまが》しい代物だが

——に取り憑かれている。このような人物でなければ龍機兵の整備は務まらないし、また、それゆえに信頼できる。

「まったく、龍骨の解析さえできれば、こんな手間は掛からないんですけどね。骨が折れると言うか、龍骨が折れると言うか」

柴田がぼやく。技術班お決まりの軽口。

龍機兵の要《かなめ》は『龍骨』と呼ばれる中枢ユニットに組み込まれた統合制御ソフトにある。龍機兵の脊椎《せきつい》に当たる位置に埋め込まれた龍骨の三次元分子構造としてコンパイルされているこのソフトが、龍機兵の驚異的ハイスペックを可能としているのだ。龍骨以外の部品は先進的ではあるものの、複製、交換が可能。言わば龍骨こそが龍機兵そのものであり、それ以外はすべて消耗品にすぎない。だが肝心の龍骨を破壊することなく解析する試みはことごとく失敗に終わっていた。

「それができるようなら苦労しませんよ。一つ間違えばすべてがお終《しま》いですから」

「分かってますよ、骨はいくら折っても、龍骨は絶対に折るわけにはいきません」

柴田は緑の顔を覗き込んで、

「主任、いい加減休まれた方がいいんじゃないですか。顔色が悪いですよ」

そう言う柴田の顔色も健康的と言うには程遠い。緑はモニターの隅の時刻表示に目を走らせる。5:25am——

朝なのか夕方なのか、一瞬分からなかった。最後に食事を取ったのはいつだったか。自分が空腹であるかどうかさえ判然としない。

「もう五日目でしょ、泊まり込み」

「さあ……」

何日目と言われてもピンとこない。龍機兵に関するデータの持ち出しは厳禁とされている。自宅に仕事を持ち帰ることはできない。必然的にラボに泊まり込みとなる。庁舎上階には捜査員用の仮眠室があるが、地下のラボにも技術者のための仮眠設備が整っていた。

緑は主任用のオフィスに簡易ベッドを持ち込んでそこで寝泊まりしている。最低限の生活必需品も揃えていた。事実上の自宅のようなものである。若い女性の生活スタイルとは到底言えない。

「主任が倒れるようなことがあったら、困るのは僕らですよ。僕らだけの手に負える代物じゃありませんからね、あれは」

解体中のバーゲストに目をやって、

「さあさあ、僕らのためだと思って、早く帰って下さい」

柴田の心遣いにはいつも助けられている。

「ありがとう、そうさせてもらいます」

デスクに散らばった走り書きのメモをかき集めて立ち上がった。

「あ、もし計測値に変化があったら……」

「分かってますよ、すぐに連絡します。心配しないで後は任せて下さい」

やれやれ、といった顔で柴田が促した。

蹌踉《そうろう》とした足取りで庁舎を出た緑が、護国寺のマンションに辿り着いたのはそれから約一時間後だった。

新木場駅から有楽町線一本なのが助かる。通勤時間帯の前であったため余裕で座れた。有楽町新線での事件の余波は至る所に残っていて、車内にはテロに対する警戒を呼び掛けるステッカーがベタベタと貼られている。連日の疲労でそんな物を気に留める余裕もなく、たちまち眠り込んで危うく乗り過ごすところだった。

オートロックの正面入口を入って、すぐ横にある郵便受けから溢れていた郵便物を取り出す。殆《ほとん》どがダイレクトメールとチラシの類。開封もせずに備え付けのごみ箱に投げ捨てる。

一階の部屋のドアを開け、肩から下げた大きなバッグを下ろす。１ＤＫのありふれた間取。押し寄せる湿気と埃の匂いも気にせず、八畳の居室に踏み入る。デスクとパソコン機器、そしてベッド。庁舎の自分のオフィスと殆ど変わらない。

窓を開けていた時、キッチンに置きっ放しにしていた携帯電話が鳴り出した。常時持ち歩いている仕事用とは別の、プライベート用の携帯である。

溜め息をついて、キッチンの携帯を取り上げる。

「はい、鈴石です」

〈緑ちゃん、あんた、今までどこ行ってたの〉

伯母の恵子だった。

「どこって、仕事に決まってるでしょう」

ラボでの作業中はプライベートの電話は取り次がないように言ってある。伯母もそれは承知のはずだ。

〈何度かけてもあんたは出ないし、いくら警察だって、結婚前の若い娘が何日も家を空けて、一体どうなってんの〉

緑は無言で顔をしかめる。徹夜明けのささくれた神経が切れてしまいそうだ。

〈あんたって娘は、大事な命日をすっぽかしたりして、それも当日に。肝心のあんたがいなくてどうするの。来てくれた人みんなに説明するの、大変だったわ。調布の恒夫さんなんて、緑はどうした、なんで来てないんだって、もうずっと言ってたんだから〉

恵子伯母は死んだ母の姉で、最も近しい親類である。

「本当にごめんなさい。でも、連絡はしたはずです」

〈連絡ったって、あんな電話一本じゃ〉

「しょうがないじゃない、警察はいろいろあるの。伯母さんも知ってるでしょう、地下鉄の立て籠もり事件」

〈そりゃ知ってるわよ、でもあんたまで家に帰れなくなるなんて、おかしいじゃないの。あんたは刑事さんでもお巡《まわ》りさんでもないんでしょう?〉

伯母には自分の仕事については全く話していない。また話すわけにもいかない。職務規定。守秘義務。たとえそれらがなかったとしても、どう言えばいいのだろう、「私は家族を殺したテロリストの乗機の整備をしています」と。

〈大体、あんた、あんな立派な学校を出て、留学もして、博士号も取って、それがどうして警察なの？　普通の会社じゃだめなの？　そりゃね、あんな事件に遭ったんだから、世の中のために警察に入ってって気持ちも分かるけど、でもね緑ちゃん、あんたみたいな経歴なら、どんな一流企業にだって行けるはずじゃないの。研究施設も立派だろうし、聞いた話だと、お給料だって……〉

「伯母さん、用はなに？」

くどくどと続く伯母の話を強引に遮る。

〈用ってあんた、私がこんなに心配してるのが分からないの〉

「…………」

分かっている。だからこそ、何も言えない。

〈裕子も輝正さんも草葉の陰で泣いてるわ。仁君だって。たった一人生き残った娘がこんな薄情な……〉

「ごめん、疲れてるの。もう切るわ。また連絡します」

〈あっ、待ちなさ……〉

構わず携帯を切り、電源をＯＦＦにする。

両親の名前は出して欲しくなかった。兄の名前も。

家族のことを忘れるはずはない。あの惨劇が忘れられるはずがない。片時も忘れることなく、仕事に取り組んできたのだ。

携帯を放り出してベッドに倒れ込む。

瞬時に眠りに落ちた。夢のない眠りに。


夢から覚めた。延々と続く悪夢から。

それは故郷の夢であり、鮮血の夢であった。夢の中、故郷の空は灰色に重く澱み、街は銃弾が飛び交う廃墟だった。思い出して微かに笑う。それは夢でもなんでもない、単なる現実なのだから。

ベッドの上で、ライザは汗に塗《まみ》れた全身の疲労を自覚する。

『G線上のアリア』。夢の中でまた聴いた。優美なはずの旋律が、凶暴に歪んでライザを引き裂き、煉獄の炎となってその身を炙《あぶ》る。夢で耳は塞げない。遮ることなどできはしない。

夢は夜毎に己を苛《さいな》んで果てしがない。これも罰だというのなら、歓喜と共に受け入れよう。だが胸に残る重苦しい感触は歓喜と呼ぶには程遠い。

半身を起こして汗に濡れたシャツを脱ぎ捨てる。くすんだベージュのカーテンの隙間から漏れ入る眩い入射光。この埃まみれのカーテンは入居前から掛けられていた。一度も開けたことはない。開ければさぞ爽快な景色が広がっていることだろう。

運河に面した田町のロフト。メゾネットの高い天井で古びたファンがゆっくりと回っている。解体の直前で業者の倒産によるトラブルから宙に浮いた物件。居住者はライザのみ。周辺も解体を待つ老朽物件ばかり。沖津部長が見つけてきてくれた。無論単なる好意ではない。ここならたとえ爆弾が仕掛けられても被害は最小限——ライザ一人——で済む。

夢魔は来たが、死神は来なかった。待ち人たる死神は。

枕の下から銃を取り出す。S&W M629Vコンプ。

日本の警察官が携帯、使用する拳銃は原則として種類も定められ、厳しく管理されている。自宅に持ち帰るなどあり得ないが、特捜部の三人の部付は特例としてそれぞれ使い慣れたハンドガンの常時携帯が認められていた。

警察法第六七条の三［国民及び警察官本人の生命の保護に関して特に重大な必要性があると認められる場合に限り］。また警職法第七条第四号以降。

法改正の賜物である。ライザはS&Wのカスタム部門パフォーマンス・センターのカスタムガンを指定した。好んでこんな銃を使用している者は、IRFでも他にいなかった。組織におけるライザの〈役割〉を考えても、極めて珍しい選択と言えた。

6インチのステンレス・バレルに、カーテンの隙間から差し込んだ光が反射して美しくきらめいた。黒いグリップを握り、銃口を下顎に当てる。全弾間違いなく装塡されている。就寝前に確かめる習慣が身に付いているのだ。そのままトリガーを引けばすべてが終わる。44マグナムが脳裏に潜む夢魔を吹き飛ばす。それが許されるのならと何度願ったことか。銃弾で夢魔は消えても罪は消えない。

M629をベッドの上に放り出して立ち上がる。すべては目覚めの度に繰り返される無意味な儀式だった。

空漠たる室内。ベッドとサイドテーブル。一脚しかない椅子に無造作に掛けられた革ジャンと、床に脱ぎ捨てられたデニム。造り付けのクローゼット。他には何もない。キッチンにミネラルウォーターのボトルが数本転がっている。数個のオレンジも。それだけだった。冷蔵庫さえ置いていない。生きるという行為を放棄してしまった者の現世における仮寝の宿。

浴室で冷たいシャワーを浴びながら考える。考えまいとしても考えてしまう。己の過去、己の過ち、己の罪。

冷水は悪夢の残滓を洗い流すが、それだけだ。汗と同じく、悪夢は夜毎に涌いて尽きることがない。このシャワーが聖水であったとしても同じだろう。神の不在を日々証明するかのような現実の中にあって、なお神を信じられる者は幸いだ。神はいない。かつての自分はそれを証明して回る存在だった。M629Vコンプはその証し。牧師の十字架は若い娘のネックレスと同じ、ただのアクセサリーに過ぎない。だがM629の銀に輝くノンフルート・シリンダーは確実に現実のなんたるかを示してみせた。44マグナムの道標。

自分は現実を良い方向に変えるつもりだった、愚かにも。

そのためにM629を使ってきた。何度も、何度も——

M629Vコンプ。また同じことを思う。冷たい水に打たれながら頭を振る。自死。それは許されない。許されてはならない。頑《かたく》なに思う。そんな生易しい罰で許される罪ではない。日本警察との契約は願ってもない僥倖だった。意味のある死に場所を用意してくれるというのだから。龍機兵という名の魔物に我が身を捧げ、犯罪者との戦いに果てるのもいいだろう。それが贖《あがな》いとなるかどうかは問題ではない。膨大な罪の前に、多寡の知れた贖罪《しょくざい》などどれほどの意味があろう。

龍機兵。魔物と呼ぶに相応しい。〈あれ〉はそれだけの見返りを搭乗者に求める。確かにそうと知って契約したがる者は滅多にいまい。自分には打ってつけだった。沖津という男の眼力には敬意を表する。

それにしても自分が警官とは。今まで何人もの警官を殺してきたこの自分が。笑うしかない皮肉な巡り合わせもまた、神ならぬ現実が見せる悪意の一つだ。

ＩＲＦの処刑人が来るのが先か。龍機兵と共に戦場に斃《たお》れるのが先か。

死神か、魔物か、どちらでもいい。自分を冥府へと案内してくれるのならば。

唐突に緑の顔を思い出す。龍機兵が魔物なら、さしずめあの娘は魔物を操る魔導師か。

シャワーを止め、バスタオルで髪を拭きながら心中に呟く。

随分と可愛らしい魔導師もいたものだ――

厳重なセキュリティの施されたゲートをいくつも通過して、ライザは特捜部庁舎地下七階のラボに到達した。白を基調とした吹き抜けのフロアに解体修理中のバーゲスト、それに整備中のフィアボルグとバンシーが見える。忙しげに行き交う技術者達が、時折ライザに目を遣るが、立ち止まる者はいない。庁舎の地上部分に勤務する一般職員と違って、技術班職員は服装も様々だ。技術者らしい作業服を着込んだ者もいれば、科学者のような白衣を羽織った者もいる。また男女を問わず、オープンシャツやトレーナーといった地味な私服の者も多い。

自分の方から声を掛けることもせず、ライザはしばらくゲートの前に佇《たたず》んで技術者達の仕事を眺めていた。

誰かが知らせたのだろう、やがて奥から白衣を引っ掛けた技術者の一人が小走りで出て来た。手足の細長い痩せた男。確か柴田という名だった。

「お待たせしてすみません、こちらからお呼びしときながら」

柴田はしきりに恐縮しながら、ライザを伴ってフロアの奥へと引き返す。

「どうぞ、主任がお待ちです」

フロアの最奥部に置かれた共用の細長いデスクで、緑が端末に向かって作業をしていた。いつものスタッフジャンパー。その後ろ姿に向かって柴田が声をかける。

「主任、ラードナー警部がお見えです」

緑は一心にキーボードを叩き、何かを打ち込んでいる。ピアニストのような流麗な指捌《さば》き。時に激しく、時に静謐《せいひつ》に。

その指遣いに、記憶が疼《うず》く。G線上のアリア。夜毎にライザを苛む遠い日の悪夢。

一向に振り向く気配のない緑に、柴田が再度呼び掛ける。

「主任」

緑が振り返った。ライザを見て、微かに目礼する。いつもの挑発的な視線。

「照準システム再調整の用意ができています。どうぞあちらへ」

挨拶も抜きに切り出してきた。ライザもごく端的に応じる。

「分かった」

先に立つ緑に付いて歩き出す。心配そうな顔をした柴田もその後に続く。

専用のハンガーに固定されたバンシーの前で、緑が立ち止まった。

機体の各部は開放され、無数のコードが周辺に設置された機器に接続されている。両腕掌底部の射撃用内蔵アダプターにも銃の形状をした測定用の装置が取り付けられていた。背面のオプション装備は外されている。

「お願いします」

緑が開放されたままになっているバンシーのハッチを示す。

ライザは無言で革ジャンを脱ぎ、無造作にテーブルに投げ出す。ゴトリと重い音がした。

柴田は、革ジャンの下に覗くステンレスの光に気付いて息を飲む——銃だ。

コクピットに搭乗したライザが腕筒《バンブレイス》に両腕を通し、グリップを握ると、頭部シェルが閉鎖された。網膜にフロアの視界映像が投影される。コードに接続された端末に向かう緑の横顔も見える。すぐに視界は調整用の映像に切り替わった。十数個の光点がランダムに動き回り、束の間静止しては明滅を繰り返す。

緑がテーブルの上に置かれたマイクを取り上げ、パイプ椅子に腰を下ろす。

「警部、VSDの表示に問題はありませんか」

マイクの横の小さなスピーカーからライザの声。

〈ない〉

「ターゲット・ポイントは表示されていますね。停止したターゲットをマークしたらトリガーを引いて下さい」

〈分かっている。いつもと同じ手順でいいんだろう〉

「五秒後にスタートします。同調願います」

〈了解〉

テーブルの上に並べられた複数のモニターに、データが表示される。それに従い、緑が微調整を行なっていく。

モニターを後ろから覗き込んで、柴田は感嘆の呻《うめ》きを漏らす。抜群の動体視力。常人を越える反射神経。龍機兵の搭乗要員に選ばれるだけのことはある。

それに……と緑の横顔に目を向ける。わずかなズレをも見逃さず、即座に調整していく主任も凄い。年下の上司への尊敬の念を新たにせずにはいられない。二人の動きは、長年組んできた野球のバッテリーを思わせる。それほどの息の合い方だった。他の技術者達も作業の手を止めてバンシーの周囲に集まって来ている。

〈……鈴石主任〉

「なんでしょう」

スピーカーからの声に、調整作業をしながら緑が答える。

〈チャリング・クロスの生き残りだというのは本当か〉

一同が凍り付いた。

『チャリング・クロスの惨劇』。イギリス全土を、いや世界中を震撼させたロンドンでの大規模テロ。絶対の禁句だった。このフロア——鈴石緑の率いる技術班では。

「本当です」

平静に答える緑。柴田は、キーを叩く緑の指が一瞬乱れたのを見て取った。

「両親と兄が死にました。私だけが助かりました」

〈そうか〉

柴田達は息を飲んで二人のやり取りを聞いている。

ライザ・ラードナー警部の経歴について詳しく知っているわけではないが、それでもテロリストらしいという話は耳にしている。しかもIRFの。だから全員がライザに対する緑の態度に納得し、共感している。プライベートな会話においても触れることは決してない。

「ラードナー警部」

〈なんだ?〉

「あなたが実行犯ですか、チャリング・クロスの」

〈これは尋問か〉

「世間話です」

各部が剝き出しとなったバンシーの作動音。緑がキーを叩く音。それ以外の音はフロアから消えていた。全員がしわぶき一つできなかった。柴田が恐ろしいと思ったのは、そんな内容の会話を交わしながら、二人が同じペースで調整作業を続けているという事実であった。

「答えて下さい」

〈違う〉

「本当ですか」

〈チャリング・クロスの件には関与していない〉

「でも他の事件には関係してますよね？」

〈…………〉

「何人殺しましたか」

〈…………〉

「答えられないんですか」

機器の一つがプログラムの終了を示すアラームを発した。

機械音と共に、バンシーの上部ハッチが開かれる。

何事もなかったかのようにライザが顔を出し、ハッチから降りてくる。

「以上で終了です。後はこちらの作業ですので、お帰り頂いて結構です」

緑もまた、それまでの会話などなかったかのように言う。

「調整後の再確認のため、明後日にもう一度お越し下さい」

「分かった」

緑が側に置かれていたライザの革ジャンを取り上げる。その重さに驚き、次いで内側に収められたM629に気付く。

銃に目が釘づけになっている緑に、ライザが言う。

「弾は入っている」

静かな声だった。

「使いたければ使っていい。おまえには撃つ資格があり、私には撃たれる理由がある」

「…………」

無言で見つめ合う緑とライザ。

柴田は高まる動悸に息苦しさを覚えていた。止めなくては、早く――だが意に反して体が動こうとしない。

ライザの言葉には答えず、緑は手にした革ジャンを渡す。

「明後日は午前中でお願いします。午後はバーゲストの動力部チェックで手が離せませんので」

「了解した」

ライザもまた自然な動作でそれを受け取り、身を翻《ひるがえ》してゲートへと向かう。

集まっていた技術者達が慌てて左右に退き、道を開ける。

一同の注視の中、ライザはゲートを潜って姿を消した。振り返ることもなく。

「柴田さん」

ライザの消えたゲートを見つめたまま、緑が傍らで冷や汗を拭っている柴田に呟く。

「私、悔しいんです」

「ええ……」

お察しします、と言いかけた時、緑が首を横に振った。

「違うんです」

「え?」

「三機の龍機兵の中で最大の火力と大量殺傷能力を持つバンシー。私はあの機体が憎い。なのに一番愛着を感じてしまう。整備に最も手が掛かるあの機体に」

その気持ちの方がむしろ実感として理解できる。同じ技術者である柴田には。

「それに……私には分かるんです」

もどかしげに緑は続ける、

「バンシーに乗れるのは確かにあの女《ひと》しかいない……上手く説明できませんが、分かるんです、はっきりと」

「……」

「悔しいんです……そんな自分が」

緑のおそらくは偽らざる述懐に、柴田は応じる言葉を見出せないでいた。

未明からの雨は午後になっても止まなかった。そぼ降る雨が参列者の傘を冷たく叩く。

品川、都立環境文化ホール。殉職したSAT《サット》隊員の合同葬儀会場。

事件の規模、そして殉職者の数からするとあまりにささやかな葬儀と言えた。まるで仲間内の密葬に近い規模である。マスコミの取材も殆ど見当たらない。事件に関連したすべてをできるだけ目立たせたくないという警察の思惑があからさまに感じられる。速やかに執り行なわれるべき葬儀が、もっともらしい口実によって今日まで延期されていたのもマスコミを憚《はばか》ってのことである。

広い車道を挟んで斜め向かいの舗道に立ったユーリは、傘を手にしばらく受付に並ぶ参列者を眺めていた。屈強な体軀を窮屈そうに黒い喪服に押し込めた男達の列。

任務に殉じた警察官の葬儀である。本来ならもっと盛大に見送られて然《しか》るべきなのに――参列者達の横顔は皆そう叫んでいるようだった。憤懣《ふんまん》やるかたない思いを胸に彼らはじっと堪《た》えている。自分達SATの失態により、警察全体が苦境に立たされているという負い目。栄えある警視庁特殊急襲部隊の歴史に拭い難い汚点を残してしまったという無念。今はせめて、自分達だけで静かに仲間を見送ろうというのだろう。彼らの心情が、雨の冷気と一体となってユーリの黒いスーツの内へと容赦なく沁み入ってくる。身震いするほどの寒気。厭わしく、そして苦い。かつて何度も味わった。あの寒気はロシア固有のものではなかったらしい。

やはり来るべきではなかったのか。雨に佇み、改めて思う。合同葬儀に特捜部の人間はもとより呼ばれてもいない。行こうか行くまいか、散々迷った。結局、ユーリは足を運ばずにはいられなかった。

受付のテントに向かって、思い切って足を踏み出す。横断歩道を渡り、列に並ぶ。

前に並んでいたのは遺族らしい小柄な老人だった。身長はユーリの三分の二ほどにしか見えない。それでも、背筋は真っ直ぐに伸びていた。警察官の背筋だ。警察官の父親の背筋だ。

ユーリは嘆息する。そして思い出す。かつての同僚達の父を。皆同じ背中をしていた。警察官となった息子を誇りに余生を生きる頑健な背中。自分の父もそうだった。猟犬は産まれた時から猟犬だ。警察官もそうなのだろうか。人が警察官になるのではなく、警察官に生まれついた者が警察官になるのだろうか。

受付のテントを叩く雨音がやけに耳につく。ユーリの順番が来た。受付を務めていた若い男が困惑の色を浮かべる。SATの隊員か。アイスブルーの眼をした白人を見て、即座に特捜部の傭われ警官と察したのだろう。あるいは現場でユーリの顔を見たか。

受付の男は何か言いかけたが、横にいた同僚が目配せで制止した。ユーリは構わず筆を取って姓名と所属を記帳し、香典を差し出す。躊躇《ちゅうちょ》する若い男に代わって、同僚の受付が無言で受け取る。

――葬式の作法だけは心得てやがる。先へ進んだユーリの背後で、声が聞こえた。

——あれで日本の警察官になった気でいるんだろう。

ユーリに気付いた者は、皆一様に眉を顰《ひそ》め、袖を引き合う。互いに顔を寄せ、小声で囁きを交わす。

性根《しょうね》まで同じか、警察官という奴は。ユーリは立ち止まらずに足を進める。

会場内には、警視総監、警察庁警備局長、それに酒田警備部長の姿があった。公安部長もいる。いかに密葬に近い葬儀と言えども、殉職した警察官の合同葬儀にトップが出席しないわけにはいかない。組織においてあらゆるセレモニーはおよそつつがなく遂行されねばならない。特に組織全体が危機的状況にある際には。

降格処分となった佐野元警備部次長も会場のどこかにいるだろう。

正面の壇上には男達の遺影が花に包まれて並べられている。その中央に荒垣班長の写真もあった。髭がないのですぐには分からなかった。何年前の写真だろうか。あの剛毅な荒垣からは想像もつかない、別人のように初々しく緊張した笑顔で写っていた。

その写真を眺めるうち、不意に思い出した。

モスクワ民警の警察官達が集う酒場に飾られていた写真。

凛々しい制服に身を固めた厳めしい面々。店内で肩を組み、ウォッカのボトルを振り上げている男達の笑顔。店の前での集合写真。レスリング大会の記念写真。事件解決を大きく報じる新聞記事の切り抜き。

新人の頃、先輩の刑事に連れられて初めてその店に足を踏み入れたユーリは、モスクワ民警の歴史を物語るような写真の数々に目を奪われた。

それらに混じって、暖炉の上にひっそりと飾られている小さな写真があった。いつの時代のものかすぐには見当も付かない、色褪せた古い写真。旧式の制服と制帽を着用し、使命感と責任感、そして輝かしい誇りに頬を膨らませている若者。店の創業者の息子だと先輩に聞いた。その写真を撮った翌年に殉職したとも。

荒垣の遺影は、その若者の面差しに似ていたのだ。

今までまったく気付かなかった。

日本人とロシア人。人種も時代もまるで違う。だがそれでも二人は似ていた。少なくともユーリにはそう見えた。

髭面の班長が心に引っ掛かった本当の理由は、遠い日に見たあの写真だったのかも知れない。あの頃のユーリもまた、青い理想で胸を一杯にしつつ、踏み出す前途の不確かさに怯える若僧だった——

前列の端に座っていた男が振り返ってユーリを見た。辞職した広重元SAT隊長だった。自己嫌悪と劣等感の混在したその目。憎悪に転化した感情がユーリに向けられている。広重はすぐに目を逸らして前を向いた。複雑に屈折した彼の憎悪は際限なく拡大し、警察全体に広がるだろう。

やりきれない思いで、ユーリは会場の隅から儀式の進行を見守る。

同僚の遺影を見つめる警官達。うなだれ、すすり泣く遺族の女性。何が行なわれているのかよく分からず、退屈そうにしている幼い子供達。誰かが死者の崇高な勇気を称える追悼の辞を述べている。何度も見た光景だった。違うのは、自分一人だけが連帯感の輪から排除されているということだ。今の自分は会場に紛れ込んだ異物でしかない。

列席者は全員前を向いているはずなのに、周囲からの視線が全身に刺さる。いたたまれない。

小さく呟く声が聞こえた──俺達を弾除けにしやがって。

思わず周囲を見回す。声の主は分からない。

またも微かな声──警察官のつもりか、野良犬が。

野良犬か。その通り、猟犬の犬舎に紛れ込んだ野良犬だ。

そっと立ち上がり、会場を後にする。今度ははっきりと聞こえた。

「塩撒いとけ、塩」

こういう場合の〈塩〉が日本で何を意味するのか、ユーリはよく知っている。

受付のテントの前を通り過ぎる。さっきとは違う隊員が立っていた。一人退出するユーリを、無言で見送っている。その視線を背中に感じる。

雨は小降りになっていたが、冷たさを増していた。傘を開く気にもなれず、ユーリは雨の中をそのまま駅に向かって歩き出す。

やはり来るべきではなかった。

5

馮志文《フォンジーウエン》の評した通り、由起谷《ゆきたに》も夏川も［実に優秀］だった。

「ヤーカリとの接点が認められた組織ないし個人のうち、過去半年以内にキモノを扱った形跡のある業者は次の三つ。ベトナム人のグループ。台湾人犯罪者が東水会系吉井組の残党と合流した組織。そしてロシア人実業家エゴール・アルカージエヴィッチ・イズヴォリスキーです」

午後五時。夏川班の報告。

「このイズヴォリスキーという男はヤーカリの有力な構成員だったアナトリー・イワノヴィッチ・ファミンツィンの甥であることが確認されています。ただし、サンクトペテルブルグで保釈中の叔父と現在も連絡を取り合っているかどうかは不明。イズヴォリスキーの表向きの職業は貿易商。札幌と東京に事務所を構えていますが、昨年キモノの部品に転用可能な電子装置を輸出しようとした容疑で北海道警に挙げられています」

夏川班捜査員の説明に応じて、正面と各端末のディスプレイに中年の太ったロシア人の三面写真や関連資料が表示される。

「この時は社員二人が送検され、イズヴォリスキー自身は逮捕を免《まぬが》れましたが、道警ではイズヴォリスキーが大規模な密輸に関わっているのはほぼ間違いないと見ています」

代わって夏川班の別の捜査員が立ち上がる。

「次に台湾人と日本人の合同組織ですが、立ち上げの際に尽力した旧吉井組の組員は早々に追い出され、事実上台湾人が組織を乗っ取った形になっています。今では組織の名を『流弾《リウタン》沙《シャ》』と自称しているくらいです。資料を御覧下さい。組織を束ねているのは孫哲偉《スンチェウェイ》。台湾黒社会の名門天陽盟の下部組織の一員と見られています。この孫哲偉以下、現在判明している構成員の面《メン》（顔）と前《マエ》（前科）、及び扱っていると思われる密輸品目のおおよその一覧がこれです」

ディスプレイに数ページにも亘《わた》るリストが映し出される。その数の多さに、出席者の間から溜め息が漏れる。

「見ての通り、密輸に関しては流弾沙は今最も勢いのある業者と言っていいでしょう。組対《そたい》も重点的にマークしているようです」

夏川主任の報告。

「最後にベトナム人グループですが、構成員は判明しているだけで総勢二十二名。業界的には新参とされる業者です。特定の組織名はなし。意図的に命名していないものと推測されます」

男達の写真と組織図が表示される。

「リーダーのグエン・ミン・ヒエン以下、ゴ・ダック・ト、グエン・ディン・ズンら組織を束ねる幹部と覚しき五名は、いずれも前科はなく、五年前から四年前にかけて合法的に入国。日本での地盤をある程度固めてから、同郷の不法入国者を集めて組織を拡大したものと思われます。ヤーカリ摘発の半年前、約一か月に亘ってグエン・ミン・ヒエンはサンクトペテルブルグへ頻繁に渡航しています。ヤーカリと商談を進めていたとすれば、おそらくこの間でしょう。ヤーカリ摘発以後、グエン・ミン・ヒエンのロシア入国の痕跡は認められません」

由起谷班捜査員の報告。

「夏川班の報告にもありました通り、流通量では圧倒的に流弾沙《リウタンシャ》が勝っています。それに比べればベトナム人グループは零細と言っていい程度の規模です。しかし同グループのシェアはわずかとは言え、キモノ流通ルートの一角を占めているのは間違いありません。昨年小平《こだいら》のマル暴関連施設でキモノのパーツが複数押収された事案があり、組対でも目をつけていたようですが、立件には至らず。今日まで一人の逮捕者も出していない点も業界内での信頼につながっているようです」

由起谷主任の報告。

「ヤーカリ関連とは別の密売ルートも継続して捜査中ですが、こちらは一つ一つ潰している状態で、現在のところ収穫はありません。すべて当たり終えるまでまだ時間が掛かるかと思われます」

沖津部長から技術班へ質問。

「千石駅で回収されたホップゴブリンとジェットボードは台湾製と断定できるか」

外せない作業指揮のため欠席している鈴石主任に代わって、柴田技官が答える。

「いえ、可能性は高いと言えますが、他の地域で密造されたと思われる部品もかなりの割合で混じっています。正直、断定はできません」

「現段階で流弾沙に絞るのはやはり無理があるか……」

沖津の指示。

「従来の捜査も継続して行なうという方針に変更はないが、エゴール・イズヴォリスキー、台湾人組織、ベトナム人グループ、以上三つの業者の監視に重点を置くこととする。夏川班を中心にシフトを組む。由起谷班は夏川班をサポートすると共に、継続して武器密売市場全般の動きを追ってくれ」

最後に姿《すがた》警部の報告。

「やはりネヴィルは日本にいます」

「確かなのか」

「ええ、だいぶ金がかかりましたがね」

「情報料か」

「そうです」

「経理に請求書を回しておけ」

「いいんですか、結構な額面ですよ。それに領収書もない」

「必要かつ適正と認められれば支給する。そうでなければ却下するだけだ」

宮近《みやちか》が嫌な口調で訊いてくる。

「貴様、一体どんな情報屋を使ったと言うんだ」

「昔の知人ですよ」

「知り合いか。まさか談合じゃないだろうな」

「いい加減にしてくれ。ラングレーの男だよ」

「ラングレーの男？」

一瞬きょとんとした宮近が、すぐに目を剝いて、

「ＣＩＡを使ったのか!?」

「退職してるから元ＣＩＡだ」

驚愕したのは捜査員達も同様だった。巨大情報機関のコネが捜査に使えようとは。想像したこともなかった。もしそれが本当なら、姿に支払われたという契約金はどんな金額であっても決して高いとは言えないだろう。

全員の視線に気付いて、姿が慌てて付け加える。

「勘違いしないでくれ。あくまで個人レベルの話だよ。民間警備企業はＣＩＡの下請けでやってる仕事も多い。その契約社員、つまり傭兵は、現地でクライアント側の担当と二人三脚で任務に就いたりする。それこそ中東あたりじゃ四六時中ツラを突き合わせてるよ。元ＣＩＡなんていくらでも知ってるし、なんなら世界中の情報機関の出身者を紹介してもいい」

「君の友人はまたの機会に紹介してもらうとして、次は国内でのネヴィルの所在だな」

沖津が煙を吐きながら言う。

「引き続き当たってみます」

「今度はどこに頼むつもりだ？　元ＭＩ６か？」

宮近の皮肉に、姿がもっともらしい顔で、

「ご指名ならね。東京には結構いるそうですから」

「もういい、分かった」

「もっとも、直接の知り合いはいないので誰かに紹介してもらう必要がありますが。こっちとしては借りは作りたくないんで、紹介料を払った方がいいでしょう。その場合の経費はだいぶ割高になると思いますよ。ああ、それから、よくＭＩ６と言われますが、正式名称はＳＩＳで……」

「分かったと言ってるんだ！」

宮近が甲高い声で怒鳴った。


捜査会議終了後、夏川班と由起谷班は互いの分担とシフトを確認し、ようやく解散となった。

最後まで居残っていた両班の主任が帰途に就いたのは、ほぼ同時刻だった。

庁舎の正面口で偶然顔を合わせた二人は、ごく自然に肩を並べて新木場駅へ向かって歩き出した。二人とも身長は180センチ前後。姿やユーリほど高くはないが、警官特有の威圧感もあって、並んで歩けばかなり目立つ方だろう。共に引き締まった体軀だが、強いて差異を挙げるなら、筋肉質の夏川に対して、由起谷はだいぶ細身である。

「夏川、あの三つの線だがな、実際のところ、おまえはどう見る」

「まあ、ヤーカリとの関連性を考えれば、ロシア人が最有力と言ったところか」

道々、会議を補完するように意見を述べ合う。まったくの予断であり私見なのだが、二人だけになるとそうしたことまで遠慮なく話し合える。

「おまえはどうなんだ、由起谷」

「今集まってる情報《ネタ》からすると、まず台湾人だな。その次はベトナム人だ。イズヴォリスキーの線は薄いと俺は見ている」

「どうして」

「キモノの流れだ。確かに部品の一部はロシアから北海道を経由するルートもあるが、今回犯行に使用されたホッブゴブリンのパーツ分析表……現時点で技術班から出てる奴だ、あれからするとマル被はたぶん別のルートを使ってる」

概して刑事は互いの手の内や腹の内を明かさないことが多い。いかに他者を出し抜いて星を取るか。それがこの職業の大きなモチベーションとなっている。しかし、夏川と由起谷の意識は通常とはいささか異なっていた。従来の刑事部とはかけ離れた特捜部という環境が所属する捜査員達の意識に影響を与えている面もあるだろうが、それ以上に、若い二人は自分達で自覚するよりずっと〈真面目〉だった。何より警察や捜査の在り方に対する考えに、お互い共鳴するものがある。それは二人ともあえて沖津の誘いに応じ、特捜部入りを決意した点からも明らかだった。

「おい」

駅前ロータリーの灯が見えて来たあたりで、夏川が同僚に声を掛けた。

「晩飯もまだだし、ちょっとやってかないか」

先刻の打ち合わせで、その夜は互いにシフト外であることを確認している。

「そうだな……」

由起谷は少し考えて、

「構わんが、どこで?」

「『きの田』はどうだ」

「『きの田』か、久し振りだな」

由起谷は懐かしそうに頷《うなず》いた。

二人は信号の手前で左の脇道に入った。路地の角を三度曲がると、狭小な雑居ビルの一階に古ぼけた構えの小料理屋があった。

『きの田』と染め抜かれた暖簾《のれん》を潜って中に入り、カウンターへ直行する。

カウンター席以外にはテーブルが四つきりという手狭な店内に、他の客はいなかった。

「いらっしゃい」

カウンターの中から愛想よく振り返った四十路の女将が、二人を見て微妙に顔色を変える。

「中生を二つ、それに刺身盛りと、おまかせでつまみを適当に頼みます」

夏川が声を掛けた。由起谷と二人でよく来ていた頃の、お決まりの注文だった。

警察官が集まる店は決まっている。どういう特徴や共通点があるのかは定かには言えない。雰囲気や佇《たたず》まいといったもの以外に、立地や店主の係累なども関わってくる。『きの田』はそうした店の一つだった。

「はい」

女将の芳江《よしえ》はなぜか無表情に頷いて冷蔵庫に向かった。

「いやあ、久し振りだよ、ここ来るの」

「そうですか」

懐かしげに声を掛けた夏川に対して、女将はやはり素っ気なかった。以前はうるさいくらいに「夏ちゃん、由起ちゃん」と話しかけてきたものだったのに。

夏川と由起谷は少し白けた思いで顔を見合わせたが、それでも出されたジョッキを合わせて乾杯した。

「お疲れ」

「お疲れさん」

二人とも一気に飲み干して二杯目を注文する。

いかにも体育会系といった風貌の夏川はすぐに赤くなったが、由起谷の白い肌はさらに白くなる。白面《はくめん》に玲瓏《れいろう》の気が加わって、男振りが一際冴える。

「おまえは得だな、いくら飲んでも顔に出なくて」

「そうでもないよ」

「そんなことあるか。飲んでても仕事に出られるし、女に嫌がられることもない。いいことずくめじゃないか」

「顔に出なくても、心に出るんだ」

ふっと呟いた由起谷の一言に、夏川は調子に乗り過ぎた自分を悟る。

「……すまん」

「いや、こっちが悪かった。詰まらないことを言ったな……あ、この砂肝とヒラメをお願いします」

壁の小さな黒板に目を走らせて注文してから、

「俺の奢《おご》りだ、食ってくれ」

「奢りはなしって約束だろう」

「遠慮するなよ、俺もつまむんだ」

由起谷はいつもの温厚な笑顔を浮かべて言う。多くの部下や市民に慕われるあの笑顔だ。

夏川は知っている。女子職員の人気を城木《しろき》警視と二分する由起谷が、警察に入る前はかなり荒れていたことを。

普段は同じ柔和な二枚目でも、どこまでも紳士である城木に対し、由起谷はまれに悽愴《せいそう》さのようなものを覗かせることがある。これが育ちの違いなのかと、夏川は密かに感じていた。キャリアとノンキャリアの違いといった概念とはまるで異なる。エリート官僚と現場の叩き上げの相違といったものでもない。

選ばれたエリートであるキャリアは春風駘蕩《しゅんぷうたいとう》としていて当然だと思うほど夏川は浅薄ではない。キャリア警察官僚は、警察にあって圧倒的多数を占めるノンキャリアの現場警察官には想像もつかない苦闘——たとえそれが国民を守るという警察の本分から乖離《かいり》したものであったとしても——を強いられていることを夏川は察している。殊《こと》に、一見惰弱とも見えるほどに理想家肌でありながら芯に強い意志を秘めた城木理事官には、夏川は一目も二目も置いていた。

城木と由起谷の違い。それはきっと、人間の本質に根差す何かなのだろう。そんなことを思いながら、夏川はジョッキを口に運んだ。

いかにも南国育ちのように見える夏川は、実は岩手の出身である。一方由起谷は山口の下関であった。中学時代から柔道一筋で、猪突猛進の傾向がある夏川に対して、慎重で堅実な姿勢を崩さない由起谷。性格の違いは捜査において顕著に現われる。対照的な二人であるからこそ、こうして酒を酌み交わすほど意気投合したのかも知れない。

「覚悟はしてたが、それにしてもキツイよな。今度の事案が特殊過ぎるにしてもだ」

カウンター越しに出されたヒラメを醤油に浸しながら、由起谷がさほど辛そうでもない口調で言う。

「ウチの連中、みんなとっくに限界を越えてるだろうに、よくやってくれてるよ。夏川、おまえの班はどうだ」

「ウチか。ウチは体力勝負の猛者揃いだ。まだまだ踏ん張れる」

「班長に似たか」

「そうとも。しかし、人が全然足りてないってのは事実だ。それだけはどうにかしてもらいたいな」

「部長もなんとか増員しようと動いてるみたいだが、いろいろ難しいらしい」

「部長の目は厳しいからなあ。あの人のお眼鏡に適うようなタマは全国の警察にもそうそういないぞ」

「それだけじゃない」

由起谷は声を潜めた。

「上の方には特捜部の規模をこれ以上大きくしたくないって意向があるらしい。それどころか、縮小すべきだという声もあるくらいだ」

「なに言ってやがる」

夏川は憤然とジョッキを置いた。

「今度の事案だって、捜一なんかより俺達の方が一歩も二歩も先を行ってるじゃないか。あんまり認めたくないが、外から来た傭兵連中、あいつらの功績も大きいしな。マル被の面《メン》が割れたのもウチの龍機兵《ドラグーン》あってこそだろう」

その時、勢いよく引き戸が開いて、数人の客が足音高く入って来た。

「おお、空いてる空いてる」

振り返った夏川と由起谷の顔を見て、入って来た客達ははっと口をつぐんだ。

私服だが、全員が明らかに警察官だった。中にはジャージを着た者もいる。全部で七人。

その全員が、カウンター席の二人を凝視して、入口で立ち尽くしている。

「なんだ、小山じゃないか」

中の一人に夏川が声を掛ける。大兵肥満《たいひょうひまん》の大男が無言で頭を下げた。だが目は上げたままで夏川を睨んでいる。

「どうした、元気か」

「……ええ、まあ」

小山と呼ばれたジャージ姿の大男が低い声で応えた。

「いらっしゃい、さあさあ、早く座って座って。まずはビールでしたよね？　すぐに用意しますから、さあどうぞどうぞ」

慌てて飛び出して来た女将が、場を取り繕うように七人の客をテーブル席に案内する。別人のように愛想がいい。仕方なく七人は二つのテーブルに陣取った。

「知ってる奴か」

小声で訊く由起谷に、

「後輩だ。高校の頃からのな」

「高校って、岩手のか」

「ああ、柔道部で一緒にインターハイまで行った。俺が警察官になったら、あいつは警察まで追っかけて来やがったよ。確か今は葛飾署の生安《せいあん》（生活安全課）だったはずだ」

後輩が可愛くてならないといった夏川の口振りだった。しかし、小山の方は不穏な目付きで夏川を睨んでいる。連れの六人も同様だった。運ばれてきたビールに誰も手を付けようともしない。全員耳や手に厚いたこができている。柔道をやっているのは一目瞭然だった。

夏川と由起谷は黙ってジョッキに残ったビールを口に運んだ。

特捜部庁舎以外にも、新木場一帯には警察関連の施設がいくつも存在する。警視庁航空隊、警視庁術科センター、警視庁武道館。そして何より、警視庁第七方面本部がある。一般警察官と飲食店で顔を合わせる可能性は大いにあった。特捜部関係者は当然それを知っているから普段は新木場界隈の店は使わないのだが、今夜の夏川と由起谷はまったく油断していたと言うより他にない。

今やすっかり味の失せたビールとつまみを機械的に口に運んでいても、背中に七人の視線が痛いほど感じられる。店内には不穏な空気が充満していた。女将は調理台で大皿に刺身を盛り付けながらも、時折不安そうに顔を上げては店内に目を配っている。

「夏川さん」

ついに小山が立ち上がった。

「なんだ」

箸を置いて、夏川はゆっくりと振り返る。

「悪いけど、帰ってくれませんか」

「どういうことだ」

「ここは警察官御用達の店なんで」

「妙なことを言うじゃないか、小山。俺も警察官だぞ」

「自分、そうは思ってませんから」

「じゃあ、俺は一体なんなんだ？」

「…………」

「どうした、言ってみろよ」

「裏切り者です」

小山は顔を真っ赤にして言い切った。他の六人も一斉に立ち上がる。ひっくり返った椅子が派手な音を立てた。

「先輩、いや夏川警部補。警部補でいいんでしたよね？　階級、上がったんですよね？　試験もなかったんですよね？　あんたらは出世のために仲間を捨てて出てった裏切り者ですよね？」

「貴様、もういっぺん言ってみろ」

踏み出そうとした夏川を由起谷が目で制止する。

小山の仲間の警察官が怒鳴る。

「聞いてるぞ。千石じゃ、SATの後から乗り込んで現場を荒らすだけ荒らしてったんだってな」

「SATを盾にしたって話もあるぞ。それでも警察官か、あんたらは」

「恥を知れ」

小山を先頭に七人が詰め寄って来る。

「先輩……」

小山はうわずったような声で、

「先輩はずっと自分の目標でした。先輩が柔道部に誘ってくれたおかげで、自分の人生は変わりました。なんの取柄もなかった自分が、インターハイの上位まで行けて、故郷《クニ》の新聞にも載りました。先輩が警察に入ったと聞いて、自分も警察官になりました。なのに、どういうことですか。警察官はみんな同じ苦労をしている仲間じゃないですか。待遇の話じゃないです。捜査の上でも、特捜部だけ特例、特例って、そんなのありですか。みんなが我慢して守ってるルールも破り放題、所轄のシマも荒らし放題って、特捜ならなんでも許されるんですか」

「小山！」

「昔の先輩はそんな人じゃなかった。いつも部のみんなのことを考えてるような人だった。あんたはもう昔の夏川先輩じゃない」

「小山、貴様は！」

顔を真っ赤にして拳を握った夏川より先に、由起谷が前に出た。

「言いたいことはそれだけか」

白い顔が、白さを通り越して蒼く透き通って見える。

まずい、と夏川は直感した。普段と違う由起谷が出る——

「よせ、由起谷」

「ボクは尊敬するセンパイに裏切られました、か？　甘えるなよ。夏川の後を追っかけてきたそうだが、貴様には夏川の背中すらまともに見えてなかったらしいな」

唐突に凄味を増した由起谷の口調に、小山はいささか怯んだようだったが、それでもむきになって言い返してきた。

「あんたに何が分かるんだ」

「分かるさ。甘やかされたガキはどいつもこいつもおんなじ顔をしてやがる。今の貴様らの顔がそうだ」

「なんだと！」

七人の警官が激昂する。

「貴様らの甘え切った意識が警察を腐らせてるんだ。いい加減気付いたらどうだ」

「こいつ！」

小山が由起谷の襟を摑んだ時——

「それくらいにしとけ」

背後から声がした。

いつの間に入ってきたのか、引き戸の内側に、小柄な初老の男が立っている。

「岩《イワ》さん……」

驚いたように夏川が漏らす。

「もういいだろう。おまえらが暴れたら、こんなちっぽけな店なんざ軽く吹っ飛んじまう」

小山はすごすごとテーブルに戻る。

由起谷は冷ややかな表情のまま、突然現われた男をじっと見つめている。そして、いきなり深々と頭を下げた。

「ご無沙汰してます、叔父さん」

「叔父さんじゃないだろ」

「ご無沙汰してます、岩井係長」

初老の男――警視庁警務部教養課の岩井警部は、由起谷の叔父であった。

「おまえさん達に話がある。勘定は俺に任せて表で待ってろ」

由起谷と夏川は素直に頷き、女将に黙礼して店を出た。

次いで岩井は小山達に向かい、

「貴様らも後でたっぷり絞ってやるからな。それまでここでおとなしくしてろ」

小山達は叱られた小学生のように小さくなってうなだれている。

「ほんと助かったわ、岩さん」

女将の芳江が安堵の溜め息をつきながら寄って来る。酒のせいか、あるいはこれまで重ねた苦労のせいか、歳の割に塩辛い声。

「でも悪かったわね、ちっぽけな店で」

「いや、すまんすまん」

皺《しわ》だらけの笑みを見せて、サッと小声で言う。

「女将さん、俺が戻ってくるまで、あいつらになんか旨いもんでも食わせてやってくれ」

「それはいいけど……岩さん」

「なんだね」

困惑顔の芳江が、岩井の耳元で何事か囁いた。

岩井は由起谷と夏川を連れて新木場駅前のファミレスに入った。

「コーヒー三つ」

ウェイトレスに手早く注文を済ませた岩井に、夏川は改めて頭を下げた。

「お久し振りです、岩さん。お元気そうで何よりです」

「おう」

かつて夏川は警察の柔道大会に出場した際、柔道指導室の首席師範であった岩井に見込まれ、その指導を受けたことがある。オリンピックを見据えての特別指導だった。選考には漏れたが、夏川にとって岩井は恩師であった。

一方の由起谷は、運ばれてきたコーヒーに手も付けず、ずっと俯《うつむ》いている。

「さっき『きの田』を出る時な、女将が俺に頼んできたよ。あの二人をもう店に来させないでくれってな」

元々『きの田』は、岩井に連れられて足を運ぶようになった店であった。

「おまえさん達からすりゃ一方的な話だろうが、女将の言うのももっともだ。分かるだろ、あそこは警察で保《も》ってるような店だ。特捜の人間が顔を出すようじゃ、他の警察官が寄り付かなくなっちまう。あの店にとっちゃ死活問題だ」

「ですが岩さん……」

反論しようとする夏川を遮って、

「さっきの騒ぎがいい例だ。俺は今でも柔道の指導員をやっててな、今夜も若い連中を武道館の道場に集めて稽古してたんだ。いい加減汗もかいたところで上がりにして、奴らを先に『きの田』へ行かせたんだが……間の悪い時ってなあ、こういうもんなんだなあ」

「面目ありません」

「なあ、夏《ナツ》よ」

「はい」

「小山はおまえさんの後輩なんだってな」

「はい。気のいい男です」

「同時に気の小さい男だ。そうだろ」

「はい」

「奴の身にもなってみろ。特捜部の主任様の後輩ってだけで、葛飾署じゃ随分と肩身の狭い思いをしてるらしい」

「肩身が狭いって、どういうことですか」

「はっきり言った方がいいか」

岩井は軽く息をついてから、

「いじめられてるんだよ、署内で」

「そんな……」

子供の話ではない。れっきとした大人の世界。それも法と秩序を守る警察の話である。そこで陰湿ないじめが行なわれる。

それが警察というところであると、夏川は嫌というほど知っている。

「あいつは集団の中でしか生きられない。警察官はみんなそうだ。だから警察は突出を許さない。悪く言や、出る杭を寄ってたかって打とうってのが警察の決まりだ。よく言や、お互い助け合ってこその警察だ。それくらい、おまえさんだって分かってるはずだろうが」

「待って下さい」

由起谷が顔を上げた。

「後輩思いで面倒見のいい夏川が、どうして責められなければならないんですか。責められるべきは葛飾署の連中でしょう」

「おい……」

夏川が隣の同僚を振り返る。

少年時代、荒れていた由起谷を更生させたのは他ならぬ叔父の岩井であったと聞いている。またそれが故に由起谷は警察官の道を選んだのだとも。

「志郎、おまえも今は警部補だったな。いいか由起谷警部補さん、俺はな、正直言ってがっかりしてるんだ。俺はおまえが特捜入りを承知するなんて思ってもいなかった。てっきり断るもんだとばかり思ってたよ。あれは拒否もできるってのが建て前のはずだ。実際、捜二の笹原、知ってるだろ、あいつなんて、特捜入りの打診を断ってやったって本庁じゃ大威張りよ。またそれを警察官の鑑《かがみ》だなんてみんなが持ち上げてる」

「それがどうしたって言うんですか」

「どうしたもこうしたもない。俺はおまえにまっとうな警察官になって欲しかっただけだ」

「ウチはまっとうじゃないって言うんですか」

「当たり前だ。どこの馬の骨とも分からん兵隊が警察手帳とゴッィ銃を好き勝手に持ち歩いてるんだぞ。いくら法律が変わったからって……」

「変わったのは法律だけじゃない、世の中です。世の中の犯罪と人の心です」

「屁理屈を言うんじゃない」

岩井の一喝に、由起谷は黙り込んだ。

夏川ははらはらと二人のやり取りを見守っている。

由起谷は昔気質の武骨な警察官であるこの叔父に計り知れぬ恩義がある。また心底尊敬もしている。それだけに、叔父の叱咤《しった》と無理解には複雑な辛さと苛立ちを感じているはずだ。

夏川とて同様である。岩井は自分の資質を評価し、鍛え、選手候補に推薦してくれた。柔道家としての実力と人徳を兼ね備えたこの恩人にだけは、どうしても頭が上がらない。

「まあ聞け。俺は人事課じゃないが、同じ警務だから話は聞こえてくる。なんでも人事の連中は、特捜がいくら手柄を挙げたって表彰も昇任もさせるもんか、絶対に黙殺してやるって息巻いてるそうだ。おまえらは特捜入りで一足飛びに出世を狙ったのかも知れんが、当てが外れたな。もっと厄介なのが人一《じんいち》（人事一課）の監察だ。連中はおまえらが何かしでかすのを今か今かと待ってるぞ。駐車違反や立ち小便どころか、歩き煙草だってやばいくらいだ」

「叔父さん、いや、岩井係長」

「あそこにいたって将来はないぞ。どうせ上の都合が変わればすぐに廃止されるんだ。警務部長もそう言ってた。今からでも遅くない。帰ってこい志郎。夏《ナツ》、おまえさんもだ。人事には俺から話を通してなんとかしてやる。悪いようにはせん」

「…………」

「特捜からの出戻りとなるとどこに行っても居心地は悪いだろうが、心配するな、人の噂も七十五日だ」

「部長が言ってましたよ」

「部長?」

「ウチの……特捜の沖津部長ですよ」

由起谷が上目遣いに叔父を見る。いつもとは違う白さの、冷たい輪郭の顔。

「なんだ志郎、その顔は。まるで昔の……」

「部長は言ってました、警察は動脈硬化を起こしてるってね。自分は必ずしも同意見じゃありませんでしたが。今も違います。動脈硬化じゃない、警察は認知症だ。自分の仕事がなんだったか、何を優先すべきかが、もう自分で分からなくなってる」

一万円札をテーブルに置いて、由起谷は立ち上がった。

「終電なんで、これで失礼します。久々に会えて嬉しかったです、岩井係長」

一礼して足早に去って行く由起谷を追いかけるように、夏川も腰を浮かせる。

「おい、由起谷」

慌ただしく岩井に頭を下げて、

「自分も失礼します。顔じゃ分かりませんが、ああ見えてあいつ、今日はかなり酔ってるんです。自分が飲ませました。勘弁して下さい……おい、待てよ由起谷!」

岩井は何も言わず、苦い顔でコーヒーのカップを取った。

京葉線新木場駅のホームに、由起谷と夏川は重く沈んだ面持ちで立っていた。

「悪かったな、身内の話に」

バツが悪そうに由起谷が言う。

「構わん。岩さんは俺にとっても身内みたいな人だ。第一、あれは身内の話じゃない。俺達の話、いや、警察全体の話だ」

「そうだな」

「それに、岩さんは俺達を心配してくれてるんだ」

「だから悔しいんだ、いろいろとな」

そう呟いて、由起谷は急に話を変えるように、

「おまえの後輩だが……気にするなよ」

「小山か。ああ、大丈夫だ。さすがに正面きってあそこまで言われるのは堪《こた》えたがな……なんだか、自分が本当に警察の仲間を裏切っているよう気さえしてきて……確かに奴の言うのも分かるし……」

「夏川！」

「分かってる。大丈夫だと言ってるだろう」

「ならいいが……」

「小山はな、ああ見えて、根は素直で可愛い奴なんだ。部の練習にも、人一倍真剣に取り組んでた。奴もいずれ分かってくれる。俺達が警察官としてやるべきことをやっていれば、きっと分かってくれると信じてる」

由起谷は黙って夜の線路に目を遣った。

しばらく何か考えているようだったが、不意に向き直って、

「なあ、夏川」

「なんだ」

「俺の顔……今はどんな顔をしている?」

真剣な由起谷の顔を、夏川はまじまじと見つめ、

「いつもの警察官の顔だ」

由起谷はほっとしたようだった。

「ただし、難を言えば……」

夏川は続けて言った。

「優男過ぎてマルB(暴力団)には頭からナメられそうな顔だ」

「そいつはどうしようもない。おまえみたいなコワモテがうらやましいよ」

ホームに滑り込んで来た京葉線の騒音が、二人の笑い声をかき消した。

6

――この野郎、どういうつもりだ！

頬骨の突き出た浅黒い中国人が、白人将校の胸倉を摑んだ。

――何をする、離せ！

オーストラリア軍の制服を着た将校が真っ赤になって抵抗する。

――ふざけやがって、俺たちをなんだと思ってやがる！

中国人は訛りの残る汚い英語で喚いた。

無線機から聞こえたあの声だった。

たった一機の支援を得て勢いを盛り返した外人部隊は、激戦の末、ゲリラを撃退することに成功した。

長大な鉄棒を振るうクイナックの操縦者は、やはり王富国《ワンフーグオ》だった。

乗機から降り立った姿《すがた》は、生き残りの兵士達に向かって片手を上げて見せた。

あれが……あの男がそうか……ああ、そうだ……ディアボロスの男だ……間違いない、噂通りだ……いや、噂以上の腕だ……

生き残りの兵士達が口々に囁く。

富国一人が、無言で姿を見つめていた。

応援の多国籍治安部隊が到着したのはその時だった。

――戦闘の経緯は報告書にして提出するように。副次的被害の詳細もだ。責任者の氏名を明確に記入することを忘れるな。

治安部隊のオーストラリア人指揮官は平然とそう言った。遅れて来た弁解も、敵を撃退した兵士達への敬礼もなしに。正規軍ならともかく、ハイエナ相手では上辺を取り繕う気さえないらしい。せいぜいが戦場をうろつくハイエナ扱い。軍人とさえ見なしていないのだ。

〈副次的被害〉とは、巻き添えとなった民間人の死傷者を意味する軍事用語である。オーストラリア人が気にしているのは、国際的な批判だけなのだ。

そもそも多国籍部隊は東ティモール軍の上部組織でもなんでもない。頭ごなしに報告の命令を受ける筋合いなどもとよりありはしない。オーストラリア人指揮官の態度と口調には、東ティモール全体を見下す傲慢があった。隠そうともしていない。真の戦場は常にマスコミのカメラのフレーム外にのみ存在する。

――ふざけるな！

激昂した富国が飛び出していた。

――分かってるぞ、貴様らはわざと遅れてきやがったんだ！

――言い掛かりだ！

相手の形相に指揮官がたじろぐ。

言い掛かりではないだろう――姿は内心に呟いた。応援要請が出された時点での多国籍部隊の位置からすれば、姿より先に到着していてもおかしくはない。

多国籍治安部隊といっても、主力はオーストラリア軍だ。他の参加国はマレーシア、ニュージーランド、ポルトガル。いずれも東ティモールの資源が目当てのハゲタカだ。国連のコントロールなど無きに等しい。到着が遅れた理由などいくらでも捏造できる。すでに民間人に多数の死傷者の出ている戦闘に参加して責任の一端を問われるのを避けたのだ。そんな無駄な消耗戦は東ティモール政府が勝手に雇った外人部隊に任せておけばいい。要はいかに責任と被害を負うことなく、東ティモール政府に対して発言力を維持するか。オーストラリアの――少なくともこの指揮官の本音はそこにしかない。

――やめろ、富国《フーグオ》!

――落ち着けよ、兄貴!

仲間の傭兵達が慌てて止めに入る。中の一人は富国の弟らしい。顔の造作がよく似ていた。

――貴様、どうかしてるぞ!

――頭を冷やせ!

オーストラリア軍の兵士達も二人を引き離そうとするが、指揮官を締め上げる富国の握力と執念には凄まじいものがあった。

浅黒い顔の中の血走った目。強烈に印象に残る光を宿していた。

――おいおい、味方同士でムダな喧嘩はやめようや。

わざと呑気な声を上げて、姿が間に割って入る。

――ただでさえ暑いんだ、いい加減にしてビールでも飲もうぜ。

富国の腕を姿が摑む。

はっとしたように顔を上げた富国が、充血した目で姿を見つめる。

片手で相手の腕をぐっと握ったまま、姿は強烈な視線を真っ向から受け止める。

兵士達が息を詰めて注視する中で、富国はゆっくりと手から力を抜いた。

――分かってくれたか。嬉しいね。

やはり呑気な口調で姿が言う。

――さっさと離せ！　馬鹿が！

憤然として富国の手を振り払った指揮官の体が、突如くたりと力を失った。

倒れる寸前で姿が危うく抱き留める。

――あれ、どうしました？　しっかりして下さいよ？

指揮官は白目を剝いて意識を失っていた。

――まずいぞ、熱中症だ。無理もない、この暑さだからな……おい、手を貸してくれ。あんたらの隊長だろう。

オーストラリア軍の兵士に失神した指揮官を預け、姿は背後の傭兵達を振り返った。

――さてと、早いとこ撤収してビールと行こう。ネヴィル大尉殿に奢らせようぜ。

傭兵達は無言で姿を凝視している。

――どうかしたか？

――おまえ、さっき、奴の急所に肘を入れたな。

富国《フーグオ》が口を開いた。

――さあな、見間違いだろう。

とぼける姿に、他の傭兵達も口々に言う。

――見間違いなんかじゃねえ、俺もはっきり見た。

――俺もだ。

――あそこを突かれたら地獄だ。オーストラリア人の野郎、三日は小便にも行けねえぞ。

富国の弟――富徳《フードウ》は興奮した面持ちで、

――オーストラリアの連中は誰も気付いてなかった！　凄いぜ、あんなに素早くキメるなんて！

姿は困惑した風を装って、

――よしてくれ、俺は仲裁に入っただけだ。

それに……とニヤリと笑ってみせた。

――オーストラリアの屑野郎が、暑い中をのんびり行進してくるから熱中症になったんだ。ベッドで小便を垂れ流そうが知ったことじゃないね。

傭兵達が声を上げて笑う。それまで険しい形相を崩さなかった王富国も。そして姿に向かって手を差し出した。

その手を取って力強く握り返す。

兵士達の間で歓声が上がった。

富徳は、どこか誇らしげに兄と姿の顔を交互に眺めていた。


午後八時。特捜部庁舎会議室。由起谷《ゆきたに》班捜査員の報告。

「ロシア人貿易商エゴール・イズヴォリスキーの身辺をさらに調査したところ、どうやら廃品リサイクル業への転身を図っているらしいということが判明しました。多少キナ臭いとはいえ、正業です。電子装置の輸出規制違反で腹心の社員二人を道警に持ってかれてから、イズヴォリスキーはすっかり意気消沈して密輸稼業に見切りを付けたようです。少なくとも現在のイズヴォリスキーにはキモノや重火器を動かすほどの力は到底ありません。道警の完全な見込み違いかと思われます」

夏川班捜査員の報告。

「ベトナム人グループに目立った動きはなし。一昨日不法滞在で渋谷署に挙げられた末端の構成員二名は依然黙秘。グエン・ミン・ヒエンら中心メンバーが動く気配も見られません」

夏川主任の報告。

「孫哲偉《スンチェウェイ》以下、流弾沙《リウタンシャ》の主だった幹部が昨日台湾からの旅行者二名と東京プリンスホテルで面談。姓名は林敦凱《リンドウンカイ》、湯彦勲《タンイェンスン》。台湾当局に照会したところ、両名とも天陽盟下部組織の構成員と判明。取引の可能性あり、現在監視下に置いています」

由起谷主任の報告。

「流弾沙《リウタンシャ》とベトナム人グループの過去の取引について、判明しているブッと取引先の詳細は別表の通り。双方とも、やはり重火器の取引が多い模様。なおキモノ及び関連パーツ、オプション装備に関してはさらに遡って調査中。両組織ともに容疑は濃厚で、犯行に使用されたホップゴブリンはどちらが調達したものか、現時点での特定は困難です」

沖津部長の指示。

「ロシア人の線は消えたと見ていいだろう。以後は流弾沙とベトナム人グループの監視に絞る」

姿警部の報告。

「先方から電話がありました」

またも全員が呆気に取られる。

宮近《みやちか》が思わず訊き返す。

「先方だと？　それはまさか……」

「ネヴィルだよ。つい一時間前だ。プライベートの携帯にかかってきた。自分を探してると聞いたってね。まあ、俺の連絡先は業界人なら知ってる奴も多いから、調べるのはそう難しくはないだろうが」

「それはこっちの内偵を察知されたということか」

「そうだ。奴の周辺にはよほど目の細かい情報網があるらしい。こっちも下手《ヘタ》は打ってないはずなんだが、奴の方が上手《うわて》だった」

「はずとはなんだ、はずとは」

「それより姿警部」

城木《しろき》が宮近の怒声を遮って、

「ネヴィルの用件は？」

「『一度会わないか』と」

「君はどう答えたんだ？」

「『いいね』とだけ。他に思いつかなかった」

「それでネヴィルは」

「『明日一二〇〇時、横浜ロイヤルパークホテルのスカイラウンジはどうだ』と来た」

「で、君は」

「『いいね』と」

「それだけか!?　他に何か聞き出そうとは思わなかったのか!?」

宮近の叱責。

「こっちが喋れば喋るほど相手に判断材料を与えてしまう。ブラフをかます余裕もなかった」

「こっちからかけ直すと言って、別の日時を指定するとかだな……」

「それは『罠を用意するから待ってて下さい』と言ってるようなもんだ。接触はそこで確実に途切れる」

「姿警部の判断は間違ってはいない。咄嗟《とっさ》の対応としては他になかったろう」

沖津がおもむろに言葉を挟む。

「この誘いには乗るしかない。我々の立場からするとな」

「ネヴィルもそう読んだからこそ、姿警部に直接接触してきたのでは？」

城木の発言に、宮近も頷《うなず》いて、

「どうでしょう部長、捜査員をホテルに張り込ませて任意で引っ張ってみては？」

「現段階ではなんの容疑もない一外国人を参考人として引っ張るわけにも行くまい。たとえ犯罪者であることが明らかであってもな。監視下には置きたいが、場所まで指定してきて尾行を許すほど甘い相手でもないだろう……姿警部、ネヴィルは他に何か言ってなかったか」

「『懐かしいな』と言ってました。『お互い水入らずで昔話でもしよう』ってね」

「君は『いいね』と答えた」

「そうです」

「では、せいぜい旧交を温めてくるんだな」

「そうしましょう」

城木が驚いたように、

「部長は姿警部一人に任せると？」

「我々としてはネヴィルとの接触を保持することが第一だ。相手の目的がまったく不明である以上、まずは出方を見るしかあるまい」

「しかし部長」

「現状として夏川班も由起谷班も手一杯だ。これ以上の人員は割けない……ラードナー警部、オズノフ警部」

「はい」

二人が同時に答える。

「姿警部に同行してネヴィルを監視。気付かれぬよう距離を置いてな。まあ、向こうもこっちが一人で来ると考えてはいないだろうが。明日はあくまで接触にとどめることとする。手出しはするな」

「はい」

「それとラードナー警部、クリストファー・ネヴィルに関する君の見解を聞いておきたい」

ライザが淡々と答える。

「ファイルを見ましたが、確かに姿警部の話通り、軍人崩れの犯罪者の典型かと思われます。行動パターン、発想、いずれもテロリストのものではありません。しかし……」

「しかし、なんだ？」

「パターンを逸脱する作戦行動を好む傾向がある。前の職場ではこのタイプを〈古狐〉と呼んでいました」

前の職場――ＩＲＦ。

緑がびくりと顔を上げる。

「古狐か、なるほどね」

姿は呑気そうに呟いた。


翌日は日曜だった。穏やかな秋晴れ。横浜ランドマークタワーに赴いた姿は、指定された時刻に七十階のスカイラウンジに直行する。先行したユーリは入口近くのテーブル席で英字新聞を広げている。店内には外国人客も多く、ユーリはごく自然に周囲に溶け込んでいた。

ライザはエレベーターホールの近辺で待機している。

ネヴィルは窓際の席にいた。口髭を蓄えた年輩の紳士。グレイの髪を丁寧に撫で付けている。ありふれたシャツに目立たないブラウンのジャケット。観光客にもビジネスマンにも見える。逆に言うと何者にも見えない。

姿に気付いて立ち上がった。

「よく来てくれた。元気そうじゃないか」

「あんたもな」

二人とも英語で話す。握手はしない。近付いてきたウェイターに、姿はアイスコーヒーを注文した。

「知ってるか、アイスド・コーヒーは百年前に神戸で発明されたそうだ。日本でカフェに入った時は、俺は大概こいつを頼むことにしてる。なにしろ他の国じゃメニューにも載ってないからな」

「それは面白いな」

いかにも興味なさそうに相槌を打ち、ネヴィルはジンジャエールのグラスを傾ける。この時間、バーカウンターはまだ営業していない。

「最後に会ったのはいつだったかな」

「五年前、ハノーヴァーだ」

姿が即座に答える。

「武器見本市で見掛けた」

「そうだった。君は確かソルジャー・ネットワークの理事と話をしていた」

「ああ、あんたはナイツ・アーマメント社のブースを覗いてたっけな」

「よく覚えているな」

「そっちこそまだ惚けちゃいないようだ」

同時に笑みを浮かべる。傍目には親しい友人同士にしか見えない。

「君はあの頃からすでにSNS一押しの目玉商品だったな、姿」

「そうかい。バーゲン品じゃなくてほっとしたよ」

「国際傭兵仲介組織ソルジャー・ネットワーク・サービス。一般には、と言えるほど一般的でもないが、単なる傭兵の派遣会社のように思われながら、どうしてどうして、なかなかに興味深い動きをしているようだな。国際軍事の裏面で何を考えているか、知れたものじゃない」

「へえ、俺は単に兵隊専門の職安と理解してたよ」

「変わらんな、君は。SNSの幹部と昵懇《じっこん》の君が知らんはずはないだろう」

「ソルジャー・ネットワークについて知りたけりゃ、ネットでも覗いてみればいい。昨今はどの業者もサイトやブログを立ち上げて、戦争がいかに有望なビジネスか、満面の笑みで語ってやがる」

「私は戦争業界に復帰するつもりはない。SNSのサイトにも興味はないよ」

ネヴィルのグラスの中で、カランと氷が崩れる音がした。

スカイラウンジからは横浜港が一望の下に見渡せる。抜けるような空。快晴のため房総半島までくっきりと見えた。

「いい眺めだ」

ネヴィルが窓の外に視線を移す。

「まったくだ」

運ばれてきたアイスコーヒーのグラスを手に取って、姿が頷く。

「聞いたよ、君は今、日本警察に雇われているそうだな」

「ああ」

「条件はいいのか」

「まあまあだ」

「地下鉄の事件は世界中で報道されている。射殺された犯人が王富徳《ワンフードゥ》だったとはな。驚いたよ」

「日本には富徳の墓参りに来たって言うんじゃないだろうな」

「そうだと言ったら？」

「笑うね」

少しも笑わずに姿はアイスコーヒーを直接口に運ぶ。ストローは使わない。

「なかなかの味だ。温度も最適。欲を言えば、もう少し苦味に切れが欲しいところだが」

「本当に変わらんな、君は」

「あんたもね、大尉」

「褒められていると理解していいのかな」

「どうとでも」

「本当に変わっておらん。東ティモールで戦っていた頃のままだ」

「変わったさ。俺達全員が。民間警備要員という名の契約社員にな。ＩＣ（インディペンデント・コントラクター）と自称する奴もいるが」

「軍と民間との境界は果てしなく曖昧になっていく。この流れは止められん。だが……」

ネヴィルが苦笑してジンジャエールを飲み干す。

「変わったのは呼び方だけとも言える。君達はローマ帝国以前から連綿と続く雇われ兵の末裔だ。生粋の戦士だ。私は違ったがね」

「呼び名が違うだけでも大違いさ。時代に合わせて意識を変えていかなきゃ、傭兵稼業も立ち往かない。あんただって昔はこの業界にいた人間だ、分かるだろう」

「大変だな、戦争業界も。早くに転職して正解だったよ」

「俺もあんたみたいに目端が利けばよかったんだが、どうにも不器用な質《タチ》でね。商売替えは無理だった」

「謙遜はよせ。柄にもない」

「謙遜じゃない。他に能がなかっただけさ」

「ディアボロスただ一人の生き残りが転職とは、業界の損失だ」

「どうだろうな、それは」

姿はアイスコーヒーを美味そうに啜《すす》る。

「『奇蹟のディアボロス』。南米では『黄金のディアボロス』とも呼ばれているそうだが、君は伝説的傭兵部隊の生き残りという稀に見るキャリアを売りにして、常に有利な契約を勝ち取ってきた」

「それが営業ってもんだろう」

姿はグラスを置いて、

「悪いが今日は俺の話より、あんた自身の話が聞きたくてやって来た」

「そうでなければ会いたくなかった、か」

「どちらかと言うとね」

「構わんよ。今のは私の話でもある。ディアボロスの生き残りを部下に持った上官の気持ちを想像したことがあるかね？　正規軍なら強力なナイトの駒を与えられた将軍の気分にもなれようが、外人部隊の雇われ指揮官《フーグォ》にとってはとんでもないプレッシャーだ。王兄弟も君を相当に意識していた。特に兄の富国だ」

ネヴィルが姿の目を覗き込むように、

「まだ特定はされてないらしいが、逃げた犯人の一人は富国じゃないのか？」

話がようやく核心に触れようとしている——

姿が口を開きかけた時、出し抜けにネヴィルが言った。

「どうだ、少し外を歩かないか」

「外を？」

ネヴィルは目を細めて再び眼下に広がる景色を眺めている。

「せっかくの上天気だ。海沿いに散歩でもしながら話そうじゃないか」

姿は素早く頭の中で考えを巡らせる。この流れを中断させたくはない。提案を拒否すれば話題を変えられてしまう可能性がある。ネヴィルは何かを企んでいるのか？　だとしてもホテル周辺なら人通りも多い。条件としてはこの店内とそう違いはないはずだ……

「いいね」

チェックを済ませ店を出て行く二人を、ユーリは新聞を読む振りをしながら視界の端に捉えていた。

一分後、ユーリは自然に見える動作で立ち上がった。

姿とネヴィルは、待っていた数人の客と共に先着のエレベーターに乗り込む。扉が閉まる寸前、さらに三人の客が乗ってきた。和服を着た日本人の老夫婦とライザだった。

途中の階で何人かの客が降りる。ネヴィルと姿は降りない。一階に着いた。残っていた客全員がぞろぞろと出て行く。ネヴィルと姿はエントランスに向かう。ライザは自然な足取りでフロントに直行する。応対の微笑みを浮かべるホテルマンを一瞥し、踵《きびす》を返してエントランスへ。ホテルを出た二人の移動方向を建物内から確認する。

そこへユーリが合流する。

「対象は」

「エントランスを出て左方向」

素早く打ち合わせてホテルを出る。

ネヴィルと姿はさくら通りを国際大通りに向かって歩いている。ユーリは車道を渡って通りの反対側から、ライザはそのまま大幅に距離を取って尾行を開始する。交替要員がいないため気付かれる可能性が高いが、どうせ相手も尾行を想定しての行動だろう。だとすればむしろ気付かれた方がいいとも言える。

「嫌な暑さだった」

歩きながらネヴィルが言う。

「本当に嫌な暑さだった、東ティモールは」

「そうだったな」

姿は頷く——心から。

狂おしいまでの暑さ。魂が瘴気《しょうき》に浸食されていくような。

分離独立後も東ティモールから紛争の火種は消えなかった。イスラム教国インドネシアの中で、東ティモールの住民の99パーセントはカソリックである。宗教的対立が核にある限り、この火種は際限なく分裂して未来永劫消えることはない。

「君は私をさぞかし無能な指揮官だと思っているだろうな」

「いいや」

言下に否定する。

そんなことはない、あんたより無能な指揮官は腐るほどいた——

「気を遣ってくれなくていい。あの時、君と富徳《フードウ》の小隊に偵察を命じたのは私だ。状況の危険性を君が指摘していたにも拘わらず」

「………」

「そうだ、君は主張したんだ、正しい状況認識を。それゆえ私は作戦を強行した。今だから言えるのだ。あの時は分からなかった。君に対する無意識の反発から、私は判断を誤った。指揮官失格だ」

「そんな昔話をしに日本に来たのか。懺悔がしたけりゃ教会へ行け。俺は神父じゃない。兵士だ」

「今は警官なんだろう、姿警部殿」

「契約期間中はな」

「君は私を恨んでないのか」

「ああ」

「そうか」

姿の返答に、ネヴィルは愉快そうに言った。

「私は君を恨んでいるよ」

思わずネヴィルの横顔を見る。邪悪な古狐の顔。

「同時に感謝もしている。君のお陰で私は転職の決心がついたのだから。こっちの業界ではそれなりの評価を得ることができた。嬉しいものだな、自分の能力を認められるというのは」

「恨み言を言いに来たのか、自慢話をしに来たのか、どっちかはっきりしてくれ」

「どちらでもないよ」

ネヴィルは信号を渡り、反対側の歩道に移った。後に続く姿は、一瞬の視線でかなり後方に尾行するユーリを確認する。見通しのいい一本道なので隠れようがない。

道沿いに細長く続くよこはまコスモワールドとその向こうに広がる運河。穏やかな風景を右に見ながら、歩道と遊園地の敷地を隔てるフェンスに沿って歩く。

晴天の日曜。遊園地は家族連れで賑わっている。観覧車。メリーゴーランド。ファミリーコースター。回転ブランコ。子供達が低年齢層向けのアトラクションに興じている。我が子にデジカメや携帯を向ける親達。子供達は手を振ってそれに応じる。

「君と同じだよ、姿。私は仕事で日本に来た」

「へえ、なんの仕事だ」

「それが君にも関係のある仕事なんだ」

「そいつは気になるね」

ネヴィルが突然立ち止まった。

「あれを見たまえ」

白く塗装された低いフェンス越しに、ネヴィルが遊園地の中を指差す。

ピンクを基調とするファンシーな蛍光色に塗られた円筒型の小さな売店。

「……？」

怪訝《けげん》そうな姿に、

「屋根の上のポールに、旗があるだろう」

「ああ」

確かに売店の屋根に赤い小さな旗が立っていた。

ネヴィルは旗を指差していた手を、ゆっくりと頭上に振り上げる。

同時に、ポールが真っ二つに折れて旗が屋根の上に落ちた。

狙撃——

姿は反射的に背後を振り仰ぐ。車道を挟んで対面に並び建つ高層ビル。クイーンズスクエア横浜の各棟にパンパシフィック東急。発砲地点は特定できない。

「そうだ、あらかじめ狙撃兵を配置しておいた」

ネヴィルが微笑みを浮かべる。柔和でありながら老獪さを覗かせる笑み。

「私の仕事はね、姿、君を拉致することだ」

「俺を拉致するだと？」

予想だにしなかった答え。

さすがの姿も一瞬呆気に取られたが、

「なかなか面白そうな仕事だが、どうだろうな。狙撃兵に狙わせて俺の動きを牽制したつもりかも知れないが、不確実過ぎる。俺が全力で逃げたとしたら？　イチかバチかやってみるかも知れないぜ？　それにあんたを盾にするって手もある」

「君を狙うとは限らない。標的は他にいくらでもある」

ネヴィルが園内を見渡す。子供達を愛でる好々爺のような目で。

姿は思わず呻《うめ》いた。

「貴様……」

歩道の真ん中で立ち止まっている二人の両脇を、前後からやってくる通行人が迷惑そうにすり抜けて行く。

「子供だけじゃない、我が子を見守る親か、往来の通行人か、それとも信号待ちの車のドライバーか。いずれにせよ、今の君の立場では無差別狙撃の引き金となる危険を冒すのはまずいんじゃないかな」

遊園地の内外で、旗のポールが折れたことに気付いた者は誰もいない。ユーリとライザも視認できたかどうか。無理だろう。細長い敷地のため、アトラクション施設に遮られて二人の位置からは死角となっている。

「戦争を生業としている君と違って、私は犯罪で生計を立てている。犯罪に民間人を巻き込んではならないというルールはないんだよ。むしろ積極的に巻き込むことで、軍人の頃には思いもつかなかったフレキシビリティのある作戦の立案と遂行が可能となった」

「フレキシビリティのある作戦ね……確かにそんな発想はなかったよ」

「君にそう言ってもらえるとは光栄だ」

「だがそれでもまだ不確実だと思うがな。民間人が死んだくらいで動揺するような俺じゃない。甘く見過ぎじゃないのか」

「私は君という人間を知っている。戦闘時の君は信じ難いほど大胆なことをやってのけるが、同時にキャリアの汚点となりかねないリスクは徹底して避けようとする。違うかな」

「それが元部下に対するあんたの査定か」

「そうだ。捕虜になることは兵士にとって恥ではない。少なくとも民間人殺害を黙視したと指弾されるよりは、営業上のダメージは少ないはずだ。君がどういう選択をするか、私には明白に思えるがね」

「次から元上官には近付かないことにするよ」

「賢明だ。次があればだがな」

溢れる陽光の中、子供達の歓声が聞こえる。朗らかな音楽。コースターの走行音。行き交う通行人の足音と話し声。

「狙撃兵がどこに、何名配置されているか。君には知る術《すべ》がない。君に与えられる情報は、私が連絡しない限り彼らは撤退せず、狙撃態勢を取り続けるということだ」

「………」

「そうそう、エレベーターに後から乗ってきた女がいたが、君の同僚だろう？　レストランにいた金髪の男も」

ネヴィルの目から柔和さが消えていた。あるのはただ、古狐の本性のみ。

「得意の状況認識は完了したか？　ではこのまま私と一緒に来るんだ。少しでも不審な動きをすれば狙撃手が発砲する。誰かに向けてな」

再び歩き出した二人を遠目に見て、ユーリはほっと息をついた。このままでは二人を追い抜いてしまうところだった。

それにしても、二人は何を話していたのか。そしてどこへ行こうとしているのか。ネヴィルは何かを指差していた。また合図のような動作をしていた。いずれにしてもよくない兆候だ。

ネヴィルと姿は少し先の信号を渡り直し、クイーンズスクエア側の歩道を元来た方へと引き返して行く。間もなく車道を挟んで反対側を歩くユーリと擦れ違う。真正面から出くわす格好となったライザは、咄嗟にクイーンズスクエア一階の専門店街に入る。

ライザはそのまま専門店街の奥へ進む。携帯に着信。ユーリからだった。足早に歩きながら話す。

〈ネヴィルと姿はグランモール公園の階段を上がって横浜美術館の方向へ移動中。何か様子がおかしい〉

「了解」

携帯を切り、片手に握ったまま走り出す。何人かの買物客にぶつかるが、突き飛ばして進む。背後で金切り声と罵声が上がる。構ってはいられない。専門店街を突っ切ってクイーンズモールに抜け、左へ向かう。銀色に輝く捩《ねじ》くれたオブジェが見えてくる。グランモールだ。速度を落とし、右へ。すぐ前をユーリが歩いていた。合流し、先へ進む。

みなとみらい三丁目、四丁目近辺は開発ラッシュの真っ最中で、横浜美術館は巨大な建設現場に包囲された格好となっている。せっかくの美術館も、平日は工事の騒音で心安らぐどころではないだろう。

姿とネヴィルは、細長い美術の広場公園の右端を歩いていた。ライザとユーリは歩速を緩めて二人を追う。最早尾行が気付かれていないわけがない。だが二人は、気にかける様子もなく、まさに旧友のように何事か話しながら足を運んでいる。

突如二人の姿が消えた。建設現場のフェンスの合間から中に滑り込んだのだ。ライザとユーリは同時に走り出す。

フェンスと防塵シートを潜り抜け、中に飛び込む。建設途中の広いホール。奥に設置された作業用のエレベーターが上昇している。駆け寄って鉄骨の合間から上部を見上げる。姿とネヴィルの乗っているのが辛うじて確認できた。エレベーターは四階で止まった。すぐにボタンを押して呼び戻し、同じく四階へ。

ネヴィルはこちらの尾行を巻こうとしているらしい。しかし、姿までがおとなしく同行しているのはなぜだ?

四階に到着。通路は二方向に分かれていた。壁面にはパネルが張られていて見通しが利かない。一瞬目を見交わし、ライザは右へ、ユーリは左へ走る。

曲がりくねった通路。薄暗い内部はかなりの広さがある。放置された資材や道具類の合間を抜け、ライザは奥へと進む。休日のため作業員も警備員もいない。シートの隙間から吹き込む風が、甲高い叫びとなって鉄骨の織り成す大伽藍《だいがらん》を抜けて行く。

(狐の道か)

ライザはかつての同志の間で呼び慣らわされていた言葉を思い出す。『狐の道』。古狐は狩人を錯綜した獣道に誘い込んで方向感覚を失わせ、行方を晦《くら》ます。ネヴィルは明らかにこっちを巻きにかかっている。

(まさか、奴は……)

あり得ない考えが頭に浮かぶ。通路を塞ぐように置かれたセメント袋を飛び越え、さらに足を早める。

途中にいくつかの分岐点。微かに伝わってくる先行者の気配を頼りに、瞬時に方向を選択して足を止めない。殆《ほとん》ど勘だが、躊躇《ちゅうちょ》はない。

突き当たりのブロックにまた別の作業用エレベーター。その周辺に渡された金網状の鉄板以外は床面もなく、上から下まで鉄骨が剝き出しになっている。

エレベーターは一階で停止していた。ボタンを押すが反応はない。

電源が切られている——

下方で物音、そして話し声。ライザは鉄板の端まで駆け寄り、身を乗り出すようにして下を覗き込む。パネルと鉄骨の合間からグレイの車体の一部が見える。その横に姿とネヴィル。後部ドアが開き、姿が中へ押し込まれる。続いてネヴィルが乗り込むと同時に発進する。

ライザの位置からはそこまでしか見えなかった。

急いで立ち上がり、車の去った方向に顔を向ける。床はない。外壁のシートまでおよそ2メートル間隔で数本の鉄骨が渡されているのみ。ためらわずに鉄板を蹴り、手前の鉄骨に跳び移る。続いて次の鉄骨へ。バランスが崩れる。落下しそうになるが、強引に鉄骨を蹴って跳ぶ。距離が足りない。辛うじて右手が掛かった。懸垂で全身を引き上げ、即座に体勢を整えて次の鉄骨へ。

一番外側の鉄骨に飛び付いたライザは、革ジャンの袖に常時隠し持つナイフでシートを裂き、半身を突き出して素早く左右に視線を走らせる。いた。左方に走り去るグレイの車が小さく見えた。携帯電話を取り出し、ズーム最大で写真を撮る。車はすぐに見えなくなった。鉄骨の上で沖津の携帯番号を呼び出し、発信ボタンを押す。コール二回で出た。

〈沖津だ〉

「姿が拉致されました」

庁舎地下で、沖津は技術班から龍機兵《ドラグーン》の整備状況について直接説明を受けていたところだった。

〈現場はみなとみらい三丁目の建設現場。グレイのセダン。車種不明。ナンバーは視認できず。北西へ逃走。写真を送信します〉

「通信室ではなく技術班のラボに直接送れ。すぐに解析させる」

〈了解〉

「こちらはただちに神奈川県警に緊急配備を要請する。君はオズノフ警部と共に一旦本部へ戻れ」

予想だにせぬ事態だった。昨日のライザの言葉を思い出す——「パターンを逸脱する作戦行動」。

なるほど、確かに古狐だ……

手を出すなと命じてあったが、まさか向こうがこんな手を出してくるとは。

携帯に向かう沖津の表情、そして通話の断片から、緑を始めとする技術班職員達もただならぬ状況を察して身を強張らせる。

姿は興味深げに車内を見回す。運転手はヒスパニック系らしい浅黒い肌の小柄な男。助手席に白人の大男。ネヴィルと同じ軍人崩れの犯罪者仲間か。二人とも黒のレザージャケット。後部に押し込まれた姿の左隣に乗り込んだネヴィルが、手早く身体検査をする。ブルゾンジャケットの内側から大型軍用拳銃を抜き取る。FNファイブセブン・タクティカル。それを前の席の大男に渡し、次に携帯電話を奪う。

「見たところ携帯型TACCS（戦術指揮統制システム）の偽装ではないようだが、念のためだ」

バッテリーを抜いて二つにへし折る。

「買ったばかりの新機種だったんだがな」

思わずこぼした姿を、助手席の大男が威嚇するように睨む。

車は桜通りを左折した。

「最初からこれを狙って、わざと自分が日本に入国したという情報を流したんだな」

ネヴィルが頷く。

「予想通り情報はすぐに伝わった。後は自分の周辺に〈センサー〉を張り巡らせて調査の手が伸びてくるのを待つだけだった」

「そしてタイミングを見計らって間抜けな元部下に電話する、か。まるっきりあべこべだ」

「あべこべとは？」

「罠を仕掛けるのは、古狐じゃなくて猟師の方だと相場が決まってる」

「こんな時代だ、相場はいくらでも変動する。さて、君にはしばらくおとなしくしていてもらおう」

「心配するな、もう十分おとなしくしてるじゃないか」

「そうはいかんよ。君が今のところ従順な振りをしているのは逆転の機会を窺っているからだ。あるいはこちらの情報狙いか。いずれにせよ、君という人間の危険性を過少評価するわけにはいかない」

姿は悪戯を見抜かれた悪童のような表情を浮かべる。

「そいつは過大評価ってもんだよ」

「いやいや、至極正当な評価だよ。ディアボロスの男へのな」

そう言うと同時に、ネヴィルは隠し持っていたスタンガンを姿に押しつけた。

その瞬間、横浜から遠く離れた特捜部庁舎地下にけたたましいアラーム音が鳴り響いた。沖津と技術班員ら全員が驚いて振り返る。

アラームを発しているのは、前面ハッチを解放した状態で整備中のフィアボルグだった。いや、厳密にはフィアボルグではない。整備の必要から周辺に設置された機器の一つだった。

「バイタル監視装置のアラームです!」

緑がモニタリング機器に駆け寄って計器を覗く。指揮車輛に搭載されているのと同じものである。龍髭《ウィスカー》と量子結合で連結した龍骨《キール》により制御される龍機兵には、搭乗要員の身体状況を観測する装置が内蔵されている。

「姿警部に急激な負荷! 意識不明の状態と思われます!」

7

沖津の指示で技術班地下ラボが指揮所とされた。そこならば拉致された姿《すがた》のバイタルがタイムラグゼロでモニタリングできるからである。緑が専任で機器に向かっている。ディスプレイは、姿が依然意識不明の状態にあることを示していた。

作業用のテーブルが急遽片付けられ、次々と持ち込まれる電話とPCが置かれていく。瞬く間にラボが指揮所に変貌する。

ライザから送信されてきた写真により、犯行に使用された車種はマツダ・アテンザと判明。すぐに割り出せたのはそこまでだった。いかんせん携帯電話で咄嗟《とっさ》に撮影した写真である。白衣の柴田が最新のレンダリング技術を駆使してナンバーの判読に取り組んでいるが、時間がかかりそうだ。

連絡を受けた城木《しろき》と宮近《みやちか》もラボに飛んで来た。思いも寄らぬ突発事案に二人とも顔色が変わっている。

「まがりなりにも警察官が拉致されるとは、一体どういうことなんだ!?」

「落ち着け、宮近」

同僚を諌《いさ》める城木の声にも、隠しようのない苛立ちが滲んでいる。

「きっと何かあったんだ。ラードナー警部とオズノフ警部の報告でも……」

「あんな奴らが信用できるものか。歴戦の勇士が売りにしては、姿もとんだ見掛け倒しだったな」

「あの状況で拉致とは誰も想像できない。そこを突く罠か何かが仕掛けられていたのかも」

「罠だと、一体なんのために？　何が目的で姿を拉致したって言うんだ⁉」

自分で口にした言葉に、宮近は何事か思い当たったように蒼褪《あおざ》める。同じく城木も。

龍機兵《ドラグーン》――

姿は龍機兵の搭乗要員である。そして彼の脊髄には、フィアボルグの『龍骨《キール》』と対を成す『龍髭《ウイスカー》』が埋め込まれている。

「いや、やはりあり得ない」

宮近が首を振り、

「龍機兵のシステムはカク秘（最上級機密）中のカク秘事項だ。ネヴィルが姿の龍髭について知っているわけがない」

「待て宮近、龍髭を知らなくても単に龍機兵の搭乗員として拉致したとも考えられる」

「搭乗要員の身許《みもと》や氏名だって非公開だぞ」

「警視庁が傭兵と契約したことは知られてる。割り出すのは難しくはない。現にフォン・コーポレーションの社長は知っていた」

「姿への個人的な恨みという線もあるんじゃないのか。奴らの関係からするとどんな因縁があってもおかしくない」

「ただの恨みでここまで手の込んだことをするか？　それもこんなタイミングで。やはり相互に関連した事案と捉えるべきじゃないのか」

顔を突き合わせて言い争う二人に、沖津が冷静に言う。

「今の段階で断定できることは何もない。拉致の目的も、事件との関係もな。だがネヴィルも一国の警察官を拉致してただで済むとは思ってはいまい。重大なリスクを計算に入れた上で決行したんだ」

「それは……つまり相当なバックがあると？」

城木は思わず訊き返した。断定できないと言いながら、沖津が示唆しているのは事実上の断定である。

二人は身を固くして生唾を飲み込む。部長はSAT殲滅《せんめつ》作戦を仕掛けたのと同じ〈敵〉が動いたと考えている……

何も答えず、沖津は二人に背を向けた。

「分かっているのはただ一つ。一刻も早く姿警部を救出せねば彼の命が危ないということだ」

コスモワールド横の駐輪場に停めておいた白いカワサキZZR1400を駆って、ライザは第一京浜を東京に向かっていた。ユーリのインプレッサと一緒に高速神奈川一号横羽線を使わなかったのは、途中で何かを発見できるかも知れないと考えたからだ。

風を受ける全身に込み上げる怒り。それは目の前でむざむざ拉致を許した己に対するものだ。もう一つ、走れば走るほど募ってくる別種の怒り。不条理な、そして無責任な体制への。久しく忘れていた感覚だった。それをこんな異国の地で思い出そうとは。

堪らずバイクを路肩に止め、ヘルメットを脱ぐ。携帯を取り出して発信ボタンを押す。すぐに沖津が出た。

「現在第一京浜を東京方面に向かって走行中。検問は不徹底。ザルもいいところです」

本当か、とは訊き返してこなかった。沖津らしい。携帯を握った顔が目に浮かぶようだ。

「しばらく近辺を走ってみたいのですが……自己判断に基いて」

こんな状態では自分の勘の方がマシだ。少なくとも県警よりはよほど。

わずかな間を置いて、返答があった。

〈許可する〉

ライザとの通話を終えた沖津が、厳しい表情で警電《けいでん》（警察電話）を取り上げる。

「神奈川本部ですか。警視庁特捜部の沖津です。要請した拉致事案について、そちらの指揮担当者を出して下さい」

受話器を握る沖津を全員が固唾を飲んで見守っている。

しばしの間があって、

〈お待たせしました。刑事部長の三田です〉

「沖津です。要請した緊急事案の……」

〈それでしたらとっくに動いています〉

「確認をお願いします」

〈はあ？　どうしてそんな必要が〉

「あくまで確認です」

〈ちょっと待って下さいよ、ウチのオペレーションに口を出そうって言うんですか〉

「通常の事案ではない。警察官が拉致されたんだ」

〈警察官ねえ。お言葉ですが、こっちじゃそうは聞いてませんけど。なんでも外部の派遣みたいな人だとか。とにかく連れ去り事案らしいって報告は上がってきてますんでね、ウチはちゃんとマニュアル通りやってますよ。本職の立場ではそれ以上はなんとも……〉

沖津は無言で電話を切った。

相手の声は全員には聞き取れなかったが、それでも何を言われたか、容易に想像がつく。

警察間の応援要請には、どうしても相手方の好意次第といった側面があることは否めない。総体的に縄張り意識の強い警察組織の中で、特に警視庁と神奈川県警とは長年に亘《わた》る確執がある。さらに警視庁の中でも、特捜部は疎外され、異端視される存在である。

だとしても、この非常事態にまでここまであからさまな対応をされようとは。

「馬鹿野郎……こんな時に……」

拳を握り締めて宮近が呟いた。

「警察同士でこんな……」

城木は思わず同僚の顔を見た。理不尽な悪意への怒り。宮近警視はその身を震わせていた。普段は姿ら三人への侮蔑を隠そうともしない男が。

「宮近……」

今城木の目の前にあるのは、傲慢な官僚の顔ではない。親友でもある同期の男の顔。彼の知る宮近は、強い責任感と使命感を内に隠した男だった。

沖津が再び警電を取り上げる。

「神奈川本部ですか。渡辺本部長をお願いします」

両脇を太い腕に固定されている感覚。引きずられた爪先が地面を擦る。かつて何度も味わった感触。どこかへ連行されている。しかし意識は完全に覚醒していない。ここはどこだ？なぜ自分はここにいる？　再び遠ざかろうとする意識を、必死に呼び戻そうと足掻く。重い瞼を気力で押し開ける。

目の前に聳《そび》え立つ巨大なパイプオルガン。天国の入口の幻影か。

――こいつ、気がついたみたいだぜ。

――面倒だ、もう少し眠らせておけ。もっと電圧を上げてみるか。

――スタンガンは必要ない。こいつで十分だ。

顔面に叩き付けられる鉄の塊のような拳。

姿は再び意識を失った。

8

ラボの指揮所には連絡を受けたシフト外の捜査員達が次々に集まりつつあった。由起谷《ゆきたに》主任の顔も見える。ユーリもすでに帰庁していた。だが、夏川主任を始め、殆《ほとん》どの捜査員は今も流弾沙《リウタンシャ》とベトナム人グループの監視に当たっている。現在庁舎に集まっている者も、時間がくれば交替に出ねばならない。

一同の面上には言いようのない焦燥がある。

「ナンバープレート、判読できました！」

PCのディスプレイに向かっていた柴田が、振り返って大声を上げた。

沖津が即座に命じる。

「神奈川県警照会センターに連絡。Nシステムの照会を要請」

Nシステムとは自動車ナンバー自動読取装置の通称である。その端末装置である赤外線カメラは、幹線道路を中心に広く全国に設置されている。通過車輛のナンバーを撮影したカメラの画像は各警察本部の中央制御室に送られ、連動するコンピューターがすべてを監視、記録する。これにより、手配車輛の通過の有無が確認できる。

城木《しろき》が警電を取り上げて照会センターを呼び出し、柴田から渡された紙片に記された番号を読み上げる。

一同の注視の中、祈るような思いで受話器を置く。後は待つしかない。照会結果がFAXで送信されてくるまで。


——機甲兵装を中心とする近接戦闘兵器が急速に発達した結果、現在では世界の対テロ戦略は大きな見直しを迫られています。特に市街戦における二足歩行型有人兵器の有用性は最早疑う余地はありません。

——より機動性に優れた機種の対テロ特殊部隊への導入は、国家安全保障会議でも今後の主要な課題の一つとして位置付けられていますね。

——その通りです。

——では率直に伺いますが、機甲兵装を運用する組織の中で、現在最強の特殊部隊、対テロ組織と言うとどこだとお考えですか。

漏れ聞こえる英語に姿《すがた》は薄目を開ける。

PCのモニター映像。何度か見たことのあるTV番組。CBSの『60ミニッツ』だ。初老の黒人ジャーナリストが質問している。相手の隙を見逃さぬ上目遣いの視線。思慮深げに組み合わされた両手。いずれもTVで見慣れたものだった。

――一口に特殊部隊と言っても、軍隊系と警察系では大きく異なります。一概には言えませんよ。

モニター内で答えているのは禿げ上がった縁なし眼鏡の白人。［国防総省首席アナリスト］という肩書きがテロップで出る。

カウンターの上に置かれたノートPC。ストゥールに斜めに座ったネヴィルが番組に見入っている。

鈍痛の残る頭を振りながら周囲を見回す。薄暗い中に埃を被った椅子やテーブルが積み上げられている。廃業した飲食店か。だが内装は妙に新しい。出入口のガラス戸からぼんやりとした光が内部に差し込んでいる。背後は厨房だった。

次に自分の状態を確認する。細い鉄の柱――と言うより装飾用のポールか――を抱きかかえるような格好で床にしゃがみ込んでいる。両手には手錠。両足にも。身体に異常はない。立ち上がることもできそうだ。問題ない。脱出が不可能である以外は。

――軍隊系ならまず合衆国陸軍のグリーンベレーやデルタ、海軍のＳＥＡＬｓ、海兵隊フォース・リーコン。イギリスのＳＡＳといったところでしょうか。

――有名ですね。

――ええ、誰でもすぐに思いつくでしょう。それだけに実力は折紙付きです。警察系ならフランスのＧＩＧＮ、ドイツのＧＳＧ‐９、それに日本のＳＩＰＤ。

――ＳＩＰＤ？

黒人ジャーナリストが顔を上げる。

――あまり聞き慣れない名前ですね。でも……ええと、確か……

――そう、先日日本で起きた地下鉄爆破テロの際にも出動が確認された部隊です。SIPDのPDとは、NYPD（ニューヨーク市警）などのようにポリス・デパートメントの略ではなく、ポリス・ドラグーンを意味します。

――龍騎兵ですか、警察の。

――ええ。この組織が使用する新型の機甲兵装は間違いなく最強の……

ネヴィルがゆっくりと振り返る。

「もう起きたのか。相変わらず目覚めが早いな」

「邪魔したかな」

「ああ、これか」

ネヴィルはPCモニターに目を遣って、

「昨日放映された番組だ。ちょうど君に関係ありそうなレポートだったのでね。この記者には見識を感じる。ジャーナリストにしてはだが」

「同感だ。こいつにはなかなか見所がある。ジャーナリストにしてはだが」

「さて……」

ネヴィルがノートPCを閉じて姿に向き直る。

「今の私の気分が分かるかね」

「捕虜への尋問にしては妙な質問だな」

「君は捕虜じゃない。取引される商品だ」

「なるほどね」

姿は頷《うなず》く。誰かに——クライアントに引き渡そうということか。

「告白すると、長年の重荷を下ろしたような壮快な気分なんだ。スカイラウンジでも言ったが、私にとって君はプレッシャーそのものだった。戦争業界から退いた後もそれは変わらなかった。だが今の私は君の命をこの手に握っている。最高だよ」

ネヴィルはPCの横に置かれたアーリータイムズのボトルを取り上げ、グラスに注ぐ。

「そいつは祝杯ってとこか」

「仕事中はやらん主義だが、今日だけは別だ。この仕事を依頼された時、私は思った。こいつは私が君に劣っていないことを自分自身に証明する願ってもないチャンスだとな。無論報酬も破格だったがね。しかし分かるだろう、問題は金じゃない。誇りだ」

「さっぱり分からんね、悪党の誇りなんて」

「それだ、君のその態度だ。分かっていながら鈍感な振りをする。実に不快だ。きっと富国《フーグオ》も同じだったと思う」

王富国。その名が聞きたかった。内心に緊張を覚えながらも姿は顔には表わさない。

「あの部隊の中で、君と王兄弟とは特に親しいように見えただろう。他の隊員にはな。だが私は少々見解を異にしている。東ティモールで君は富徳《フードウ》の命を救った。富国は君に借りができた。とてつもなく大きな借りだ。奴は弟を溺愛していたからな。私同様、奴はそれ以前から君に対してコンプレックスを抱いていた。私と違っていたのは、奴は君に匹敵する戦士だったという点だ。それだけに奴にとっては複雑なものがあったと思う。しかも奴の弟は、王富徳《フードウ》は、すっかり君に心酔していると来た。奴にとって、弟のヒーローは自分一人でなくてはならなかったんだ」

「さすがは元上官だ。よく見てる……いや、マジで感心したよ」

大きな音を立ててネヴィルがグラスを置いた。懐からベレッタM92FSを抜き、まっすぐに姿に突き付ける。

「それ以上私に対してふざけた口を聞くことは許さん」

紛れもない殺意が囚《とら》われの姿に刺さる。姿は平然とそれを受け止める。

「君の命は私の手の中にある。それが現在の状況だ。違うか」

「今あんたの手の中にあるのは確かだが、商品を破損すればあんたは賠償責任を負う。クライアントに対してな」

「……………」

「あんたが受注したオーダーには多分こうあったはずだ、『生きたまま引き渡せ』と」

無言で姿を見つめていたネヴィルは、大きく息をついてベレッタを収め、再びグラスを取り上げる。

「ディアボロスの男……大したものだ。その存在だけで場を制する。自覚したことがあるか。

君が富国《フーグオ》に与えた影響を」

「ないとは言い切れない」

「奴は一流だ。本物の兵士だった。それがどうだ、今ではテロの実行犯だ。私と同じ犯罪者だ。あれだけの能力を持った男がだぞ。君という存在が、富国の視界を妨げたんだ。奴の全身に付きまとって離れぬチャフとなってな。奴は自分でも気付かぬうちに戦場から逸脱してしまったに違いない」

グラスを傾けながらネヴィルは述懐する。心底からの言葉だろう。それは殺意よりも鋭く姿に刺さった。

「奴が兵士でなくなったのは俺のせいだと言いたいのか、悪党のあんたが」

「そうだ、姿。君のせいだ。私だからこそ分かるんだ」

「…………」

「君は今SIPDに雇われていたな。ひょっとして富徳を射殺したのは君か」

「……だとしたらどうする」

ネヴィルの目が昏《くら》い歓喜を覗かせる。

「やはりそうか。こいつはいい。富徳の命を救った君が、結局富徳の命を奪った。実に面白い。運命を感じるよ」

何か言おうとした姿が口を閉じた。背後から人が入ってくる気配。二人だ。厨房の方にも出入口があるらしい。

「一回りして来た。異常はない」

白人の大男だった。もう一人は運転をしていたヒスパニック系の小柄な男。二人ともスタームルガーＰ９を手にしている。

「一回りした／サブマシンガンを手に」。するとここはどこだ？　独立した店舗ではない。建造物の中か。外部からは見えない場所。少なくとも周辺に人が立ち入らない場所。

「こいつ、もう気がつきやがったのか」

ルガーＰ９の銃口で姿の白髪頭を小突きながら大男が言う。南部訛りの残る英語。短く刈り上げたダークブラウンの髪。異様に盛り上がった筋肉を誇示するように袖を捲《まく》り上げている。間違いなくステロイドをやっている。

兵士の中には盲目的な肉体信奉者が少なくない。彼らの多くは日常的にステロイドを使用し、筋肉の増強に腐心する。他者を威圧する筋肉が戦場における安全保障だと信じ込んでいるかのように。彼らはオーディナリー・ピープル——普通の人々だ。凡庸な男達だ。決して一流の兵士にはなれない。ステロイド常用者は精神の安定を欠く傾向がある。過酷極まりない生死の境で、冷静な判断を下せない。現にこの男がそうだ。軍隊から脱落し、犯罪者となっている。ネヴィルも分かった上で使っているのだろう。

だとすれば……

姿は考える。だとすれば、この作戦は急遽立案されたものだ。もっとマシな人材を確保する時間がないほどに。そうでなければ、ネヴィルがこの程度の男を仲間に加えたりはしない。

「本当にこいつが〈伝説の男〉なのか」

「その男を甘く見るな、ザック」

「こんな奴より凄い男は戦場にはいくらでもいたぜ、なあベニート?」

ザックと呼ばれた大男が相棒に同意を求める。ベニートは無言。ネヴィルは呆れたように首を振る。

「ディアボロスってのはそんなに凄かったのか？　伝説と言っても噂話に尾鰭の付いたようなもんじゃねえのか？」

不服そうな顔でザックがなおもネヴィルに絡む。

よほど機嫌がいいのか、それとも部下の操縦法と心得ているのか、ネヴィルはグラスを傾けながら語る。孫に思い出話を聞かせる老人のように。

「ディアボロスの名は業界では絶対だ。例えばブルンジの脱出作戦。民族浄化を叫ぶ二千人のゲリラに包囲された村から、二百人の難民を脱出させた。一人の犠牲者も出さずにだ。正規軍すら見放して知らん顔をする中で、一傭兵部隊が不可能と思われた作戦をやってのけたんだ。あるいはシエラレオネの鉱山解放作戦。武装勢力が占拠するダイヤモンド鉱山を急襲して、強制労働を強いられていた人民を解放した。武装勢力は資金源の70パーセントを失い、崩壊した。ディアボロスは軍事上の輝ける伝説であり、その名は常に羨望と共に語られる。『奇蹟のディアボロス』と。その最後の生き残りが、この男、姿俊之だ」

ネヴィルは自身の言葉に違わぬ羨望の目で、手錠に繋がれた姿を見る。その目には同時に根深い屈折があった。長年の重荷を下ろしたと言っていた先程の境地とはかけ離れた、決して癒されてなどいない屈折が。

ＦＡＸが送信されてきた。

城木がすぐさま取り上げる。

「該当車輛ヒット！　国道１３２号線夜光《やこう》交差点北２８２５６番、通過時刻十三時四十四分」

「そこだけか!?　他はどうなんだ!?」

宮近《みやちか》が勢い込んで訊く。

「国道４０９号線、他主要幹線道路すべてノーヒット！」

「多摩川は!?　多摩川は渡ってないんだな!?」

「神奈川一号横羽線大師北、産業道路大師橋、多摩川トンネル、いずれも未通過。まだ神奈川県内だ。都内には入ってない！」

現在時刻十四時二十五分。正面のディスプレイに表示される当該地区の詳細な地図。

沖津がディスプレイを見上げ、

「マル被はこの一帯に潜伏している可能性が高いと推測される」

赤く表示される地域——夜光、日ノ出、田町、江川、殿町、そして小島町。国道１３２号線と産業道路によって区切られた臨海地域。

「すでに車を乗り換えたかも知れないし、ナンバープレートを付け替えたかも知れない。だがそれでも今はこの可能性に賭けるしかない」

一同を振り返り、

「ただちに神奈川本部に連絡。周辺道路の封鎖、検問を要請。由起谷主任」

「はいっ」

「シフト外の捜査員を指揮し、県警と合同で姿警部の捜索に当たれ」

「はっ」

「宮近理事官、念のため君も同行して神奈川県警との調整に当たってくれ」

「分かりました」

「海保（海上保安庁）の三管（第三管区海上保安本部）にも連絡。運河から船を使う可能性もある。当該海域の封鎖と船舶の臨検を要請」

そしてバイタル監視装置に向かう緑に、

「鈴石主任、姿警部の状態は」

「意識回復しています。生命に別状はないようです」


純白のＺＺＲ１４００で羽田空港周辺を走行していたライザは、携帯の振動に気付いてバイクを止める。沖津だった。

〈現在位置は〉

「国道131号線、羽田近くです」

〈データを送信する。敵はその地域のどこかだ。姿はまだ生きている。君が一番近い。羽田出入口から首都高に乗れ〉

「了解」


店舗跡にゴルフバッグを抱えた白人が音もなく入って来た。ベージュのジップアップ・ニットにブラック・デニム。

「予定通り回り道をしてきたが、検問はそれほどでもなかったぜ」

「ご苦労だったな、ハットン」

ネヴィルが頷く。

「そうか、狙撃兵はこいつか」

姿の声に、男が振り返る。針金のように痩せた体軀に細長い顔。シャネルのサングラスが似合う甘い顔立ちだが、気配を感じさせない身のこなしと雰囲気は狙撃兵特有のものだ。ゴルフバッグの中身はライフルに違いない。姿がスタンガンで失神させられた後、ネヴィルからの連絡を受けて別ルートで合流したのだ。

姿はネヴィルに向かい、

「やっぱりな。一人だと思ったよ、狙撃手は」

「無駄な経費を使う必要はない。作戦の性格上、配置するのは一人で十分だった」

「なにしろハッタリだからな。こっちは分かってても乗るしかない」

ハットンはゴルフバッグをカウンターに置いてネヴィルの横のストゥールに腰を下ろし、

〈受取人〉《コンサイニー》はまだ来ないのか」

「予定時刻は一六〇〇時だ。もう少し待て」

「取扱要注意の危険物だろう？　早く納品しちまいたいもんだ」

大仰にぼやいてみせる。

ザックがまたもサブマシンガンの銃口で姿の頭を小突く。

「だったらさっさと始末すりゃいいんだ。こんな白髪野郎、俺が殺ってやるぜ。口実なんかどうにでもなるさ。抵抗したんで仕方なかったとかよ」

ハットンが溜め息をついてネヴィルの前のボトルに手を伸ばす。ベニートは我関せずといった体《てい》でＰ９を手にドアの外を見張っている。

ネヴィルが幼児に言い聞かせるように、

「やめるんだ、ザック。生かしたままでの納品がクライアントからの注文だ」

「こんな奴を手に入れてどうしようってんだ、そのクライアント様は？」

「知らん。我々には関係ないことだ。しかしそれが履行されなければギャラが支払われないどころか、とんでもない違約金を払う羽目になるぞ。少なく見積もっても、そうだな、ザック、おまえの命くらいは覚悟しとけ」

ザックは舌打ちして銃口を姿の頭から離す。

「分かったよ。だが、多少痛めつける分には向こうさんも目を瞑ってくれるよな？」

言うなり、姿の腹を思い切り蹴り上げた。


「姿警部の脊髄反射を観測！　相当な衝撃と思われます」

バイタルをモニタリングしている緑が叫ぶ。

「暴行を加えられているのでは」

心配そうな緑に、沖津は表情も変えず、

「監視を続行。さらに異状があれば報告を頼む」

次々と掛かってくる報告の電話。そしてＦＡＸ。

該当車輛のナンバーは未登録で所有者は不明。おそらくは偽造ナンバー。所有者からの追及の線は消えた。

十五時十一分、宮近理事官から報告。

〈川崎臨港署に入った。県警の動きはやはり鈍い〉

宮近の声には苛立ちが如実に表われていた。電話を受けた城木には、臨港署で居丈高に怒鳴る宮近の姿が目に浮かぶようだった。だが今だけは、宮近の性格がこの上なく頼もしく思われる。

〈とにかく人を出させて該当地域の封鎖に当たらせている。虱潰《しらみつぶ》しに当たるには程遠いが、できるだけやってみる〉

「頼むぞ、宮近」

〈また連絡する〉

理事官が現場に出ることは通常では殆どない。異例中の異例と言っていい。臨港署はさぞかし面食らっただろう。かなりの反発があることも想像に難くない。警察は〈異例〉を殊の外嫌う。普段の宮近自身がそうだ。しかし今は通常の場合ではない。そして何より、特捜部は通常のセクションではない。


ライザはＺＺＲ１４００で県道を疾駆する。左右に広がる埃っぽい風景。無味乾燥な工場がどこまでも建ち並ぶ。中には操業を停止した廃工場も少なからず混じっているだろうが、外見からは判別し難い。

どこだ……どこにいる……

闇雲にバイクを走らせても無駄だ。発見は至難の技だろう。県警と合流してローラー作戦を取るしかないが、果たして敵はそれまで待ってくれるのか。捕らえた姿に手も出さず、移動もせずに。

県警は地域を囲む主要道路の封鎖を終えたばかりだ。今さら自分一人が合流したところで状況に変化はない。

ハンドルを握りながら集中する。かつての感覚を呼び覚まそうとする。全身に刻み込まれた感覚を。かつて自分は狩人だった。組織を裏切った獲物を追う狩人。どこまでも追い詰め、そして確実に仕留める。だが今の自分は獲物の立場にある。あの日から、組織を去ったあの時から、追われる身となって生きてきた。

ヘルメットの奥に浮かぶ虚無の笑み――わずかでもこの身に狩人の本能が残っていればいいのだが。

「取扱いには気をつけてくれよ、なにしろ俺は貴重品らしいからな」

血の混じる唾を吐いて姿が顔を上げる。

「貴重品じゃない。危険物だ」

ネヴィルが訂正する。

「それも納品までだ。我々が保証する期限はな」

「納品は一六〇〇時だったな」

「ああ、後少しで永遠にお別れだ。名残惜しいとは思わないがね」

「俺もだよ。富国《フーグオ》にはせいぜいよろしく伝えてくれ」

「……？」

ネヴィルが怪訝《けげん》そうな顔をした。

その瞬間、姿は確信した。

ネヴィルのグループと富国のグループとは相互に交流はない。まったく別個に行動している。互いの活動など知りもしない。それぞれクライアントから依頼を受け、作戦を遂行しているに過ぎない。

富国はSATの殲滅《せんめつ》作戦。

ネヴィルは姿の誘拐作戦。

そして、双方のクライアントは間違いなく同一。

能力を買われ作戦実行者として雇われた富国に対し、ネヴィルは作戦のプランニング込みで急遽起用された。なぜなら、富徳《フードウ》が射殺され、特捜部が富国を追い始めたからだ。ザック程度の男を仲間に加えざるを得なかったという事実も、準備期間の極端な短さを裏付けている。ネヴィルは姿を［生かしたまま捕らえる］ように依頼されたが、その理由も目的も知らない。姿の脊髄にある龍髭《ウイスカー》のことも。逆に言うと、クライアントは知っている。少なくとも姿が龍機兵《ドラグーン》の搭乗要員であり、特捜部の機密に接し得る立場にあることを。そしてまた、姿、富国、ネヴィル、この三者の関係も。だからこそネヴィルを起用したのだ。姿と特捜部が確実に食いついてくるという計算のもとに。

姿は改めてこの〈敵〉の周到さと恐ろしさを思い知った。第一のプランがわずかに崩れただけで、それを逆に利用し、すかさず別の手を打ってくる。ただ狡猾なだけではない、権力と情報力を併せ持つ〈敵〉——

9

川崎臨港署署員を中心とする警官隊が夜光、日ノ出、田町と分担して各戸を当たっている。警視庁特捜部の由起谷《ゆきたに》主任、オズノフ部付らも捜索に加わっているが、数から言って大した助けにもなっていない。

「いいから早く伝えろ、そうだ、署長にだ！　副署長でもいい、もっと人を出してくれとな！」

田町二丁目の路上で、地図を片手に宮近《みやちか》が携帯に向かって怒鳴っている。自ら捜索に加わるのは異例の上に異例を重ねるような行動だが、県警の対応のあまりの鈍さに飛び出してきた。応接室でいたずらに待たされるより、現場で状況を監視していた方がよほどましだ。実際、一人でも多くの人手が必要なのは確かだった。

この件で特捜部は神奈川県警に大きな借りを作ってしまった。宮近はそれを十分以上に理解している。理解しつつ、怒鳴らずにはいられなかった。

「早くしろ！　警察官の命が懸かってるんだ！」

外を見張っていたベニートが腕時計に目を走らせる。十五時二十七分。

「あと三十三分で受取人《コンサイニー》が来る。この仕事が終わったら、俺はジャマイカに行く」

初めて喋った。意外に若い声だった。それまでの無愛想な表情が一変する。

「ビーチで思いきり昼寝をするんだ。真っ白いビーチで、少なくとも半年」

浅黒い顔に白い歯を覗かせて笑う。少年のように無邪気な笑み。

「ジャマイカか。あそこはいい。仕事でなければな」

ハットンが頷《うなず》き、マールボロを取り出して口にくわえる。ジッポーで火を点け、美味そうにくゆらせる。

「同感だな。なにしろブルーマウンテン峰のある国だ」

姿《すがた》だった。

「日本でカフェに入ってもブルーマウンテンを頼むのはやめとけよ。とんでもない金を取られるぞ。世界中で一番高い。あれはジャマイカで飲むのが一番だ」

「ご忠告、感謝するよ」

フッと笑ったハットンに、

「俺にも一本もらえないか。最期の一服って奴だ」

「調子に乗るんじゃねえ」

ザックが凄むが、ハットンは無言でマールボロを箱ごと姿の前に投げて寄越す。

「火の方も頼むよ」

ハットンがネヴィルを振り返る。ネヴィルが頷く。この状況ではライターを渡したところで危険はない。

ハットンの投げたジッポーを、姿が手錠を掛けられた手で受け止める。

「ありがたいね」

マールボロの箱を拾い上げ、中から一本をつまみ出して口にくわえる。そしてジッポーで火を点け、目を細めて煙を吐く。

「そうだ、礼と言っちゃなんだが、面白いものを見せてやろう」

姿は柱を抱き抱える格好のまま、左腕の袖を肘まで器用に捲《まく》り上げ、ジッポーの火を近付ける。

ネヴィルらの視線に晒《さら》される中で、姿は自分の腕をジッポーで炙《あぶ》っては、すぐに火を遠ざける。そして違う箇所で同じことを繰り返す。執拗に、飽きることなく何回も。

ベニートとハットンが啞然《あぜん》として顔を見合わせる。

「……こいつ、何をやってるんだ？」

「さあ？」

ベニートが堪りかねたように、

「おい、なんのつもりだ」

「まあ、いいから見てなって」

姿は平然と自分の腕をジッポーの炎で炙り続ける。

見る見るうちに姿の左腕は火ぶくれに覆われていく。肉の焦げる異臭が室内に漂う。

「おまえ、マゾなのか？　こっちは白髪野郎の変態趣味なんざ見たくはねえ」

吐き捨てるベニート。だが脂汗をびっしりと浮かべ、歯を食いしばって苦痛に耐えている姿の顔に快楽の陶酔はまったく見出せない。

「なんなんだよ、こいつは？」

ベニートが不安げに仲間を見回す。

「イカレちまったのさ」

ザックが嘲る。

「強がってやがったが、結局はこのザマだ。何がディアボロスの男だ。とんだ腰抜けじゃねえか」

ただ一人、ネヴィルだけは鋭い目で姿の行為を見つめている。その真意を探るように。

彼は知っている。姿俊之は恐怖に錯乱するような男ではない。ディアボロスの男がそんなヤワな神経をしているはずがない。狂気としか思えぬあの行動にも、何か意味があるはずだ。

だが、それはなんだ？

「姿警部のバイタルに断続的な脊髄反射が見られます」

緑の声に、沖津がモニタリング機器を覗き込む。

「いつからだ」

「十五時二十九分からです。現在も継続中。断続的な……いや、待って下さい、間隔に一定のパターンがあるようです……なんでしょうか、これは」

城木《しろき》が沖津の横から、

「なんらかの拷問では。あるいは事故かも」

「………………」

機器をじっと見つめていた沖津が、

「脊髄反射の間隔をグラフ化して表示」

「はい」

緑がコンソールのキーを叩く。ディスプレイにグラフが浮かぶ。

「やはり……」

表示された点と線を見て、沖津が頷く。

「モールス信号だ」

全員が一斉に目を見開く。

「間違いない、姿が意図的に送ってきたのだ」

城木は思わず上司の横顔を見つめる。

モールス信号が分かるとは、この人は一体……？

「『パイプオルガン』だ」

「えっ？」

『パイプオルガン』。姿はモールス信号でそう伝えている」

パイプオルガン。

ありふれた楽器ではない。個人や一般家庭が所有しているとは考えにくい。

「教会か公会堂のような場所に監禁されているということでしょうか」

「あるいは結婚式場、音楽学校か。現在捜索中の地区でパイプオルガンが設置されていそうな施設を当たるんだ」

「駄目です！」

いち早くキーボードを叩いていた柴田が叫ぶ。

「駄目だって？　何が⁉」

訊き返した城木に、

「該当地区にそんな施設は一切ありません！」

「学校は⁉　学校くらいあるだろう⁉」

「小学校が一校だけです。パイプオルガンがあるとは到底思えません。しかもすでに捜索済みです」

確かに臨海工業地域が殆《ほとん》どを占めているような場所である。パイプオルガンのイメージとは程遠い。

「そうだ、工場はどうでしょう」

職員の一人が声を上げる。

「パイプオルガンか、その部品を作っているようなメーカーの工場があるのでは!?」

技術班の職員達がすぐに検索に当たる。

瞬く間に結果が判明する——ノーヒット。


「……モールス信号だ！」

姿の自傷行為を見つめていたネヴィルが、突然叫んだ。

「そうか、貴様は！」

姿に駆け寄ってその右手からジッポーを蹴り飛ばす。

「どういうことなんだ!?」

大声で訊くザックに、

「こいつがライターで腕を焼く間隔だ！　どういう仕組か知らんが、間違いない！」

姿は薄笑いを浮かべて元上官を見上げている。

「さすがは大尉殿だ。いいカンしてるな」

ネヴィルがベレッタを抜いて姿の頭に押し当てる。

「そういう口の聞き方はやめろと言ったはずだ」


パイプオルガン。

手掛かりを得ながら、その先が皆目分からない。

「部長！」

城木が、緑が、柴田が沖津を見る。その場にいる全員の目に等しく浮かぶ焦燥の色。

「落ち着け」

沖津は一人悠然と愛飲するシガリロに火を点ける。

「未捜索地区名と『パイプオルガン』の組み合わせのみで検索を開始。手分けして片っ端から当たってみろ。焦るのはすべて当たり尽くしてからでいい」

全員が一斉に動く。

答えは呆気なく出た。

［大師線の羽田延伸《えんしん》、中止］［再開発失敗］［マンション建設計画放棄］［ネオモール小島町、閉鎖へ］［グランドオープン初日、アトリウムでパイプオルガン演奏会］。

地下化された京急大師線を小島新田の先から羽田まで延長し、再開発する計画。三年前の忘れられた事業である。住宅地区予定区域の中心に建設され、一足先に開業した大型ショッピング・モール『ネオモール小島町』。当時華々しく喧伝されたその目玉が、地下二階、地上四階に及ぶ吹き抜けのアトリウムに設置された特注のパイプオルガンだった——

「これだ！」

全員が総立ちになって叫んでいた。

興奮する部下達に、沖津は冷静に指示を下す。

「至急神奈川本部に連絡、マル被の潜伏先はネオモール小島町跡」

そして自分の携帯を取り出し、ライザの番号を呼び出す。

「そんなことをしてる場合じゃないだろう」

頭に銃口を押し当てられたまま、姿がうそぶく。

「外を見てみろ。もう警察が包囲してるかも知れないぜ」

ザックが吠えるように、

「この場所が割れたって言うのか？　だとしても手遅れだ。じきに受取人が来る」

「いや、もう来ないだろう」

狙撃兵のハットンが考え込みながら言った。

「なんだって？」

「受取人は来ない。そう言ったんだ、馬鹿」

ザックの愚鈍に対し、ハットンはあくまで冷静だった。

「ザック、ベニート」

ネヴィルが振り返って指示を下す。二人が頷き、Ｐ９を手に部屋を抜け出す。

二分後、ネヴィルの携帯に着信の振動。

「こちらウィーゼル１」

〈こちらウィーゼル３、中央エリアＢ２グリーン。ウィーゼル４は西エリアに向かった〉

「了解、ウィーゼル３」

周囲の静寂に、携帯からのベニートの声がハットンと姿にも明瞭に聞こえる。ここはどうやらB2——地下二階らしい。外の自然光は天窓、あるいはドライエリアから誘導されたものか。

〈これより中央階段でB1に向かう……いや待て〉

「どうしたウィーゼル3。状況を知らせろ」

〈何か音がする……地上部か、地下か……こちらに向かって接近している……〉

「用心しろウィーゼル3」

〈……バイクだ、こいつはバイクの音だ！〉

「バイクだと⁉」

〈来た！　バイクで中央階段を降りてくる！　女だ！〉

携帯が投げ出されたようなノイズ。続いてサブマシンガンの掃射音。地下に轟き渡るフルオートの銃声が室内でも直接聞こえた。バイクのエギゾーストノートも。

「ウィーゼル3！　どうしたウィーゼル3！」

ウィーゼル3＝ベニートからの通信は途絶えた。バイクの音が遠ざかる。

「俺も行く」

ハットンがカウンターの上のゴルフバッグを摑み上げようとして手を止める。通路の入り組んだ地下モールをバイクで移動する敵に対して、ライフルの使用は適切ではない。デニムに隠していたグロック36を抜き、装弾を確認して厨房出入口に消える。

Ｐ９の掃射音が遠く断続的に聞こえてきた。ザックが交戦しているのか。

「貴様の仲間か」

ネヴィルが姿を振り返る。

「ああ、よりによって一番恐ろしいのが迎えに来たようだな」

「妙なハッタリは無意味だ」

「ハッタリかどうか、すぐに分かるさ……そうだ、すぐにあんたが自分の身で知ることになる」

「女だそうだが、何者だ」

姿は微かに笑みを浮かべる。

「名前を言えば、たぶんあんたも知ってるだろうよ」


ハットンは非常階段から地下一階に駆け上がり、ベニートとは違う経路で中央階段に向かう。周囲は薄暗い。地下にも拘わらず完全な闇でないのは、随所に設けられた立体構造の天窓から射し込む自然光のせいだ。従業員用の通路を抜けて右へ。メインストリートの先にベニートが倒れていた。

頭蓋の一部が消失し、脳漿《のうしょう》が流出している。側《そば》に転がる携帯。フロアにまざまざと残るバイクの跡。周辺の壁にも床にも弾痕は見当たらない。敵の使用した武器はマシンガンでもショットガンでもない。おそらくは大口径のハンドガン。

ハットンはベニートの足許の位置に立って顔を上げる。広々とした中央階段を見渡せる絶好のポジション。ここからバイクで降りてくる敵をサブマシンガンで迎え撃った。だが敵はそれを掻い潜って車上から拳銃でベニートの頭を撃ち抜き、そのまま走り去った……

信じられない思いだった。ベニートと組むのは初めてであり、彼の技量を熟知していたわけではないが、昨日今日の新兵でなかったことは確かだ。

西エリアで銃声。P9。ザックだ。

ベニートのP9と予備の弾倉を取り上げ、走り出す。

移動しながら携帯を取り出し、

「ウィーゼル1、こちらウィーゼル2、ベニートが殺られてる。手強いぞ。俺も西エリアに向かう」

「了解ウィーゼル2」

ハットンからの通信を切って、ネヴィルは姿に詰め寄る。

「もう一度訊く。何者なんだ」

「誰でも知ってる名前さ」

「言え」

「死神だ」

「…………」

「な、誰でも知ってるだろう?」

「ふざけるな」

「ふざけてなんかいない。IRFの〈死神〉と言えばどうだ?」

ネヴィルが目を見開く。

「……まさか」


P9を手に薄暗い通路を走る。左右にはシャッターの列。中にはシャッターも下ろさず、商品の一部さえ放置されたままの店舗もある。断続的に聞こえていたP9の銃声がいつの間にか途絶えている。バイクの走行音もしない。

西エリアに到達。通路の先、そして店舗の奥を覗いて回る。左手の通路を曲がる。何かが転がっている。ザックの死体だった。敵は近くにいる。P9を構え直し、薄闇の中を慎重に進む。

自分は狙撃兵だ。女絡みのつまらないトラブルで除隊を余儀なくされたが、経験は十分に積んでいる。気配を消す技術には自信がある。その技術で今日までを生きてきた。

陰に紛れ、全身の神経を集中して敵の気配を探る。

気配は——ない。

どういうことだ?

突然、背後でエギゾーストノート。反射的に振り返る。後方の通路を横切るバイクのヘッドライトが見えた。

敵の去った方向と並行して走り出す。見つけた。もう逃がさない。戦場で一旦捕捉した獲物を逃がしたことは一度もない。狩人の歓喜が込み上げる。その先は行き止まりだ。敵は自ら墓穴を掘った。縦横に通路が入り乱れる地下通路でバイクを捨てなかった。小回りが利《き》くとでも思ったか。地の利を読んだ者が勝つ。それが鉄則だ。高揚を覚えつつもハットンは足音を殺して地下を走る。

その時、またも背後をバイクが走り抜けた。振り向きざまに掃射するが、バイクは区画の奥に消えた。

ハットンは呆然と立ち尽くす。

別の敵か。いや違う。

翻弄されている、この自分が。

気配は再び消えていた。地下の区画で、忽然と。

(どこだ……どこにいる)

周囲の全域に立ち込めるバイクの排気ガスで鼻が利かない。タイヤ痕を辿るには暗すぎる。

確かに追いつめたと思った。だが違っていた。

ハットンは悟った——追いつめられているのは自分の方だ。

「あんたも行った方がいいんじゃないか、大尉？　どうせ俺はここから動けない」

姿は間に鉄柱を挟んだ両手の手錠を示して見せる。

「今なら部下と協力して挟み撃ちにできるかも知れない。だが早くしないと全滅だ」

「貴様を人質にするという手もあるぞ」

ネヴィルがまたも銃口を姿に向ける。

「いい手とは言えないな。人質に遠慮してくれるような相手じゃない」

「…………」

「それに今のあんたの状況からすると、俺を生かしておくしかない。俺が生きていれば後日クライアントと交渉する余地が生まれる。殺してしまえば単なる失敗以上のツケを払わされるぞ。あんた自身が部下に言っていた通りにな」

「呪われろ、ディアボロス！」

吐き捨てるように言って、ネヴィルが動いた。

「女を始末したら戻って来る。そして貴様を必ず奴らに引き渡してやる。奴らはどうせ貴様に地獄を見せるに決まってるんだ」

正面のドアから出て行くネヴィルの後ろ姿を見送って、姿は一人呟く。

地獄ならもう見飽きたと言いたいが、この〈敵〉はきっと格別の地獄を見せてくれるだろう……

気配を消す技術には自信があった。だが敵の能力は明らかに自分を凌駕している。

一瞬混乱を覚える。自分がどこにいるのか分からなくなった。まるでジャングルの奥で孤立したような不安。いや、ジャングルなら生命の気に満ちている。ここには死の静寂しかない。

敵は本当に人間なのか？　生きて呼吸する生物なのか？

ハットンは不意に名状し難い感覚に囚《とら》われた。恐怖だ。自分は今、途轍もなく恐ろしい〈何か〉を相手にしている――

咄嗟《とっさ》に床に身を伏せ、闇と同化する。

落ち着くんだ。相手は悪魔でも幽霊でもない、バイクに乗った人間だ。人間である限りミスをする。落ち着いてそれを探す。敵のミスを待つ忍耐力こそ狙撃兵の最大の資質のはずだ。

伏せたまま匍匐《ほふく》前進する。蛇のように音のない動き。区画の合間で、周囲を探る。鼓動のような排気音が微かに聞こえ、すぐに消えた。敵はバイクに跨《また》がったまま、どこかに身を潜めている。無数のシャッターに隔てられた地下街では音が反響する。場所を正確に捕捉するのは難しい。

闇と沈黙。右前方10メートルにごく微量の光。一軒の店舗のシャッターが完全に閉まっていない。下の隙間から光が漏れている。細長く伸びるその区画の店は両サイドの通路に面している。ヘッドライトがガラス張りの店舗を通り抜けて反対側に漏れているのだ。

見つけた。内心でほくそ笑む。これがミスという奴だ。

敵はあの区画の裏側、T字路の奥。

ハットンはそのまま右の壁際まで這い進み、立ち上がって素早く移動する。壁沿いに区画の裏に回り込む。案の定、さらに隣の区画の合間からハイビームが伸びていた。

シャッターに身を寄せるように区画の角まで進む。呼吸を整え、P9を手に通路へ飛び出す。

闇の奥に正面を向いたヘッドライト。その上部に向け、サブマシンガンを掃射する。ヘッドライトの一部が砕けて消える。手応えは、ない。シートの上は無人だった。

嵌《は》められた――そう悟った瞬間、ハットンは前のめりに倒れていた。

背後の闇から、M629Vコンプを手にした女の影が現われる。影は死神の如くハットンの死体の横をゆっくりと通り過ぎ、ZZR1400に跨がった。

西エリアに向かおうとしたネヴィルは、P9の銃声と、それに続くバイクの走行音に足を止めた。バイクは反対側へと回り込むように遠ざかって行く。遅かった。反射的に携帯を掴み出したが、そのまま戻す。狙撃兵であるハットンは作戦時には携帯の電源を必ず切る。必要があれば自分から掛けてくるのが常だった。この地下にいる敵がもし姿の告げた通りの相手であるならば、ハットンはもう生きてはいまい。ザックは考えるまでもないだろう。

ベレッタM92FSを構え、東側へと進む。バイクの音はもう聞こえない。通路の分岐で立ち止まる。中央階段とアトリウム、どちらに行くべきか。

突然、遠く微かにメロディが聞こえた。パイプオルガンの厳かな音色。わずか四小節。音の外れた『G線上のアリア』。

ネヴィルは猛然と走る。通路の先が次第に明るくなり、やがて大きく視界が広がる。落日に沈む吹き抜けのアトリウム。はるか頭上にのしかかるガラスの天窓。層を成す各階の通路は大劇場の観覧席のようだ。あるいは古代ローマの闘技場か。正面の壁に聳《そび》え立つ巨大なパイプオルガン。5メートルはあるだろうか。古い様式を模して上部に三体の天使像があしらわれているため、もっと高く見える。黄昏の光が金色のパイプと天使達の横顔に荘厳《こんじき》な翳《かげ》りを与えていた。

見渡す限り生きて動く者はない。廃墟の広場の中央に、純白のバイクが乗り捨てられている。カウルの鼻先に弾痕。傷つき、息絶えたように沈黙する白衣の騎馬。

ゆっくりと足を踏み入れたネヴィルは、白いバイクを横目に見て、パイプオルガンへと歩み寄る。

急に日が傾いた。廃殿の陰翳がその濃さを増す。

『G線上のアリア』を弾いたのは間違いなく敵だ。自分をここへおびき出すために。自分は踊らされている。敵のG線の上で。抑え難い憤怒の衝動に、パイプオルガンに向けてベレッタを乱射する。演奏台を、譜面台を、手鍵盤を、そして天に伸びるパイプの列を撃つ。

全弾を撃ち尽くす前にネヴィルは敵の居場所を感知していた。銃口を頭上の天使に向けると同時に、胸を撃ち抜かれる。

天使像の後ろから現われたライザが、パイプオルガンの上からネヴィルを見下ろす。

大の字になって仰向けに倒れた男。両の目は見開かれ、流れ出る血が大輪を描く。パイプオルガンの前のその死体は、殉教者のように見えなくもない。

M629を収めながら、ライザはネヴィルに向かって呟いてみる——天使からの一撃を食らった気分はどうだった？

自分にはそんな福音は望むべくもない。賛美歌でも弾いてやればいいが、自分に弾けるのは『G線上のアリア』だけだ。しかもたった四小節のみ。

日没間際の薄闇に包まれたネオモール小島町の周辺は、駆けつけてきたパトカーと救急車でごった返していた。

「姿警部！」

パトカーの合間から駆け付けてきた由起谷らに、姿は軽く右手を上げる。

「面目ない。報告書と一緒に始末書も出しとくよ」

「それより警部、その腕は……」

「ああ、これか。大したことはない」

平然と笑う姿。その左腕の一面に残る凄惨な火ぶくれに、捜査員達は慄然《りつぜん》とする。

「早くこっちへ来なさい！」

救急隊員が強制連行するように姿を救急車へと促す。

現場のすぐ近くを走行中だったライザが急行してから、警官隊が到着するまでおよそ十分足らず。そのわずかの間に、クリストファー・ネヴィルを始めとする四名の誘拐犯は全員射殺されていた。

「これでは背後関係が分からんじゃないか、えっ」

宮近理事官が捜査員達の前でライザを叱責する。警察官が拉致されるという特殊事案である。射殺もやむなしとは誰しもが思う。だが今は、全員が宮近と同じ感情を抱いていた。四人の死体を現実に目の当たりにすると、かつて〈死神〉とも〈処刑人〉とも呼ばれたテロリストへの総毛立つような恐怖を覚えずにはいられない。次いで嫌悪と反感が募る。

「まったく、皆殺しとは！　世論だってあるんだ！　手加減くらいできなかったのか！」

「手加減？」

それまで黙っていたライザが、唐突に訊き返す。虚無の瞳に浮かんだ純粋な当惑。まるで、そんな言葉を初めて聞いたとでも言うような。

「おまえは……」

宮近は一瞬言葉を失う。ライザの当惑が真実のものであると直感して。

相手を無言で凝視するテロリストの表情には、当惑と、そして微かな悲哀とがあった。彼女は自らの内にその色を言い表わす言葉を懸命に探っているようにも見えた。

「それが戦場だ。当たり前じゃないか」

背後からの声に一同が振り返る。救急車の後部で手当てを受けている姿だった。

「殺るか、殺られるか。結果はそのどちらかしかない。手加減してやろうなんて思い上がりた。


もいいところだ。そんなことを考えてる奴から死んでいく」

「偉そうに言える立場か、貴様は」

いつものように嫌味たらしく姿を叱責しつつ、宮近は内心どこかほっとしているようだった。

「ＳＭＧ（サブマシンガン）で武装した兵が四人だぞ。それをたった一人で制圧したんだ」

姿はライザに向かい、

「感謝する。おかげで助かった」

ライザはぎこちなく頷き、見つからぬ言葉をごまかすように尋ねた。

「狐の巣の居心地はどうだった？」

「狐じゃなかった。イタチ《ウィーゼル》だったよ」

姿は自分で言って自分で笑った。そして夕闇に佇立《ちょりつ》する墓標のような廃墟を振り返る。

イタチの巣にしては上等じゃないか、大尉。少なくとも東ティモールよりは涼しいだろう

10

米国籍の外国人犯罪者クリストファー・ネヴィルとその部下達の背後関係については、徹底した調査が行なわれた。大方の予想通り、収穫はほぼ皆無だった。判明したのは三人の部下のフルネームと経歴くらいと言っていい。

ザック・カミンズ。元米合衆国海兵隊員。

ベニート・アヤラ。元米合衆国陸軍第75レンジャー連隊員。

ポール・ハットン。本名チャールズ・ペイン。ハットンは偽名。元JTF－2（カナダ第二統合任務部隊）隊員。

いずれも軍隊経験のある職業犯罪者で、ネヴィルの誘いに応じて参加したらしい。

ネヴィルは特定のバックを持たないフリーの〈業者〉であり、クライアントにつながる証拠を何も残してはいなかった。三人の部下に至っては、クライアント名を知らされていなかった節さえある。姿《すがた》に対して自賛した通り、ネヴィルは犯罪の業務委託という分野では間違いなくプロフェッショナルだった。

〈受取人〉は結局現われなかった。現場周辺があれだけの騒ぎになっていたのだから当然と言えば当然である。検問にも不審人物、不審車輛の類《たぐい》は引っ掛からなかった。

——見ろよ、また色っぽい絵じゃないか。

前線基地とは名ばかりの破れたテントの前。機甲兵装に向かって絵筆を振るう富徳《フードウ》に、仲間の誰かが声を上げた。

——なんだ、画伯の新作か。

戦闘の合間のわずかなひととき。呑気そうに寝転ぶ者もいれば、絶望に頭を抱える者もいる。レーションの残りをつまみに缶ビールを開けている者もいれば、機甲兵装の修理点検に余念のない者もいる。ペンキを手にした富徳は、自機の右腕の装甲に下手なイラストを描いていた。タイトなチャイナドレスを着た姑娘《クーニャン》のシンボルマーク。デフォルメのバランスが微妙に崩れて可愛く見えない。

脚立の上の富徳は、しかし鼻歌交じりの上機嫌だ。熱帯雨林の湿気で滝のように流れる汗も気にせず、嬉々として描いている。〈半径五百キロ以内で最高のアーティスト〉とは本人の弁だ。周囲の男達も、その自称を額面通り受け取っているかのような目で富徳と彼の絵を眺めている。

——大したもんだぜ。

また誰かが感心したように言った。揶揄する者は一人もいない。荒くれた男達の口許はどれもこれも綻んでいる。兄の富国《フーグオ》も無関心を装いながら時折横目で弟を見ていた。ラバのように優しげな目だった。みな富徳の絵が優れていると本気で思っているわけではない。ただ絵を描いている富徳と、その時の彼が醸し出す空気が好きだった。

——おい画伯、ドレスの色は何色にするんだ。

M16の手入れをしながら、姿も富徳に声をかけた。

——赤に決まってるさ。むしゃぶりつきたくなる赤だ。

振り返った富徳が答える。前線には不似合いな無邪気さで。

——なるほど、堪らないな。

本当は富徳の絵にそんな色気は感じなかったが、そう返した気持ちに嘘はない。

富徳は得意満面といった風で赤の絵筆を取り上げた。

——そうだ、姿、そのうちあんたのクイナックにも飛びきりのマークを描いてやるよ。

——へえ、そいつは楽しみだ。

何も考えずに答えた。先のことを考えても意味はないし、戦場に〈そのうち〉はないからだ。

ドレスを真っ赤に塗る富徳を、皆が無心に眺めていた。戦闘の合間のわずかなひととき。

線は思わぬ形でつながった。

ネヴィルが犯行に使用したアテンザのナンバーを東京都内のNシステムで過去一か月に遡《さかのぼ》って照会したところ、新宿区明治通り沿いに設置された装置の前を複数回通過している事実が判明したのだ。

通過の日時、回数を分析した結果、ある一定のパターンが浮かび上がった。明治通りを北上してきたネヴィルの車は、高田二丁目の装置を通過した直後に再び逆方向へと取って返している。その間平均三十分。毎回同じコース。そして折り返し点と言える装置のすぐ近くには、アジア諸国の民芸品を扱う貿易商のビルがある。そのビルこそ、ベトナム人密輸グループの拠点の一つだった。

このパターンは、特捜部が同グループの監視を開始する五日前で終わっている。

『偶然を信じるな』。ネヴィルはベトナム人グループから武器を入手していた」

捜査会議の席上で沖津は断定した。

ディスプレイ上で拡大される写真。ベトナム人グループのリーダー、グエン・ミン・ヒエン。四十八歳。風采の上がらないあばた面の中年男。中越国境地帯にあたるラオカイ省の寒村の出身。幼少時より村の大きな収入源であった武器密輸に従事。密輸組織を追って越境してきた中国武装警察隊とベトナム治安部隊の交戦のあおりを受け、村は壊滅。その後経歴を偽りNGO団体に身を寄せ、国外へ脱出。複数の国を経由して最終的に日本へ入国した——

「今後は同グループに絞って全力で監視に当たる。流弾沙《リウタンシャ》を始めとする他の線はすべて捨てていい。徹底的に同グループをマークし、マル被の接触を待って確保する。絶対に気取られるな。察知されれば肝心の実行犯を取り逃がす公算が大きくなる」

沖津の厳命。捜査の焦点は絞られた。


——何をしている、早く俺を捨てて行け。

背中で男が喚いている。王富徳《ワンフードウ》。

——俺はもう助からない、連れて行っても無駄だ。

富徳は北京語で喚き続ける。

東ティモールの湿地帯。粘りつく泥に足が重い。コールタールの中を歩いているようだ。一歩進むごとに気力と体力を根こそぎ持って行かれる。息はとっくに上がっている。焦るばかりで進んでいる気がまるでしない。

頭がどうにかなりそうな湿気と瘴気《しょうき》。

——姿、あんただけでも逃げてくれ。このままじゃ二人とも死ぬ。せめて、せめてあんただけでも。

姿は何も答えずひたすらに足を運ぶ。答えればその分だけ消耗する。口を開いてもどうせ聞き取れるような声は出ないだろう。耳許《みみもと》の声は神経をさいなむが、聞こえている間は富徳が生きているということだ。

——なあ姿、あんた、俺を見捨てたりしないよな？　頼む、俺を置いていかないでくれ。

背中の声が哀願に変わった。だいぶ前から正反対の内容を交互に繰り返している。

——俺は死にたくない、頼むよ姿、俺も一緒に連れて行ってくれ。

背中に出血を感じる。この量はかなりまずい。血と汗でずり落ちそうになる富徳《フードゥ》の体を背負い直し、沼沢地を渡る。

敵の作戦で分隊はバラバラになった。圧倒的な攻撃。そして執拗な。出来得る限りの応戦を試みたが無駄だった。爆風の合間から、戦闘不能となったクイナックを捨て、自力で逃げ出した。僚機が近くで被弾する。倒れた機体に描かれた赤い姑娘《クーニャン》のマークが見えた。富徳機だ。駆け寄ってコクピットから富徳を引きずり出す。重傷だった。他に生存者はいなかった。

アサルトライフル以外の装備はすべて捨てた。日没までに友軍と合流できなければもう望みはない。

——姿、あんたは最高だ、最高の兵隊だ、俺にもあんたの力と幸運を分けてくれ……あの時みたいな……オーストラリアの屑野郎を一発で黙らせたあの時の力を……

背後から銃声。同時に足許に着弾。かなり近い。追手だ。振り返ってM16A2をセミオートで撃つ。撃ちながら走る。後方からさらに多数の銃撃。頬を、肩を、銃弾がかすめる。

——俺を置いて行ってくれ……頼む、姿……俺を楽にしてくれ……これ以上苦しめないでくれ……

新木場四丁目の珈琲店『デリシオッソ』で、姿はあえてマンデリンを注文した。

二、三度入ったことのある狭い店。店主は殆《ほとん》ど素人と言っていい。そのレベルの味だ。店名のデリシオッソとはスペイン語で〈甘美〉を意味するが、コーヒーの味は甘美とは程遠い。外観も内装も、野暮ったい喫茶店以外の何物でもない。それでも足を運ぶのは、庁舎に近く便がいいからでしかない。客も少なく、特に警察官は殆どいない。それが一番ありがたい。

テーブル上で湯気を立てるコーヒーを前に、左腕を見つめる。特殊防護ジャケットの下で火傷痕が疼《うず》いた。任務に支障はないが、完治にはまだ時間がかかりそうだ。

姿、ユーリ、ライザの三人には準待機命令が出ている。わずかな休憩時間に外に出たが、あまり庁舎から離れるわけにはいかなかった。

ベトナム人グループに未だ動きはない。捜査班は苦戦しているようだ。敵に察知されればそれまでだから、細心の注意を払って監視を続けねばならない。

この手の任務は精神力の消耗が著《いちじる》しい――姿はこれまで関わった作戦のいくつかを思い浮かべる。いずれも自分には不向きな作戦だった。今後もできれば担当したくない。由起谷《ゆきたに》も夏川も、現場の捜査員としてはかなりのやり手と聞いている。なんとかやってくれるだろう。捜査は彼らの仕事であり、自分の仕事ではない。

ユーリは捜査に加わりたい様子だったが、認められるはずもなかった。出動の命令が下るまで、突入要員はコンディションの調整を図って体力の温存に努めるのが義務である。

裏社会で散々手を汚してきながら、あの男は未だに染み付いた習性が抜けないらしい――

刑事だった頃の習性が。

ユーリ・ミハイロヴィッチ。腕はいいが、この仕事にセンチメンタリズムは禁物だ。特に過去への執着は。クールな顔をしながら、ユーリは内面が感傷に傾くきらいがある。

危険な兆候の一つとして、姿は頭の中のメモに要チェックの項目を加える。

——俺を置いて行ってくれ……

置いてきたよ、富徳《フードウ》。あの頃のすべてを、東ティモールに。

それでも一向に減らないのが余計な〈荷物〉だ。過去という荷札が付いている。

捨てたつもりが、いつの間にか背中に戻ってくる。まるでタチの悪い幽霊だ。

俺にとっては何もかも仕事でしかないというのに——

姿は憮然としてマンデリンを含む。気のせいか、いつもより生々しい味に感じられた。


「宮近《みやちか》君じゃないか」

二十階から降りて来たエレベーターの扉が開いた時、中からそう声を掛けられた。足を踏み出そうとしていた宮近は、驚いて一瞬立ち止まる。

上司だった。一人で箱の奥に立っている。

「部長……」

平静を装い、エレベーターに乗り込んで出入り口のある二階のボタンを押す。他に点灯しているのは十七階のボタンのみ。

扉が閉まると同時に沖津が口を開く。

「こんな所で会うとは意外だな」

場所が悪かった。霞が関の中央合同庁舎二号館十九階。警察庁長官官房があるその階で、宮近がエレベーターを待っていたのはまさに〈意外〉と言うより他にない。

「公務の最中に申しわけありません。実は総審（総括審議官）の丸根さんにご挨拶して参りました」

「ほう、丸根さんに」

「妻が奥様の姪に当たりまして……」

嘘ではない。

「ああ、そうだったな」

沖津は得心したという顔で頷《うなず》いた。

「先日も奥様が妻と娘を食事にお連れ下さったので、近くに来たついでに一言お礼をと」

「君も大変だな」

エレベーターが停止する。

「キャリアには日頃の細かい気配りが肝要だ。気にしなくていい」

「恐れ入ります」

開いた扉から沖津は飄々《ひょうひょう》と去って行った。

その茫洋《ぼうよう》とした後ろ姿を凝然と立ち尽くしたまま見送る。

十七階。刑事局と組織犯罪対策部のフロア。

再び下降を始めたエレベーター内で、宮近はハンカチを出して冷や汗を拭った。妻の雅美が毎日用意してくれるヴェルサーチのハンカチ。

秋の陽射しもめっきりと力を失った水曜日の午後。

場所だけでなく、日も悪かった。公安委員会は毎週木曜に行なわれる。その前日に当たる水曜には、長官と局長級が集まる『水曜会』がある。

沖津部長はそれと自分とを関連付けるだろうか。

いや、だとしてもどうだと言うんだ——懸命に頭を巡らせる——どこにも問題はない。

十七階で降りた部長の後ろ姿からは何も読めなかった。それでなくても腹の読めない人物だ。背中が読めるわけがない。

問題はない。

部長がエレベーターに乗り込んだと覚《おぼ》しい二十階には警備局がある。上層部のあちこちを回って捜査のための根回しをしているのだろう。

エレベーターが二階に着いた。すでに平静を取り戻していた宮近は、ハンカチをポケットに収め、背筋を伸ばして歩き出した。

11

捜査会議に臨んだ夏川は心なしか蒼褪《あおざ》めて見えた。

「ベトナム人グループ周辺で、新たに納品の動きを察知しました。ブツはキモノ」

すなわち機甲兵装。捜査員の間にこれまで以上の緊張が走った。沖津の推察通り、富国《フーグオ》は間違いなく次の犯行の準備に掛かっている。

「それだけではありません。ブツはもう一品。混合爆薬C－4。地下鉄の事件で使用されたものと同じ爆薬で、量は前回をはるかに上回る800キロ」

室内がどよめいた。それだけ大量の爆薬を使用する犯行。考えただけで背筋が凍る。線はいよいよ強固につながっていく――最悪の形で。

「第二の犯行は絶対に阻止。これを最優先とする。納品時を見逃すな。密輸グループは必ずマル被と接触する」

沖津の指揮の下、夏川・由起谷《ゆきたに》両班合同による追跡プランが練られた。ここで詰めを誤るわけにはいかない。

四日後の午前一時、豊島区高田。五階建てマンションの最上階。カーテンを閉め切ったワンルームの室内には、むっとするような汗の臭いが充満していた。むくつけき男が六人。汗臭くもなるだろう。胡座《あぐら》を組んで黙々とコンビニ弁当を口に運んでいるのは、夏川である。他にPCや各種機器と連動したカメラのファインダーを覗いている部下が一人、フローリングの上に直接置かれたモニターを睨んでいる部下が三人。そして寝袋で仮眠中の部下が一人。ドア内側のすぐ右手にある狭苦しいキッチンと流し台には、喰い散らかしたコンビニ弁当とカップ麺の容器が乱雑に積み上げられている。これも異臭の要因の一つに違いない。

「主任、動きました」

ファインダーを覗いていた男——深見が振り返って声を上げた。

食べかけのコンビニ弁当を放り出して、夏川がカーテンの隙間から外を覗く。

監視の拠点として借りたその部屋からは、古びたビルの搬入口がはっきりと見えた。なんの変哲もないそのビルこそ、監視対象《マルタイ》であるベトナム人グループのアジトであった。

街灯の乏しい光の下、搬入口のシャッターが開いて、大型トラックが出てくるのが見える。

三好、成瀬、船井の三人はモニターの映像を食い入るように見つめる。仮眠をとっていた本間も飛び起きていた。

監視映像は新木場の本部にもリアルタイムで送られている。

深見が素早く携帯を取り上げ、他の班へ連絡する。

「マル対が動いた。大型トラック。三菱ふそうスーパーグレート。台数は……」

「一台……いや、待て」

窓の外を睨んだまま夏川が言う。

トラックに続いて、黒いワンボックスカーが二台。

「ワンボックスカー二台。車種は分かるか」

モニターで赤外線カメラの拡大映像を見ていた三好が声を上げる。

「三菱デリカ！　二台とも同型です」

携帯を握った深見が即座に復唱するように、

「大型トラック一台、デリカが二台！　色は……」

夏川が怒鳴る。

「黒か濃いブルーだ！」

「黒もしくは濃いブルー……了解」

深見が携帯から顔を上げ、

「二号車、マル対確認、尾行開始しました」

「俺達も行くぞ。深見はここで監視の続行と連絡に当たれ」

上着を摑んで汗臭い部屋から飛び出す夏川に、四人の部下が続く。

監視対象の近くで待機していた二号車——スカイラインが対象を追って密かに動き出す。

捜査班は七台にも及ぶ車輛を用意して尾行に備えていた。七台とも異なる車種。各車に二名ずつ捜査員が乗り込んでいる。必要に応じてさらにバックアップの車輛を出す態勢も整っていた。

〈こちら二号車、マル対は明治通りを右折、目白通りへ〉

二号車からの無線連絡を聞きながら、夏川らの乗り込んだ一号車トヨタ・エスティマがマンションの駐車場から発進する。運転手は成瀬。助手席には船井。

この一号車が追跡作戦を指揮する指令車となる。後部には全車の位置を示すマスター・マップが搭載されている。

「二台のデリカは護衛だな」

マスター・マップ上の各光点を確認しながら夏川が呟く。

「相手は武器の売人だ。とんでもない道具で武装してるだろう。覚悟しとけよ」

車内の面々が無言で頷《うなず》く。全員が拳銃を携帯している。

〈こちら二号車、マル対は護国寺インターチェンジから首都高5号へ〉

無線の報告に後部の三人が息をつく。

一般道に比べ、高速道路での追跡は監視チームにとって有利な点が多い。一方通行であるため、チームは対象車の前後に展開できるし、後方待機も容易となる。さらに、高速の出口やサービスエリアにあらかじめ車輛を配置しておくことも可能である。

〈二号車より一号車、マル対は竹橋ジャンクションを通過、都心環状線を江戸橋ジャンクションへ〉

夏川がマイクを取り上げ、二号車の後から高速に乗った四号車を呼び出す。

「四号車、バックアップ可能か」

〈こちら四号車、バックアップ可能〉

四号車が引き継ぎ可能な態勢にあることを知らせてくる。

〈二号車、了解。マル対は依然100キロ前後で直進〉

対象を直接視認、追跡中の二号車が状況を把握した。

〈四号車、了解〉

対象の移動速度が分かれば、尾行速度の調整がしやすくなる。

〈こちら二号車、マル対は向島線へ入る模様〉

夏川がすかさず指示。

「四号車、バックアップ。二号車は江戸橋ジャンクションから降りろ」

〈二号車、了解〉

〈こちら四号車、バックアップ〉

二号車に変わって、四号車が対象を直接視認する追跡者となる。会議の際に姿《すがた》警部は〈アイボール〉と呼んでいた。監視任務において、対象に最接近する車輛を軍事用語でそう言うらしい。

二号車は江戸橋JCTから一般道へ。夏川は最初に追跡を開始した二号車を、用心のため早目に引っ込めたのだ。

夏川の一号車はあえて距離を詰めず、一定の間隔を保って首都高を走る。

今のところ渋滞もなく、高速は平穏に流れている――今のところは。

対象車は箱崎ＪＣＴから首都高速９号深川線へ。そして浜町を通過し、辰巳《たつみ》ＪＣＴから湾岸線に移った。

〈こちら四号車、マル対は川崎浮島ジャンクションから東京湾アクアラインへ〉

「千葉か……」

夏川は川崎浮島へ先行させていた六号車を四号車と交替させる。新たに〈アイボール〉となった六号車が対象車に接近する。

〈六号車、バックアップ〉

喉がカラカラだった。本間が回して来たペットボトルの玄米茶を一口飲んで、三好に渡す。水分を大量に取るわけにはいかないが、脱水症状もまずい。ポケットからミントキャンディを取り出して口に含む。

「まずいんじゃないですか、あれ」

アクアトンネルを走行中に運転手の成瀬が呟いた。

二台先の白いミニバンの尻が微妙に揺れている。

「それに、後ろの奴も」

後方から、赤いシボレー・カマロが何度も追い越しを繰り返しながら追い上げてくる。

後ろを振り返った三好が心配そうに、

「ベトナム人の仲間でしょうか。まさか尾行がバレたんじゃ……」

「落ち着け」

夏川が部下をたしなめる。だが彼の額にもじっとりと汗が浮いている。

赤いカマロが、一号車の一台後に付けた。

「来ましたよ」

後方を睨んで本間が呻《うめ》く。

カマロはすぐにまた追い越し車線へ。

車内の全員が身を堅くする。

(来るか……?)

しかしカマロはそのまま強引に一号車を抜き去った。

夏川はほっと胸を撫で下ろす。

カマロを運転している若い男に、助手席の女がしなだれかかっているのが一瞬見えた。

船井が大仰に舌打ちする。

「勘弁してよ、こんな時に」

速度をさらに上げたカマロは、前方の白いミニバンも追い越しにかかる。

「おい、ありゃあさすがに無理じゃないか」

車窓に張り付いた三好が呟いた時――

案の定、カマロの車体がミニバンと接触した。

「やりやがった！」

成瀬が叫んでブレーキを踏む。全員がつんのめった。

派手にスリップしながら赤と白の二台が停止する。後続車が次々と急ブレーキを踏む。接触した双方とも乗員に大した怪我はないようだが、高速の流れは完全に止まってしまった。夏川は思わず口中のミントキャンディを嚙み潰した。

後ろから成瀬の肩を叩いて指示する。

「行け」

「えっ、でも⁉」

「行くなら今しかない。いいから行け！」

「はいっ」

成瀬はアクセルを踏み込んで追い越し車線に乗り出し、停止している車の合間に割って入るように無理やり先に進む。何台かと車体が派手に擦れる。左右から罵声が上がった。

事故車を避けて前に出た一号車は、再び通常走行を始める。

夏川は本部に連絡して処置を依頼する。背後は渋滞となっているだろう。

さらに後続の三号車に連絡。

「こちら一号車、三号車どうぞ」

〈こちら三号車〉

「アクアトンネル内で接触事故発生。指示があるまで現状を維持」

〈三号車、了解〉

三号車は捨てるしかない。他の車輌を先行させていたのが不幸中の幸いだった。

護衛を従えたトラックは、木更津金田で一般道に降りた。

〈アイボール〉は六号車から五号車、そして由起谷主任の乗る七号車へと引き継がれる。

〈こちら七号車、マル対停止〉

無線から由起谷の声が流れる。

〈マル対停止、乗員は下車〉

一号車の車内が声を上げずに沸く。トラックは目的地に到着したらしい。

由起谷の告げるその場所は、千葉県袖《そで》ヶ浦《うら》市南袖の埋立地であった。全車が合流を急ぐ。

七号車のシャリオは廃屋のようなビルの陰に停止していた。

その後方に付けた一号車から、夏川が飛び出してくる。

「由起谷！」

七号車の傍らに立った由起谷が、前方を指し示す。

「あそこだ」

平坦な闇の先にぽっかりと小さく口を開けた四角い光。倉庫だろうか。蛍光灯の青白い光の点《とも》る内部に、停車しているトラックが見える。護衛のワンボックスカーも。

トラックの積荷はまだ下ろされていない。

由起谷班の捜査員が七号車の陰からカメラを回している。他の捜査員も撮影機器を手に、素早く音を立てず周辺に散開する。

夏川と由起谷は夜の底に並んで入口を見つめる。

車の側で何事か立ち話をしているのはベトナム人グループの男達である。いずれも短機関銃らしき銃器を所持している。

「早く……早く顔を見せろ」

苛立ちのあまり夏川が小声で呟く。目的は運び屋ではない。受取人だ。

闇の中に機械音が響いた。

震えるような錆の軋《きし》みを上げながら、シャッターが閉じられて行く。操作している者は外からは見えない。

やがてシャッターは完全に閉じられた。四角い光は失われ、闇に転じる。

由起谷は、暗中で歯ぎしりする夏川の呻きを聞いた。

積荷を倉庫内へ搬入したトラックの運転手と護衛達は、元来たルートを逆に辿ってそのまま都心へと引き上げた。納品はすべて倉庫内で行なわれ、結局受取人の確認はできなかった。

倉庫内で機甲兵装を受け取ったのは誰か。特捜部は引き続き二十四時間体勢の監視に入った。

倉庫の借主は『ミウネ貿易』。案の定実体のないペーパーカンパニーだった。書類上の名義はすべて虚偽。貸主に月々の賃貸料を振り込んでいた口座の資金は、下手なマネーロンダリングなど足許にも及ばない複雑なルートを経たもので、解明には相当の困難が予想された。

袖ヶ浦市南袖。東京湾に面した埋立地が幾何学的な線を織り成す人工の海岸。その一角、鉤爪の形に突き出してさながら線状の孤島となった土地。雑草が疎《まば》らに生い茂る荒地の端に、取り壊しを免《まぬが》れた工業施設が寄り添うように建っている。放棄された再開発計画の荒涼たる名残。

その中心部に位置する、段ボールをそのまま伏せただけのような素っ気ない三階建ての建造物。それが監視対象の倉庫であった。

直線と平面で構成された灰色の塊。実用本位に設計された、ごくありふれた外観。にも拘わらず、徹底した無機質さがどこか陰惨とも言える印象を与えている。

周囲の殆《ほとん》どが無人の廃墟で占められているため、倉庫を監視する拠点の設置には困らなかった。特捜部はあらゆる角度から監視できるよう複数の拠点を設け、厳重な監視態勢を敷いた。

しかし、倉庫の中に潜伏しているはずの何者かは一向に顔を見せない。外出するどころか、窓から外を眺める気配すらない。対岸のマンションを始めとして近辺での聞き込みも行なったが、倉庫へ出入りする不審者に気付いた住民は皆無であった。富国《フーグオ》らは食料や武器弾薬その他の物資を、長期潜伏を可能とするほど内部に備蓄しているものと思われる。

三日が経ち、四日が過ぎた。

捜査員達はひたすらに監視を続ける。精神が擦り切れるまで。ベトナム人グループの監視を始めた時から数えれば、もう何日になるだろうか。それが己の仕事であり使命であると固く信じる人間でなければ、到底耐えられるものではない。

五日、六日。部下の疲弊を見て取った夏川は、一計を案じた。

彼の上申を、沖津は即座に了承した。

七日目の早朝。倉庫の南側で時ならぬ騒音が上がった。

黄色いヘルメットを被った建設作業員が、重機を操作して倉庫から道一つ隔てた廃ビルのフェンスを取り壊している。

作業員は全員が本物である。ビルの所有者には沖津が話を付けた。

フェンスを撤去するだけであるから、騒音に比して費用は大したものではない。その跡に解体作業用のフェンスを設置し、法令で定められた工事確認表示板を掲げる。それが工程のすべてである。

南に面した倉庫の全部の窓に、無数の望遠カメラが向けられている。

リスクの低い、あまりにも単純な罠。可能性は十分にある。

気になるはずだ、この物音が。そして確かめずにはいられなくなる……

夏川、由起谷、そして全捜査員が、倉庫を望むビルの一室で、カメラと連動したモニターを見つめている。

……動くのか、果たして？

モニターの中で、カーテンが揺れた。

シャッターが高速で瞬く。

夏川はモニターから顔を上げ、該当する窓を直接目視する。

はっきりと彼は見た。

高性能カメラと、それに勝る刑事の目が、被疑者を捉えた瞬間であった。


——俺はな、黒孩子《ヘイハイズ》なんだ。

背中の富徳《フードウ》が呟いた。

後方で散発的な銃声。敵は数を増しながら執拗に追ってくる。

泥の中、全身が重く軋んで骨と肉が悲鳴を上げる。脳が炙《あぶ》られるような苦痛。

——知ってるか、黒孩子だ。

知っている。何度も聞かされた。

中国共産党が一九七九年から始めた『計画成育』。第二子の出産を禁じる人口規制政策で、俗に言う〈一人っ子政策〉。この政策に反して戸籍外で生まれた子供を『黒孩子』と呼ぶ。

——もともと貧乏だった家は、俺のせいでますます貧乏になっちまった。親父は俺のせいだと言って俺を殴った。おまえが孕《はら》んだせいだと言ってお袋も殴った。俺もお袋も、いつも殴られてた……

一人っ子政策に違反した家庭は高い罰金を徴収される他、税金などの面で様々な社会的ハンディが課せられる。公共の福祉も受けられない。

——なあ、分かるか、殴られるんだ、いつもいつも。お袋はいつも泣いていた。終《しま》いにはお袋まで俺のせいだと言って俺を殴った。分かるか、なあ、分かるか、姿？

分かるよ、富徳《フードゥ》。だがそれは珍しい話じゃない。特に雇われの兵隊なんかになるような人間の間では。

誰かに殴られた。誰かを殺した。誰かを愛した。

そんな話は聞き飽きた。

まったく、どいつもこいつもわけありばかりだ。わけだけ抱えて流れてくる。わけありで、イデオロギーなしだ。たとえあったとしても、戦っているうちに蜃気楼のように消えてしまう。イデオロギーとはそういうものだ。

イデオロギーは消えるが怨念は消えない。いつまでも人の心に巣喰って燻《くすぶ》り続ける。

——でも兄貴は、いつも俺を守ってくれた。兄貴だけが、俺をかばってくれたんだ。俺をかばって、俺の代わりに殴られて……

その話も何度も聞いた。黒孩子《ヘイハイズ》と呼ばれ疎まれる弟が、富国《フーグオ》にはさぞ不憫に思えたのだろう。ことさら可愛く見えたのだろう。

日陰者の弟をかばう出来た兄貴か。泣けるじゃないか、陳腐に過ぎて。

——兄貴だけが俺を助けてくれたんだ……姿、今のあんたみたいに……

やめてくれ。俺はおまえの兄貴じゃない。

ただの兵隊だ。


「本日午前十一時二十二分、同所にて王富国を確認しました」

午後十時に開かれた捜査会議で、報告する由起谷の声は緊張に震えていた。

「そして潜伏中の男がもう一人……この男です」

ディスプレイに表示される望遠写真。倉庫の窓際に立つ男の横顔が写っている。拡大。さらに拡大。アジア系の茶褐色の顔。

「姿警部の証言により、タイ人傭兵ナタウット・ワチャラクンと判明しました。三名の実行犯のうち、残る一人はこの男だと思われます」

普段に比べて室内は閑散としている。捜査員の大半が現場での監視に当たっているからだ。それでも大詰めの局面を迎えた捜査本部特有の高揚が充満している。出席した捜査員は由起谷の報告に耳を傾けながら、食い入るような目で手許の端末のモニター表示を追っていた。

ナタウット・ワチャラクン。三十五歳。タイ東北部ナコーンパノム県出身。徴兵によりタイ陸軍で二年間の兵役に就く。義務期間終了後も除隊せずさらに五年務めた後、フリーランスの民間警備要員となる。主な活動地域はタイ、ミャンマー、インドネシア。

「そいつは富国に匹敵するベテランだ。業界でも知られてる」

姿が座ったまま補足する。

「ダガー使いで、低姿勢から突き上げてくる。特注のゴツイ幅広のダガーだ。こいつの乗る機甲兵装のフットワークは、まあトップクラスと言っていい。詳しくは報告書を見てくれ」

由起谷がさらに続ける。

「ベトナム人グループによって搬入されたキモノは純正の『ゴブリン』が二機。バイヤーの仕入筋から見て横流しされた中国軍の装備と推測されます。それと前回使用されたのと同じ89式重機関銃が二挺。さらに未確認のコンテナ。C－4爆薬の可能性大。現場は夏川主任の指揮により厳重な監視下にあります」

「ご苦労だった」

沖津が言った。常に変わらぬ冷静な口調。

「明朝六時を期して突入、マル被を確保する」

全員が緊張する。潜伏先が判明してから、複数の突入プランが練られてきた。いずれも即時発動可能な態勢にある。

「明朝ですって？　いくらなんでも早計に過ぎるのでは」

宮近《みやちか》理事官が異議を唱えた。

「早計とは」

「例えば……マル被を泳がせて依頼人と接触するのを待つという手もあるかと考えます」

「それほど甘い相手ではない。実行グループはあらかじめ用意されたプランに従って独自に行動しているものと思われる」

「しかし部長」

「敵はすでにキモノを手に入れた。８００キロの爆薬もだ。いつ行動を開始するか分からない状態でこれ以上放置するわけにはいかない。一刻も早く拘束する必要がある」

宮近の提案を一蹴して緑に向かい、

「鈴石主任」

「はいっ」

緑が立ち上がった。目が赤く腫れ、肌が荒れている。

「バーゲストの修理状況は」

「アライメントの調整が大幅に遅れています。全体で72パーセントの進捗です」

「作戦への投入は」

「無理です。現状ではアグリメント・モードへの転換が利きません。これでは不測の事態に対応できません」

深々と頭を下げる。

「申しわけありません。すべて私の責任です」

突然ユーリが立ち上がった。

「鈴石主任、バーゲストの稼働自体は可能なのか」

「はい、ですが稼働中にどんなトラブルが……」

緑の返答を最後まで待たず、沖津に向き直って、

「やらせて下さい。アグリメント・モードが使えなくてもバーゲストの性能ならノーマルで十分です」

「駄目だ」

にべもない。

「鈴石主任が言った通り、不測の事態になったらどうする。我々は一機たりとも龍機兵《ドラグーン》を失うわけにはいかない」

「お願いします、部長」

食い下がるユーリを宮近が叱りつける。

「くどいぞ。部長のおっしゃったことが分からんのか」

「…………」

「聞こえんのかオズノフ！　さっさと座れ！」

「部長！」

「オズノフ警部」

沖津がシガリロのケースを取り出す。カット済みのモンテクリストをくわえ、例によって紙マッチを器用に擦って火をつける。静かに煙を吐いてから、ぽつりと言った。

「龍機兵は君の命より大事なんだよ」

姿とライザを除く全員が絶句した。暗黙の了解事項ではあっても、多数の者のいる場でこ

こまで身も蓋もなく言い切るとは。

「契約書の内容は覚えているな。『いかなる状況下においても龍機兵の保全が最優先される』」

「…………」

「またこうもあったはずだ。『命令に不服従の場合、理由の如何に拘わらず契約は解除される』とな。その場合のペナルティは君の命以上のものとなる」

ユーリが身を強張らせる。自分の命以上のもの。それが何を意味するのか。沖津はまさに指摘している。ユーリ自身さえ今まで漠然としか考えていなかったことを。いや、分かっていながらあえて考えないように努めていたことを。

かつて刑事であった自分。刑事でなくなり、すべての誇りを失った自分。日本の警視庁との〈契約〉は、皮肉にも自分に再び刑事としての職務を与えてくれた。その時、自分は改めて感じていたのだ――痩せ犬が、失ったはずのねぐらに戻れた喜びを。

今、自分が刑事であり続けるためには、契約に反する行為はなんとしても避けねばならない。だがそれは……

ユーリは意を決したように顔を上げた。

「自分は確かに契約で雇われた人間です。それがどんな契約であろうと、サインするしかないまでに追い詰められていた人間です。しかし、その前に自分は警察官です。正確に言うと、一度は警察官だった人間です」

捜査員達は固唾を呑んでユーリの言葉に聞き入っている。プライドの高いユーリが、自らの惨めな過去についてわずかでも触れるのは初めてのことだった。

「あの契約は警察官としての職務を前提としたものと自分は解釈しています。自分はあの時現場にいた。荒垣班長らが死んだ現場に。だから自分は行かねばならない。自分が警察官であるために」

沖津は紫煙の向こうで目を細め、じっとユーリを見つめている。

「部長は確信的にSATを見殺しにしたのか、自分には分かりません。だがもしそうなら、自分はやはり部長を信頼できません。モスクワにも警察官と言えない警察官僚は大勢いた。そんな奴らの下では二度と働かないと誓った。過ちは繰り返したくない」

「脅しているのか、私を」

「そう取られても仕方ないと思います」

「脅しに屈していたら警察は成り立たない」

「分かっています。しかし刑事としての自分にはこのようにしか答えられません」

沖津がフッと笑った。

「姿警部、バーゲストのアグリメント・モード使用不可の前提で作戦遂行は可能か」

「プランBなら。その分こっちの負担が増えますが、まあいけるでしょう」

「ラードナー警部は」

「問題ありません。バンシーのカヴァーの範囲内です」

ライザも同意する。無表情な横顔に変化はない。

「いいだろう……オズノフ警部、オペレーションへの参加を命じる」

「ありがとうございます」

「ただし作戦中は鈴石主任の指示を厳守のこと。いいな」

「はい」

由起谷ら捜査員達の間にほっとした空気が広がった。領く城木《しろき》と、苦々しげな宮近。緑は新たなプレッシャーに顔を強張らせている——直ちにバーゲストを参戦可能な状態に仕上げねばならなくなった……

沖津は全員に向かい、

「このオペレーションはマル被を生きたまま確保できるかどうかが勝負だ。キモノを着られたら終わりだ。絶対にその前に押さえろ」

機甲兵装に搭乗して抵抗する者を無傷で確保することは不可能に近い。機甲兵装を攻撃によって無力化した場合、構造上搭乗者は致命傷に近いダメージを受けることとなる。その場合の死亡率は80パーセントを越える。

「念のために言っておくが、本オペレーションはあくまで極秘とする。警察関係者にもだ。現場の夏川班にも徹底するように」

城木が驚いて、

「千葉県警の所轄にもですか」

「残念ながら警察組織の現状では末端の機密保持能力を100パーセント信頼するわけにはいかない。万が一にも情報が漏洩したらそれこそ取り返しがつかない」

外部の出身のせいか、沖津は容赦なく言い切る。警察出身なら現場の人間を前にしてこうは言えない。出席している捜査員達は悔しさに心で呻く。不適切な組織や個人と関わりを持つ現職警察官の数は想像を越えて多い。彼らはそれをいやというほど知っている。この悔しさは、自分達一人一人が地道な職務の遂行によって晴らしていく他ない。

管轄外でのオペレーションの際に、本来は行なって然《しか》るべき管轄当該部署への連絡を〈保秘の徹底〉の名目で故意に怠《おこた》ることは、実は警察では珍しくはない。ために現場は常に無用な摩擦に消耗を強いられている。だが今の場合、沖津が警察特有の固陋《ころう》さから言っているのではないことだけは全員が理解していた。

「千葉県警の面子《メンツ》を潰すことになりますね……後で相当揉めますよ」

考え込みながら言う城木に、

「やむを得ない。今はオペレーションの成功を最優先とする。たとえ万一の事態になったとしても、機甲兵装に対して通常の警察は抑止力を持たない。我々だけで制圧せねばならないという現状に変わりはない。以上だ。すぐに準備にかかってくれ」

全員が一斉に立ち上がった。

会議終了後、ユーリは無言で休憩室に直行した。ドリンクの自販機に百円硬貨を投入しようとする。手が震えて硬貨が上手く入らない。投入口の縁に硬貨が当たってカチカチと音を立てる。舌打ちしながら何度もやり直す。こういう時は姿の図太い神経が羨ましくなる。あの男が動揺することなどあるのだろうか。想像もできない。

命以上のものを再び失いかけた。それも自分の手で粉々にして。会議の席上で自分があんなことを口にしようとは。

ようやく入った。百円硬貨をもう一枚。やはり入らない。掌《てのひら》を自販機に押しつけ、硬貨を縁に沿って這わせるようにして、なんとか投入する。ほっと息をついて缶コーヒーのボタンを押す。

釣銭には目もくれず、缶を取り出す。姿は好んで飲んでいるが、缶コーヒーという代物は好きではない。だが今はこの一本を無性に欲していた。言いようのない渇きを癒すために。

薬品に似た匂いのする甘ったるい液体を喉に流し込みながら、ユーリは唐突にSAT隊員の合同葬儀を思い出した。

——俺達を弾除けにしやがって。

——警察官のつもりか、野良犬が。

自分は上層部の命令通りに後方の支援に回った。そして死んだ隊員達と同じ現場で、同じように死ぬところだった。

それでも同じ警察官から疎外されるのか。

それでも警察官であり続けることに固執するのか。

その答えはさっき自分が部長に言った通りだ。

だが、本当にそうなのか？　咄嗟《とっさ》にああ返答したが、本当にそれでよかったのか？

様々な不条理、様々な矛盾が己の内部で暴れ狂う。

「オズノフ警部」

背後で声がした。呼吸を整え、平静を装って振り返る。由起谷だった。今の醜態を見られたか……？

「よろしいですか」

由起谷が遠慮がちに言う。

「ああ」

無愛想に答えて自販機に寄り掛かる。気付かれてはいないようだった。

「時間がないので率直に言わせて頂きます」

直立したような姿勢で切り出してきた。

「自分達は警部の過去について詳しくは存じません。しかし、耳に入ってくることもあります。部下の中には、警部を警察官とは認めないと公言する者もいます」

何が言いたい？

「自分も、その、なんと言うか、偉そうに言えた身ではありません。恥ずかしながら荒れていた時期もあります。それでも今は警察官であることに誇りを持っています」

黙って缶を傾ける。コーヒーの過剰な糖分が不快な重さとなって体内に流れ込む。

「警部は現場で命を落としかけました。命を懸けているのはSATも我々も同じです。先程の警部のお言葉で自分は確信しました。少なくとも今の警部はれっきとした警察官だと」

少なくとも、今の、か。

「いい奴だな、おまえは。いい警察官だ」

「あ、いえ……」

色白の由起谷が少年のようにはにかむ。

「一つ教えておいてやろう。おまえの言った通りだ。今日いい警察官が、明日もいい警察官とは限らない」

「……え？」

「警察は警察官を変えてしまう。そういうところだ」

「それはどういう……？」

困惑する由起谷に構わず、缶コーヒーを空缶入れに放り込んで歩き出した。

「出動だ」


——姿、あんたは俺を捨てて行くことなんかできやしない、そうだろう？

富徳《フードウ》は背中で呟き続ける。その声が次第に弱々しくなっていく。今にも消え入りそうだ。

轟《とどろ》く砲声。追撃は激しさを増している。湿地帯の泥水を赤く染める太陽も急速に光を失いつつある。日没は近い。

――俺達は兄弟みたいなもんじゃないか。ずっと一緒にやってきた、助け合ってきた。兄弟だ、兄弟だ。兄貴だってきっとそう思ってる。俺達三人は兄弟だ。兄弟が兄弟を見殺しにできるもんか。

兄の富国《フーグオ》はその日たまたま50キロ離れた地点で別の任務に就いていた。同じ小隊の三人のうち、富国だけが助かったというわけだ。富国はいつもツイていた。いつでも富国だけは。

――そうだ、兄貴は俺を待っている。俺を助けてくれたら、兄貴はきっと恩に着る。一生だ。俺達は受けた恩を絶対に忘れない。

左の二の腕に焼けるような熱。銃弾がかすめた。周囲の樹木に着弾。狙いが正確になっている。敵はもう間近に迫っていた。

――俺を置き去りにしたら、兄貴はあんたを許さない。地の果てまで追いかけてあんたを殺す。必ずだ。

一転して脅し。結構だ。その調子で喋り続けろ。意識を失うな。

背後の茂みから数人の敵兵が喚きながら飛び出してきた。振り返ってM16A2の弾丸をバラ撒く。残弾は少ない。

――俺達は兄弟だ。そうだよな、姿……

姿は撃ちながら叫んでいた。そうだ、俺達は兄弟だ――

12

午前五時二十一分。SIPD各員の配置は完了しつつあった。

千葉県袖ヶ浦市南袖の埋立地。ミウネ貿易倉庫。

敷地を囲むフェンスの中央に位置する正門ゲートから倉庫の正面口まで、直線距離にして100メートルはある。トラックやトレーラーの駐車用として設けられたスペースである。

背面に当たる西側と北側を、同じような造りの建物に塞がれたこの倉庫の搬入口は、東に当たる正面の一箇所のみ。南側には非常口もあるが、機甲兵装が通れるものではない。

〈北A、一班、配置完了〉

捜査員は倉庫を中心に振り分けられた各ブロックに配置され、あらゆる角度から倉庫と周囲の状況に目を配っている。無論彼らは突入要員ではない。主たる任務は監視であり、機甲兵装を捨てたマル被の逃亡阻止、および確保に当たる。

〈西A、配置完了〉

〈南C、対象に変化なし〉

由起谷《ゆきたに》は西、夏川は北側の空地にアウトドア用のテーブルとチェアで簡単な拠点を設け、それぞれ部下を指揮している。西も北も、隣接するビルのため倉庫からは直接目視はできない死角になっていた。特に夏川のいる北側は、ただ雑草が繁茂する行き止まりの更地が広がっているだけである。その先は、海。正面から直接北に抜ける道路はなく、機甲兵装が現われる心配はないが、それでも遠く背後に橋があるため、人員の配置を怠《おこた》ることができない。なにしろ対岸には緩衝地帯の公園を挟んでマンションが建ち並んでいる。マル被は必ず埋立地内で押さえねばならない。

〈南B、配置完了〉

〈南東C、監視態勢で待機中〉

姿《すがた》とユーリは、龍機兵《ドラグーン》に搭乗し西側に隣接するビルの屋上で待機していた。六階建てのそのビルは、元は製薬会社の研究施設で、今は無人となっている。北側に大きく張り出して接するビルも同じ会社の所有物だったもので、やはり無人である。

倉庫の外壁が下方に見える。その三階部分に明かり取りの窓。中は真っ暗で見えない。倉庫との距離、約3メートル。

夜はすでに明け初《そ》めて、海面に立ち籠めていた朝靄も薄れつつある。時折聞こえる鳥の声以外に、静寂を破るものはない。

一見運河のようにも見える海を隔てた埠頭に駐車した指揮車内では、沖津が次々と入る状況報告を聞いていた。城木《しろき》と宮近《みやちか》も庁舎で同じ情報を受け取っている。

〈南A、二班、配置完了〉

〈西Ｄ１、周囲に障害物なし〉

〈南西Ｄ３、対象に変化なし、監視続行します〉

対象がこちらに気付いている徴候はない。

沖津はディスプレイに目を遣る。倉庫を様々な角度から捉えたリアルタイム映像。朝の光に浮かび上がるくすんだコンクリートの箱。変化はない。

沖津と背中合わせの位置に就いた緑はコンソールに向かって龍機兵のコンディションをモニタリングしている。

入手した倉庫の設計図によると、各階への荷の上げ下ろしは中央に敷設された大型リフトで行なうようになっている。リフトの耐重量からすると機甲兵装の積載は十分に可能。搬入されたゴブリンが何階に配置されているのかまったく不明である。一階の可能性が高いが、発見を恐れて二階、三階に隠されている可能性も捨て切れない。

「鈴石君、バンシーの状況は」

「三号装備の接続は間もなく完了。八分後に所定の位置につきます」

突入後速やかに被疑者及び起動前の機甲兵装を確保する。勝負は短時間で決するだろう。そうでなければ作戦は失敗だ。

――なあ姿、俺達は兄弟だろう？

富徳《フードウ》は弱い男だった。いや、歴戦の兵士を弱いと言い切るのは正確ではない。弱い一面を持つ男だった。黒孩子《ヘイハイズ》として生まれたが、強い兄の庇護下で育ったせいか、ギリギリの局面で他者に依存する傾向が見られた。あり体《てい》に言うと甘えである。兵士の資質としては疑問が残るが、殺伐とした戦場で男達のささくれだった心を和ませる不思議な魅力を持っていた。

東ティモール。湿地。瘴気《しょうき》。敗走。追撃。そして、生還。

——頼む、姿……俺を楽にしてくれ……

姿はフィアボルグの腕筒《バンブレイス》の奥にあるグリップを握り締める。自分は今も戦場にいる。あの時と少しも変わってはいない。変わってはならない。

リラックス。作戦前の緊張はない。左腕に疼痛《とうつう》。腕筒内壁のパッドに圧迫されて未だ残る火傷の痕が疼《うず》く。コンディションは万全とは言えないが、龍機兵の操作に支障はない。まもなく突入予定時刻となる。静かに命令を待つ。

不意に。

集音装置が接近しつつある大量の音声群を拾った。シェル内のスピーカーを通じて耳に届いたその音に、姿は啞然《あぜん》とした。

警察官にとってあまりに聞き慣れた音——パトカーのサイレン。

「……まずいぞ！」

早朝の埋立地を驀進してくる十数台のパトカーに、位置に就いていた捜査員全員が混乱に陥った。

〈PC多数、現場に向かって接近中！　止められません！〉

〈千葉県警です！　2型（特型警備車）も見えます！〉

〈至急指示願います！〉

指揮車輌に次々と通信が入る。ディスプレイにもパトカーの大行列が映っている。

沖津が舌打ちする。これだけの大騒ぎだ。マル被に気付かれたのは間違いない。

〈こちら西A、司令本部、指示を願います！〉

緑が振り返って、

「部長、バンシーはまだ所定の位置についていません！」

「分かっている」

平然と答えてシガリロを深々と吸い込む。シガリロはふかすものであって吸い込むものじゃない、苦みが増してせっかくの味が台無しだ——普段そう語っている沖津が。

緑は改めて上司を見る。いつもと同じ余裕の横顔。だが彼女には分かる。焦っている、あの沖津旬一郎が。

突入か、中止か。

すぐに決断を下さねばならない。沖津はくわえていたシガリロを灰皿に投げ入れる。

現時点で作戦の50パーセント以上は失敗したも同然だ。機甲兵装に搭乗した凶悪犯を放置するわけにはいかない。だが、これを制圧すれば搭乗者を生かして確保する可能性は著しく低下する――

〈司令本部、至急指示を乞う！〉

ビルの屋上で、姿のフィアボルグは待機姿勢のまま指示を待っていた。シェル内のディスプレイで横に立つバーゲストの様子を密かに窺う。微動だにしない完璧な待機姿勢。大丈夫だ、ユーリは落ち着いている。

僚機のバンシーがポジションにつくまであと三分。敵はすでに応戦態勢に入っているだろう。

こうしている間にも、千葉県警のパトカーはどんどん接近しつつある。県警が介入すれば事態はさらに混迷する。

突入か、中止か。

いずれの場合も命令に従うだけだが、願わくば……

〈突入！〉

シェル内に沖津からのデジタル通信が響いた。

同時に姿がグリップを操作。フィアボルグが屋上から身を躍らせる。

マニピュレーター、スレイブ・モード。屋上に固定されたワイヤーを摑み、フィアボルグがファストロープ降下開始。倉庫三階窓のやや上方で停止。ビルの壁を蹴って反動をつけ、窓へと飛び込む。脚部の底がガラスを突き破り、肩部装甲が窓枠とその周囲の壁を粉砕する。

内部に降り立ったフィアボルグは、すかさず状況を確認。何もないロフト。敵影なし。間髪を容《い》れずバーゲストが着地。両機は素早く部屋を出て左右に分かれる。

　フィアボルグは右へ、バーゲストは左へ。

「PD1、侵入に成功、索敵を開始する」

〈了解、PD3は現在も移動中〉

〈PD2、同じく索敵開始〉

〈了解PD2、機体のコンディションに注意しろ〉

　薄暗い倉庫の内部は中央のリフトを取り囲むように部屋が配置されている。天井は高い。湿ったコンクリートが剥き出しになった廃屋。ところどころに汚水が溜まっている。

　姿は呼吸を整え、周囲に澱んだ空気と、それが含む何かを全身で感じ取る。

いる。奴は、ここに――

　奇妙なことに、機甲兵装搭乗員は往々にして熟練に従い、鋼鉄の装甲を通して気配と総称されるものを感知するようになる。

　マニピュレーター、ダガー・モード。近接戦闘を想定して、フィアボルグの腰部に下げたサックから黒いアーミーナイフを抜く。機甲兵装搭乗時も使用していたタイプ。フィアボルグのサイズに合わせた特別仕様になっている。

　背中にはたすき掛けにしたホルスター兼用のマガジンベルトで背負ったバレットXM10

9。その銃床部が右肩から覗く。

索敵装置作動。レーダー、ソナー、サーマル他各種センサーが目を覚ます。両手の指をフルに使い、グリップのボタンやダイヤル、サムスティックを操作して索敵に当たる。カンと称されるものが殺気の有無を探る。

状況がシェル頭部内壁のスクリーンにオーバーレイ表示される。一部屋ずつ確認しながら進んでいく。それに連れて3D表示されたマップが順次上書き、更新される。

どこだ、富国《フーグォ》――

グリップを握る手に力が入る。弟の死顔を富国はついに見ることがなかった。この先もあり得ない。それが自分達の仕事だ。


ライザは倉庫の正面口に向かいバンシーで移動していた。指揮車輛と龍機兵各機とのやり取りはバンシーも受信している。姿とユーリはすでに突入を開始した。こんな時ばかりは装備の換装に手間取るバンシーのシステムが恨めしい。ただでさえ自走速度は三機中最も遅いというのに。

自分に向けられるはずの銃口が失われてしまったら――そう思うと気が気ではない。

埋立地の砂利道を疾走する。正門ゲートまで残り20メートルを切った。

〈PD3へ、ポジション変更。目標内への侵入は中止〉

突然沖津からの通信が入った。

〈繰り返す。ポジション変更。ＰＤ３は現在位置で停止〉

「どうしてですか」

バンシーの足を止め、思わず問い返す。

「作戦はすでに――」

〈状況が変わった。ＰＤ１とＰＤ２が確保する前に敵は機甲兵装で正面から強行突破を図る恐れがある。ＰＤ３は現在位置で攻撃準備、倉庫から出てきた機甲兵装を狙い撃て〉

そういうことか。ライザはシェル内で虚ろな笑みを浮かべる。

彼《か》の者死神なれば、死神に相応《ふさわ》しき役を与えよ――

「ＰＤ３、了解」

三号装備で狙われたなら、その者には確実な死が与えられるだろう。残念なのは、三号装備の砲口は自分には決して向けられないということだ。せいぜい敵の哀れな反撃を期待するとしよう。それは儚《はかな》い望みでしかないのだけれど。


三階索敵完了。敵影なし。シミュレーション通りフィアボルグはリフトへ。バーゲストは階段へ向かう。

吹き抜けになったリフト昇降口に到達したフィアボルグは、慎重に状況を確認する。リフトは一階で停止している。爆発物等のトラップを警戒してリフトの操作ボタンは押さない。左手首から内蔵の特殊金属繊維のワイヤーを引き出す。蜘蛛の糸のように細く頼りなげに見えるそれは、優に龍機兵二機分を支える強度を有している。その端を剝き出しになった柱の鉄骨に固定し、ファストロープ降下で一気に一階まで降下する。

「ＰＤ１、一階に到達。索敵開始」


その通信を聞きながら、ユーリはバーゲストを階段へと進める。

右マニピュレーターには肩に吊ったホルスターから抜いたナイツＭｆｇＳＲ‐50。龍機兵の手にあるとハンドガンのようにも見えるが、無論拳銃ではない。近接戦闘用にスコープ、バイポッドがすべて外され、ショルダーストックも切り落とされている。さらに機関部の先で銃身が極端なまでに短く詰められたそれは、本来遠距離狙撃用のアンチマテリアル・ライフルである。銃身を短くした分、照準システムとの連動は入念に調整してある。近接戦闘における命中精度は実戦で十分に通用するレベルに達していた。今ではバーゲストのマニピュレーターの一部であるかのようにアダプターに馴染んでいる。

下からの銃撃に備えてＳＲ‐50の銃口を突き出しながら、階段を降りる。

階段に面した二階ホールに侵入した直後、センサーに反応。後方に敵影。反射的に飛び退く。12・7㎜×107弾の雨が劣化したコンクリートの壁を破砕する。

振り向きざまＳＲ‐50を三発撃つ。胸に穴を穿《うが》たれ、89式を手にしたゴブリンが沈黙する。

「こちらＰＤ２、二階リフト脇でゴブリン一機制圧……いや、待て」

〈どうしたＰＤ２？〉

停止した敵機に近寄りながら、自動入力・分析されたディテールに目をやる。結果――タイプK3：ホップゴブリン。

「ゴブリンじゃない！」

搬入されたのは純正のゴブリンだったはずだ。ならばこいつは……!?

警告灯が点滅。積み上げられたコンテナを蹴散らして新たな敵機が躍りかかってきた。シェル内壁のディスプレイに情報が表示される。タイプK1：ゴブリン。

咄嗟《とっさ》に銃口を向け、グリップのトリガー・ボタンを押す。ゴブリンは低姿勢で銃弾を避け、猛然とこちらの懐に飛び込んできた。間髪を容れず、両刃の短剣《ダガー》を下段から突き出してくる。肉厚で異様なまでに幅の広い独特の形状。ユーリは必死にグリップを操作し、これをかわす。執拗な攻撃。相手に逃れる隙を与えず、低い姿勢を保ったまま連続して突きを繰り出す。データ検索。結果を待つまでもない。武器の形状も戦い方も、姿から聞いた通りだ。

「ナタウットか！」

実行犯の一人、ナタウット・ワチャラクン。タイ人の戦士。紛れもない機甲兵装による白兵戦のエキスパート。

犯罪者の操る機甲兵装とは各段の差がある。姿と違い、ユーリは職業軍人を相手にした経験に乏《とぼ》しい。機甲兵装を使う犯罪者に軍人崩れが多いのは事実だが、ここまで腕の立つ一流クラスはそうはいない。

左に身をよじって突き出されたダガーをかわし、相手に左フックを叩き込む。だがあくまで低い姿勢で構える敵に殆《ほとん》どダメージを与えられなかった。即座に反撃のダガーがくる。装甲が裂かれる。至近距離からSR‐50でブチ抜こうにも、狙いをつけられるような状態ではない。周囲のコンテナをなぎ倒して格闘戦にもつれ込む。

全身に吹き出た汗でシェル内が異常に蒸すように感じられる。

〈PD2、脚部駆動系の負荷が許容値を越えます！　注意して下さい！〉

緑の声がした。分かっていても注意などしていられる状況ではない。突き出されるダガーをかわすのが精一杯だ。アグリメント・モードならば敵の俊敏な動きにも対応できるが、今はシフトできない。

敵の踏み込みが大胆になる。こちらの動きを完全に読まれた。ダガーの動きが加速し、縦横に軌跡を描く。装甲を一枚持って行かれる。

〈PD2、可動部に異常過熱、シーリングが保ちません！　撤退して下さい！〉

撤退を許してくれるほど甘い敵ではない。自分にもその気はない。

間合いを詰めてきた敵の頭上に肘打ちを食らわせる。有効。ゴブリンが前のめりによろける。無防備なゴブリンの背中がディスプレイに広がる。

好機――SR‐50の銃口をゴブリンに向ける。次の瞬間、バックハンドで下から振り上げられたダガーの切っ先が、ナイツを握る左マニピュレーターのアダプター下部を切断した。

（しまった！）

SR‐50は依然マニピュレーターに握られているが、トリガーにかかったアダプターは操作不能。人体でいうと腱を切られた状態である。ゴブリンが背中を晒《さら》したのはこちらの隙を誘う罠だった。これが百戦錬磨の兵士の戦い方か。

上体を起こしたゴブリンのタックルをまともに食らい、バーゲストがコンクリートの壁に叩き付けられる。ディスプレイの表示が不安定に明滅する。シェル内壁に灯る赤い警告灯。

〈早く！　早く撤退を！〉

〈オズノフ警部！〉

緑の悲鳴が聞こえる。


一階通路で捜敵に当たっていた姿も、ユーリと指揮車輛とのやり取りを受信した。ユーリは未確認のホッブゴブリンと遭遇したらしい。その事実が意味するのは……

突然の銃撃。通路前方、閉じられたシャッター越しの狙撃だった。シャッターの前へ向ってフィアボルグの機体を頭から投げ出す。

穴だらけとなったシャッターを踏み破り、89式を手にしたホッブゴブリンが飛び出してくる。敵が銃口を巡らす前に立ち上がって銃身を摑む。ホッブゴブリンは全力で振り放そうともがく。通路で揉み合う鋼鉄の人形《ひとがた》二体。互いに押し合いながら、ジリジリと隣のフロアのシャッター前に移動する。

フィアボルグのマニピュレーターが圧力を増し、89式の銃身が握り潰される。ホッブゴブリンは89式を放棄しようとするが、第二種機甲兵装の火器接続アダプターは外装のため、コクピットからの操作だけでは脱着できない。そのため、89式を摑んだフィアボルグに片手を封じられたままでいる。

姿は愛用のアーミーナイフを握ったマニピュレーターを振り上げる。勝負はついた。装甲の薄い急所から動力伝達シャフトを切断すれば、一撃でホップゴブリンは活動不能となる。

(一機制圧)

その時、シャッターを突き破って伸びてきた二本の鋼鉄の腕が、背後からフィアボルグの頭部を摑んだ。

(――――!)

力任せにフィアボルグをホップゴブリンから引き剝がす。フィアボルグの巨体がシャッターをメリメリと破り、中へと一気に引きずり込まれる。二本の腕は、ゴブリンのものだった。

敵はゴブリン二機だけではなかった。それ以外にホップゴブリンが少なくとも二機。特捜部が監視を開始する以前にすでに搬入されていたのだ。そして搭乗要員も。地元での聞き込みをもっと大々的に行なっていれば、あるいはその情報が得られたかも知れない。だが千葉県警に悟られるのを懸念するあまり徹底を欠いた。敵兵力の情報に重大な遺漏があったことの責任は捜査員に負わせるべきではないだろう。

こいつは貸しだぜ、沖津さん――

フィアボルグの頭部を押さえたゴブリンのマニピュレーターが圧力を増し、ミシミシと音を立てる。シェル内で警告灯が点灯。

姿は右マニピューレーターに摑んだナイフでゴブリンの腕の攻撃を試みるが、肩部装甲も押さえられているため可動範囲が狭まり、辛うじてナイフの先端が届くばかりである。腕部装甲の表面にいくら引っ掻き傷を与えても形勢に変化はない。

姿は左手首から射出したワイヤーをナイフのグリップエンドに装着、弾みをつけて勢いよく左手を後方に振り上げる。自重のあるナイフは狙い通りゴブリンの背に突き立った。反射的にゴブリンがフィアボルグを突き放す。ワイヤーに引っ張られて同時にナイフが抜ける。フィアボルグは振り向きざま左手を横に振る。ワイヤーが鞭のようにしなり、先端のナイフがゴブリンの胸を裂く。

胸部に開いたわずかな裂け目。致命的ダメージではない。フィアボルグのカメラを裂け目に向け、映像を拡大。搭乗者の顔のごく一部が見える。さらに拡大。裂け目から覗く血走った目は──

(王富国《ワンフーグォ》!)

間違いない。あの日、初めて会った時に見た。オーストラリア人指揮官を締め上げた時の目。一度見たら忘れない、殺意の塊のような強烈な目だ。普段はラバよりも温厚な目が、戦闘時にはこの目に変わる。

「そのナイフ……姿だな!」

ゴブリンのコクピットで富国が叫ぶ。訛りのきつい北京語。機体に開いた裂け目のせいで声が聞こえる。シェル内のスピーカーで姿はそれを聞く。

富国《フーグオ》もまた覚えていた。初めて会った時、姿のクイナックが手にしていた血に濡れた黒いアーミーナイフを。

「知ってるぞ、貴様が弟を殺ったんだってな！」

情報が漏れている。おそらくはクライアント経由で。

ゴブリンは腰部に携帯していた1メートルほどの鉄パイプに似た装備を握る。その両端が特殊警棒のように伸び、たちまち3メートル近い棍《こん》となる。東ティモールで使っていた鉄棒の、最新技術による再現だ。

その恐ろしさは共に戦ってきた姿が一番よく知っている。富国はただの鉄棒で四機もの機甲兵装を相手にし、鉄屑へと変えた。あの鉄棒をまともに食らったら、いくら龍機兵と言えどもタダではすまない。

ゴブリンは両手で棍を旋回させながら襲ってくる。左右どちらの先端が来るか予想できない。ワイヤードのナイフでは絡め取られる恐れがある。姿はワイヤーを左腕内の機構に巻き戻し、ナイフを手元に戻す。しかしナイフと棍では間合いが圧倒的に違う。

「なぜ殺した！　一度は助けた弟を今度はどうして殺しやがった！」

極度の興奮状態。だが攻撃は正確だ。姿は千変万化とも言える棍を辛うじて避け続ける。

(仕事だからに決まってる。おまえも分かっているはずだ)

心の中で答える。シェル内で口に出したとしても富国には聞こえはしない。

富国は自分の声が姿に聞こえているとは思っていない。おそらく自分が口に出して叫んでいることさえ自覚してはいないだろう。

「貴様は弟の命の恩人だったんだ！　弟は本当に貴様を慕ってたんだ、二人目の兄貴だってな！　それを、それを貴様は！」

姿は必死に棍の動きを読む。だが読めない。追いつけない。富国の動きは東ティモールにいた頃よりも格段に切れを増している。凄まじい速度で押してくる。

棍がフィアボルグの右足を払う。脚部装甲がへこむ。右によろめいたフィアボルグの左腕を棍が打つ。ダメージとそれにより変更された諸元がディスプレイに表示される。

「殺すくらいならなぜ救った！　自分で殺したかったからか!?」

叫びながら大きく振りかぶった棍を真っ向から振り下ろす。それを紙一重でかわし、懐に入り込む。右マニピュレーターで棍の真ん中を押さえた。

(取ったか!?)

背後から肩部に衝撃。ディスプレイに背面映像——ホップゴブリン。ひしゃげた89式を棍棒代わりに使ってフィアボルグを殴り付けている。さらに警告。右後方に別の機体——新手のホップゴブリン。

一階に配置された伏兵のホップゴブリンは一機だけではなかった。ユーリが最初に制圧した二階の一機と併せ、三機もの戦力が潜んでいたのだ。

背後に気を取られた隙を見逃さず、ゴブリンが棍を押し出してフィアボルグの胸を打つ。せっかく押さえた棍を離し、よろめいたフィアボルグに二機のホップゴブリンが襲いかかる。

新たに出現したホッブゴブリンは両のマニピュレーターに特注らしいトゲつきの特殊合金製ナックルダスターを装着している。格闘戦用装備だ。これもまともに食らうと相当なダメージとなる。

ゴブリン一機とホッブゴブリン二機による挟撃。ホッブゴブリンの搭乗者も明らかに歴戦の軍人だ。フットワークでなんとか直撃を避けているが、同時に三機が相手ではいつまでもかわし切れるものではない。

「俺も貴様だけは信用していたんだ！　信義と名誉を重んじる男だとな！　貴様の恩義に報いるためなら、俺はなんだってするつもりだった！　だが貴様はそんな男じゃなかった！」

戦場に信義などない。あると信じているなら、引退してセラピストのクリニックに通った方がいい。

「東ティモールで俺達は貴様がオーストラリア人に肘《ひじ》を入れるのを見た。あれで俺達はおまえを受け入れた。それが誤りだった。俺達が見たんじゃない、貴様が見せたんだ！　俺達だけに見えるように肘を入れたんだ。オーストラリア人どもには分からないようにな！」

ご名答。その通りだ。クセ者揃いの外人部隊でうまくやっていくにはそれくらいの人心掌握術は必要だろう。咄嗟のアドリブ。ちょっとしたパフォーマンスだ。とはいえ、多国籍部隊から雇主に名指しで抗議されては元も子もない。傭兵達だけに見える角度と動きが難しかった――

「貴様は最低の野郎だ！　貴様が後生大事にしているのは自分の商品価値だけだ！」

ゴブリンの棍がフィアボルグの脇腹に入る。ホッブゴブリンのナックルダスターが頭部をかすめる。鉄の棍棒と化した89式が左半身の装甲部を連打する。

姿自身の左腕に焼けるような痛み。火傷の痕が開き、血と分泌液で腕筒内壁がぬめる。

「姿！　俺達は兄弟じゃなかったのか！」

富国《フーグオ》が絶叫する。警告灯が激しく明滅している。

（兄弟か――）

東ティモール。敗走の湿地帯。背中に感じる富徳《フードウ》の血。

棍の先端がフィアボルグの胸を突く。ディスプレイにノイズ。映像が一瞬途切れる。

兄弟。


ナタウットの操るゴブリンは凄まじい膂力《りょりょく》でバーゲストを壁に押しつける。背後のコンクリートに亀裂が走り、バーゲストの機体が壁にめり込む。

バーゲストの右マニピュレーターは虚しくSR‐50を引っ掛けたまま使用不能となっている。ディスプレイに次々と浮かぶシステムトラブルの表示。やはり機体の無理が祟《たた》った。

左腕でバーゲストを押さえ込んだゴブリンが、右手のダガーを振り下ろす。ユーリは咄嗟に左マニピュレーターで相手の手首を受け止めた。

だがゴブリンは強引に押してくる。ダガーの切っ先がバーゲストの喉元に迫り――徐々に装甲を貫いていく。ダガーの侵入角度からすると、その下にはまさにユーリの頭部がある。

シェル内の酸素が急激に失われたような感覚。パニック。

ダガーはズブズブとバーゲストの装甲に沈んでいく。

冷静になれ。入院中に姿はそう言った。同じ言葉をモスクワ民警で先輩刑事に何度も言われた。とうの昔に身に付いたものと思っていたが……

唐突に笑いが込み上げてきた。己の未熟さがやけに可笑しい。自分は捜査会議の席上で、通常モードのみで戦えると言い切った。道化にもほどがある。モスクワの冷たい土の上ならまだしも、アジアの異国で、イワンの誇り高き痩せ犬が恥を晒して死ぬと言うのか。このままではかつての同僚達に顔向けができない。荒垣班長にも。

——イワーナ・ガルヂン・ゴルヂイ・ピョース。

拙く不器用なロシア語。思い出すだけで笑えてくる。あの髭面から赤ん坊のようなカタコトだ。赤ん坊のように暖かかった。思い出したくもない最良の日々を思い出させてくれた、いまいましい武骨な警察官。自分はやり直せるだろうか。あの人やかつての同僚達のように生きられるだろうか。

合同葬儀で見た荒垣班長の遺影。

モスクワの酒場で見た若い警察官の写真。

彼らは警察官として生き、警察官として死んだ。今の自分は彼らの写真をもの欲しげな顔で仰ぎ見るだけの負け犬でしかない。

自分は戻れるだろうか。初めて刑事を拝命したあの頃に。

分かっている。その答えは、今を生き抜いて摑むしかない。

グリップを操作して生きているシステムを再チェックする――あった。即座に作動させる。

バーゲストの左足、向こう脛に当たる部分の装甲の溝から起立した刃が回転し、ゴブリンの右足に食い込む。

バーゲストにのみ装備された特殊素材製の軽量チェーンソー『レイザー・バック』。

重心を崩してよろめいたゴブリンを突き放して壁際から逃れる。ナタウット得意の澱みないフットワークは大幅に失われた。同時にバーゲストもバランスを失して一瞬棒立ちの状態となっている。

バランサーの調整はナタウットの方がわずかに早かった。体勢を元通り低く立て直し、損傷のない左足で大きく踏み込んでダガーを突き出す。

その腕をバーゲストが左脇で押さえ込んだ。

体勢を立て直すのに手間取った振りをして、あえて棒立ちと見せたのだ。

(今度はおまえが引っ掛かったな)

右手を振り上げ、マニピュレーターのSR-50をゴブリンの後頭部の縁に垂直に叩き付ける。トリガーガードが押し潰され、アダプターごとトリガーが押される。轟音と共に発射された12・7㎜×99弾は、人体で言う延髄から尾骨にかけてゴブリン内部を貫通し、コンクリートの床に穴を穿った。

ゴブリンはそのままの姿勢で沈黙した。腰部に開いた穴から大量の血が流れ落ちる。

「こちらPD2、ゴブリン一機を制圧。ナタウット・ワチャラクンと思われる被疑者は死亡。オーバー」

ユーリはシェル内で荒い息を吐いていた。凍土を全力で駆け抜けてきた犬のように。

兄弟。

笑わせるな。俺達は兄弟なんかじゃない。ただの戦友——仕事仲間だ。

「姿、貴様はなぜ警察の仕事なんか受けやがった！」

富国《フーグオ》、おまえはなぜ犯罪者の仕事を受けた？　大虐殺が目的の犯罪計画をなぜ受けた？　おまえほどの男ならいくらでも仕事の口はあったろうに。世界中で戦争をしているというのに。

ネヴィルの声——君のせいだ、姿。

違うね。姿は鼻で笑う。奴はあんたとは違う。

またもネヴィルの声——奴は自分でも気付かぬうちに戦場から逸脱してしまったに違いない。

「今さら罪滅ぼしでもしようってのか！　世界中で民間人をブチ殺したくせに！　その挙句に警官気取りか！」

そうか、と姿はシェル内で一人頷《うなず》く。世界中で戦争をしているんじゃない、世界中が戦場なのだと。

それがテロという名の憎悪が拡散した現在の戦争だ。いや、違う。戦争の現在形だ。逸脱のしようもない。それが今という時代だ。戦場ならば誰が死んでも当たり前ではないか。自分が関わった戦闘でも大勢の民間人が巻き込まれ、犠牲となった。ならばどんな仕事を受けようが同じことだ。戦争に善悪がないように、犯罪にも善悪はない。どちらも同じ暴力だ。富国、おまえはそう考えたのか。

軍と民間との境界は果てしなく曖昧になっていく——ネヴィルはそうも言っていた。それについては同意しよう。

フィアボルグの両脚部の合間に棍が捩《ねじ》込まれた。バランスを失い転倒する。ホッブゴブリンがひしゃげた89式を振りかざす。素早く床を転がってそれをかわす。コンクリートをしたたかに打った89式が折れ曲がる。

起き上がったフィアボルグを敵機が再び包囲する。

もはや限界だった——ノーマル・モードでは。

姿が音声コードを口にする。

「『ドラグ・オン』」

DRAG-ON——無論英語本来の意味ではない。シフト・チェンジの宣告。メカニズムと司令本部と己への。

アグリメント・モード。100パーセントBMI(ブレイン・マシン・インタフェイス)による操縦へ切り換えられた状態を関係者はそう呼んでいる。

両手のグリップのカバーを跳ね上げ、中のボタンを左右同時に強く押し込む。エンベロープ・リミット解除。フィードバック・サプレッサー、フル・リリース。

ディスプレイが激しく明滅し、アグリメント・モード表示に変わって安定する。ブローン拘束、モディファイアー・インジェクション。

背中側の首筋が燃えるように熱い。脊髄の龍髭《ウイスカー》だ。灼熱の痛みが全身に広がる。その痛みは暴力の奔流に身を委ねることへの躊躇《ちゅうちょ》と歓喜か。

龍機兵の要たる中枢ユニット『龍骨《キール》』。各龍機兵の龍骨に一対一で対応する専用キーが『龍髭』である。ゆえに龍機兵各機の操縦者は常に一人に限定される。警視庁との契約は、龍機兵という名の魔物に己を差し出す契約でもあるのだ。

操縦者の脊髄に挿入された龍髭が、脳に達する以前の脊髄反射を検出して量子結合により龍骨に伝達。機械的操縦では実現できない反応速度を生み出す。

痛みと共に感覚が入れ替わる。フィアボルグの電磁波センサーは姿の耳目となる。機体への負荷は痛みとなって消耗状態を伝え、マニピュレーターの先からジェット噴射ノズルの先端まで姿の肉体の一部となる。思考はプログラムと連動して並列化。精神と情報、肉体と機体の境が消滅する。

シフト完了。

三機が一斉に躍りかかってくる。機体間の通信パルスでタイミングを同調させたか。かわしようのない連携攻撃。その動きが見える。龍機兵のセンサーが捉えた〈気配〉を、龍髭が

〈直感〉として龍骨に伝える。

ゴブリンの棍をかわし、同じ動作でホッブゴブリンのナックルダスターに右マニピュレーターでカウンターを食らわす。左のナイフは89式の残骸を握り締めたホッブゴブリンの腕の複合装甲を斬り裂いていた。

左マニピュレーターの、いや左手のナイフの重さ、冷たさ、握りの感触までもが指先に鮮明に感じられる。今、姿は装甲に包まれたシェルの内部にはいない。生身のコマンドとして戦場の只中に立っている。

カウンターを食らったホッブゴブリンの頭部は粉砕され、ナイフで斬られたもう一機の片腕は殆ど取れかかってダラリと垂れている。

「姿……貴様、なにをした⁉」

富国《フーグオ》が叫ぶ。驚いて当然だ。これが警視庁特捜部SIPDの秘蔵する『龍機兵』なのだ。

「殺してやる！」

棍を握り直し、富国のゴブリンが渾身の突きを繰り出す。同時に頭部を失ったホッブゴブリンがナックルダスターで再度殴り掛かってくる。

……同じことだよ。

跳躍して二機の攻撃をかわし、空中でホッブゴブリンにナイフを投げる。金属がぶつかり合う重い音がして、ホッブゴブリンの胸にナイフが根元まで深々と刺さる。同機は活動を停止。第二種のコクピットは胸部にある。フィアボルグのアーミーナイフは当然内部の搭乗員に及んでいる。

ゴブリンの背後に着地したフィアボルグは左手のワイヤーを引いてホッブゴブリンの胸に突き刺さったナイフを右手に戻す。慌てて振り返ったゴブリンの手にある棍を、人血の付着したナイフですかさず両断する。

呆然と立ちすくんでいた残る一機のホッブゴブリンが、戦闘を放棄して一目散に逃走する。

「PD1からPD3へ、ホッブゴブリン一機が正面口に向かった」

〈PD3了解〉

シェル内に抑揚のないライザの声。

「姿！　俺は貴様の正体を知っているぞ！　何が奇蹟のディアボロスだ！」

富国《フーグオ》が絶叫する。姿は思わずスピーカーからの声に耳を澄ませる。

「伝説の男だと？　不敗の勇者だと？　ふざけるな！　貴様は違う……違うんだ！」

さすがだ。いいところを衝《つ》いている。

「貴様は貴様自身や他の奴らが思ってるような男じゃない！　弟は貴様を崇拝していたが、貴様はそれに値しない！」

富国、おまえの台詞は正確じゃない。俺は俺自身をよく知っている——

「オーストラリア人のことだけじゃないぞ！　俺は他にも気付いてた。気付いてたんだ！」

富国は棍の断片を投げ捨て、正面口の反対へと向かう。その脚部装甲の一部が外れ、中から黒い塊が転がり落ちる。爆雷だ。

後を追おうとした姿は咄嗟に後方へ飛びすさる。

爆発。濛々《もうもう》たる爆煙の向こうに、階段へと向かうゴブリンの動きが感じられる。躊躇なく爆煙に突っ込んで追跡する。

正門ゲートの前に佇立《ちょりつ》したバンシーがゆっくりと両腕を水平に上げ、正面口に向かって突き出す。

純白のローブのような肩部装甲の下から覗く不吉の先端――対戦車ミサイルＦＧＭ－１４８ジャベリン。

ディスプレイの表示画像は極めて鮮明。正面の鉄扉がはっきりと映し出されている。距離、風向、温度その他のデータを再確認する。

鈴石主任の整備は完璧だ。いい腕をしている。最高のメカニックと言っていい。チャリング・クロスの生き残り。あの娘は私を憎んでいる。当然だ。なのになぜここまでできるのだろう？　バンシーに乗るのは私だというのに。照準システムの調整を少し甘くしておくだけで、私を簡単に死の淵へと追いやれるというのに。あの娘にほんの少しの勇気があったなら。いや、勇気の問題ではない。あの娘は勇気がある。職務への責任感――メンタリティの問題だ。

ふと気付く。自分とそう歳の変わらない女性を〈娘〉と呼んでいいのだろうか。緑の童顔を思い浮かべる。メンタリティだけではなく、日本人は年齢も分かりにくい。

倉庫内で突然の爆発。シェル内のライザの表情に変化はない。他人の死に興味はない。正面口のシャッターを肩で押し破り、ホッブゴブリンが出てきた。片腕が千切れ掛かっている。

ターゲット捕捉。ダイレクト・アタック・モードを選択。諸元入力。ロック・オン。

ホッブゴブリンの命運は決した。

龍機兵なら搭乗者を生かしたまま機甲兵装を無力化することもあながち不可能ではないが、人家の近くで万一取り逃がした場合、取り返しのつかない事態となる。沖津はその危険を避けたのだ。

部長に感謝するがいい、あの慈悲深き男はおまえに全《まった》き死を与えよと宣《のたも》うた――

死を告げる精霊の囁きが聞こえたのか、ホッブゴブリンは怯えたように足を止めてこちらを窺う。

発射。バンシー左右肩部装甲の下に組み込まれたＣＬＵ（発射指揮装置）から二基のミサイルが放たれる。画像赤外線シーカーによる自律誘導。二本の〈天翔ける槍《ジャベリン》〉は真っ直ぐに空を走り、ホッブゴブリンを直撃する。

タンデム成型炸薬弾頭により跡形もなく消し飛んだ鋼鉄の巨人を、ライザは羨む。バンシーのシェルはいにしえの鋼鉄の処女にも似た棺桶を思わせながら、未だその用を果たしていない。棺桶は死人を載せるものであって、生ける死人を載せるものではないのだから。

二階に上がった富国《フーグォ》のゴブリンは、北側の通路を直進している。

後を追って階段を駆け上がりながら、姿はマップを確認する。その通路は行き止まりになっているはずだ。富国は何をしようとしているのか。単なる自暴自棄ではないはずだ。

フィアボルグが二階に到達した時、富国が移動していた通路の先で爆発が起こった。

「富国！」

階段の先の角を急いで曲がり、通路を覗く。

突き当たりの壁が崩れ、隣のビルの外壁が丸見えになっている。ゴブリンの姿はない。

壁の穴に駆け寄り、下を見下ろす。隣接地との間に敷設されたフェンスが踏み潰され、隣のビルの通用ロシャッターが破壊されている。

倉庫の北側は窓も出入口もないデッドエンドだったため、完全にノーマークだった。富国はあらかじめ脱出用に二階の北側壁面に爆薬を仕掛けていたのだ。

「PD1から司令本部へ。富国のゴブリンは北側のビルに侵入。追跡する」

後を追って飛び降りようとして、寸前で踏み止まる。

下方、フェンス周辺の映像を拡大。灰色に塗装されたゴルフボールほどの大きさの三角錐が一面に散らばっている。対機甲兵装地雷だ。これでは飛び降りることはできない。

「やってくれたな！」

指揮車輛へ、北ブロックを監視していた夏川から通信が入る。

〈こちら北A1、シャッターを破ってゴブリンが出現！　大原橋に向かっています！〉

すぐに緑がディスプレイに倉庫北方の地図を呼び出し、拡大する。北側には何もない更地が対岸と平行して線状に細長く広がっているだけで、その先は海で行き止まりとなっている。だが500メートルの距離を空けて二本の橋が架かっており、新しいマンションの立ち並ぶ住宅街へと通じている。

北側のビルを通り抜けたゴブリンは、明らかに最短距離にある橋へと向かっていた。

倉庫の正面口がある東ブロックとは、隙間なく密集するビル群で完全に隔てられている。バンシーで追撃させようにも現在位置から北側に出るには一旦反対方向の車道まで引き返して大回りしなければならない。ビルはいずれも六階以上。バンシーから標的の直接視認は不可能である。

「ゴブリンがチャフを撒布しています！　スモークも！　各種欺瞞《ぎまん》装置を使用しています！」

複数のディスプレイに目を走らせながら緑が叫ぶ。

チャフはレーダー波を攪乱し、スモークはレーザー誘導を無効化する。またゴブリンに標準装備されているフレアは赤外線追尾を阻む。これでは目視不能の位置にあるバンシーからの誘導兵器で撃破することはできない。

沖津がマイクを摑む。

「北ブロック各員へ。大原橋の周辺状況を至急知らせよ。通行中の人影、車輛はないか」

すぐに返答。

〈通行人はありません！〉

〈橋から約10メートルの位置に千葉県警のPC《ピーシー》三台、いずれも無人！　一般車輛はなし！〉

沖津は緑を振り返って、

「大原橋周辺のGPSデータをバンシーに送れ」

「はいっ！」

次いでライザを呼び出す。

「PD3、こちら司令本部」

〈こちらPD3、本部どうぞ〉

「三号装備でヘルファイア発射。大原橋を破壊しろ」

〈PD3了解〉

「PD1、聞いていたか」

〈ああ、聞いてた〉

姿の声が返ってくる。

「こちらで時間稼ぎをする。後は分かっているな」

〈いいのか？　もう証言は取れなくなる〉

「構わん。それしかない」

〈分かった。任せてくれ〉

姿は右マニピュレーターで背中のバレットXM109を抜く。右マニピュレーター掌部に内蔵されたアダプターがロングレンジ・スナイパーライフルのグリップを固定し、トリガーに掛かる。銃口を向かいのビルの壁面に向け、全弾を撃ち尽くす。マガジンベルトから予備の弾倉を抜き取って交換し、再び撃つ。計十発発射。

二個目の弾倉を交換し、穴だらけとなった壁に向かって跳躍する。3メートルの距離を飛び越え、コンクリートをブチ破って向かいのビル内へと転がり込む。

立ち上がりながらディスプレイの表示に目を走らせる。機体各部に損傷なし。急ぎ同フロア北側に向かう。

三号装備。バンシーが背にする蝶の羽は、優美な外見とは裏腹に恐るべき火力を秘めたウエポン・ラックである。

天に向かって左右一基ずつ装備されたAGM‐114Lロングボウ・ヘルファイア。全長176㎝。ミリ波レーダーシーカー。9㎏タンデム配列HEAT弾頭。完全なるファイア・アンド・フォーゲットミサイル。

ライザは淡々とデータを入力、確認していく。

ディスプレイには大原橋の映像。

ロック・オン。

〈地獄の炎《ヘルファイア》〉が天に向かって放たれる。垂直に上昇したそれは、北側のビルを越え、はるか上方で放物線の弧を描く。

アリアが聴こえる。管弦楽組曲第三番ニ長調『G線上のアリア』。無窮の天上へと果てしなく翔け登る陶酔の旋律。

大原橋は目の前だった。橋を渡ると緩衝地帯の緑の公園。さらにその先はマンションが林立する住宅街だ。鋼鉄の最新鋭軍用兵装が死闘を展開した荒地とは、まるで別世界のような日常の光景。その中に飛び込めばもう誰も攻撃はできない。ゴブリンの足が早まる。

繁茂する背の高い雑草の中に部下の深見と二人で身を潜めていた夏川は、息が詰まる思いで逃走するゴブリンの背を見つめている。

「何をやってるんだ!? 奴が橋を渡っちまう！」

思わず立ち上がった夏川に、深見が背後からしがみつく。

「危険です、主任！」

「分かってる！」

できるものならこのまま走り出て、腕に覚えの柔道で組み伏せてやりたかった。だが相手は丸腰どころではない、キモノ着用だ。捜査員は全員S&W M37を携帯しているが、拳銃でどうにかできる状況ではない。夏川はなす術《すべ》もなく雑草の中に立ち尽くすしかなかった。

「駄目だ！ 間に合わない！」

ゴブリンの足が橋に掛かった時、上空で大気の摩擦音がした。

次の瞬間、大原橋は粉微塵に吹き飛んでいた。

衝撃で近くに停車していたパトカーの車体が三台同時に路上から跳ね上がり、ガラスが砕け散る。

ゴブリンは悔しそうに対岸の住宅街を見つめる。オズの国へと至る黄色い煉瓦の道は失われた。

夏川らがほっとしたのも束の間——

ゴブリンは思い切りよく方向を転換して海沿いに走り出す。５００メートル先に、別の橋が架かっている。

夏川は通信機を握り締めて声を限りに叫んだ。

「本部！　奴は第二大原橋に向かっています！」

埃を舞い上げながら無人のフロアを走り抜けたフィアボルグは、北側の窓から半身を乗り出す。

雑草の茂るうら寂しい埋立地を走行するゴブリンの背面が見えた。

おまえの言ったことは当たっているよ、富国《フーグオ》。俺は自分の商品価値しか頭にない。

右手のバレットＸＭ１０９をゆっくりと窓から突き出す。姿の視線と焦点距離がそのまま照準システムとなる。距離１４１０。ＸＭ１０９の有効射程は２０００。最大で２４００。

十分だ。

この一発は外さない。俺はプロフェッショナルだ。だから必ず結果を出す。出し続ける。

ディスプレイに表示。ターゲット捕捉。

仕事なんだよ、富国。これが俺達の。おまえはSAT殲滅《せんめつ》を請け負い、俺は警察の仕事を請け負った。受けるしかなかった。おまえにも理由があったのか。だから受けたというのか。

ネヴィルの哄笑――実に面白い、運命を感じるよ……

東ティモール。初めて会った時、俺はおまえを狙う二機のノームを狙撃した。

そして、今。俺はおまえを狙撃する。

運命か。そうかも知れない。東ティモールで俺は富徳《フードウ》を助け、東京で奴を殺した。弟の次は兄を殺すのか。運命は天の仕掛ける二重三重の蜘蛛の巣だ。地上のどんなブービートラップよりもタチが悪い。

いいだろう、それも仕事だ。プロフェッショナルに感傷は必要ない。地獄でネヴィルが嗤《わら》っている。奴の急所に肘を入れる権利は、富国、おまえに譲ってやろう。

橋を目指し、荒涼とした埋立地をひたすらに走り続けるゴブリンの画像。

俺達は兄弟なんかじゃない。

俺はおまえの弟を助けた。それが仕事に付随する義務だと思った。戦友を救うのは兵士の義務だ。ただしその場限りの。

おまえはもうプロフェッショナルじゃない。失格だ。俺はおまえとは違う。

姿はゴブリンの無防備な背中を見つめる。ロック・オン。

俺は確かに無関係の人間をも殺してきた。だが民間人の犠牲を前提とした作戦に参加したことはない。富国《フーグオ》、おまえはそれをやってしまった。

グリップのトリガー・ボタンを押す。

ディスプレイに、フルメタルジャケットのAP弾に背中を貫かれるゴブリンの画像が映る。そのまましばらく歩行を続け、やがて停止する。もう動くことはない。

対岸の道路に千葉県警のパトカーが殺到してくる。けたたましいサイレン。公園の木立を走り抜けて住民が集まってくる。現場を封鎖しようとする警官隊と揉み合いになる。

雑草の中に停止したゴブリンは、朝日を受けてもの言わぬオブジェのように見える。中に死体を閉じ込めた巨人の彫像。

モード変更、フル・スレイブ。アグリメント・モードを解除し、マスター・スレイブ操縦に移行。ガクリと力が抜けたように機体がよろめく。その振動に、本来の肉体の激しい疲労に気付く。目眩、そして堪《た》え難《がた》い嘔吐感。アグリメント・モードは搭乗者に著しい消耗を強いる。そのためごく限られた時間しか使用できない。推定される制限時間を過ぎると、そのダメージはまず内臓に現われる。

だが今感じている吐き気はそのせいだけではあるまい。

「PD1、任務完了。撤収する」

俺達は兄弟なんかじゃない――

13

庁舎内の部長室で、沖津はゆったりとシガリロをくゆらせている。

彼のデスクの前には無秩序に置かれた応接用の椅子。城木《しろき》・宮近《みやちか》両理事官、そして姿《すがた》、ユーリ、ライザが思い思いの椅子に腰を下ろしている。

室内のすべての備品には沖津愛用のシガリロの香りが染み付いていた。極度の嫌煙家なら入室を拒否するだろう。

「あの朝、千葉県警に匿名の通報があったそうだ。ミウネ貿易の倉庫で機甲兵装を見たとな」

沖津の言葉に、城木が上体を浮かせる。

「それは……」

「そうだ、地下鉄の事件の時と同じ手口だ。おかげで危うく富国《フーグオ》らを取り逃がすところだった」

沖津はゆるやかに渦巻いて虚空に消える煙を見つめながら、

「何者かが突入を富国に知らせようとしたのだ。我々に富国を逮捕されることを望まない何者かがな。緊急の連絡手段がない場合、殺到してくるPC《ピーシー》のサイレンは極めて有効な方法だったと言える」

「しかし、突入は極秘だったはずです。部外者がどうして……」

城木の発言に、ユーリが口を開く。

「部外者でなければ部内者だ」

「私も同じ考えだよ」

頷《うなず》いた沖津に、城木がはっとしたように、

「まさか部長は、内通者がいるとでも」

「他に考えられない」

「あり得ません。私は全捜査員を信じています」

「私もだよ」

「えっ？」

「彼らを選んだのは私だ。信頼に揺るぎはない」

「でも部長は……」

「漏らしたのは捜査員とは限らない」

姿がニヤリと笑う。

「へえ……すると、例えばこの中の誰かってことかな」

「姿警部！」

城木が憤然として、

「迂闊《うかつ》な言動は慎んでもらいたい」

「宮近理事官」

おもむろに沖津が宮近に声をかけた。

「君は捜査会議の後、よく誰かに電話しているようだね。君が家族思いなのは知っているが、会議直後に連絡する相手としては考えにくい」

全員が一斉に振り返る。宮近は蒼白になってうなだれている。彼はあの突入の朝以来、自らの内に籠るような様子を見せていた。

「宮近……おまえ、まさか……」

城木が信じられないといった顔で宮近を見つめる。

「君はあの夜、翌朝の出動に反対した。それには理由があった。すぐに報告しても対応が遅れると考えたからだ」

宮近はキッと顔を上げ、

「部長、自分は……！」

片手を上げてそれを制し、

「君は内々に本庁の意を受けてウチに派遣された。そうだろう？」

「はい、しかしそれは」

「バランスの取れたいい人事だ。私はそう評価している。組織には批判的な立場の人間も必要だ」

ライザが冷ややかに告げる。

「だが内部情報を漏らすのは裏切りだ」

「違う！」

「違ってない。あんたは裏切り者だ」

ライザの言葉には身に染み付いた冷酷さが滲んでいた。数知れぬ裏切り者を処刑してきた冷酷さが。また同時に、今は裏切り者たる自らへの嘲《あざけ》りも。

「自分は本庁に適切な報告を行なっただけだ。健全な警察官なら当然の行為だ」

「その通り、君は健全な警察官だ。しかし、相手が健全でなかったとしたら？」

宮近はぎょっとして沖津を見た。

「まさか部長は……」

「君も内心は疑っているんだろう？　そうでなければあのタイミングでの県警への通報は難しい」

「やめて下さい！　そんなバカなことがあるはずがない！」

宮近が血相を変えて立ち上がる。

「部長の指示に反する行為を行なった点についてはどんな処分でも受ける覚悟です。しかし自分は、本庁にまで秘密にしなければならないとはどうしても思えませんでした。自分は自分の行動に信念を持っています。自分は理事官として、また警察官として、報告の義務があると考えました。自分が報告を行なっていたのは特定個人ではありません。自分が上げた情報は公安委員会にも伝わっています。自分は警察を信じています！」

「君の信念は敬意に値する」

沖津はケースから新しいシガリロを取り出し、紙マッチで火をつける。

「だがこういう事態を恐れて私は警察関係者にも極秘としたのだ。杞憂《きゆう》であってくれればいいとは思っていたがね」

紫煙の向こうで沖津が目を閉じる。

「誰がこの犯罪とつながっているのかは分からない。しかし誰かが――警察上層部にいる誰かが、同じ警察官を死に追いやる犯罪に荷担しているのだ」

「…………」

宮近が黙り込む。やはり彼も内心に疑いを抱いていた。だからこそあの朝から自問自答を繰り返していたのだ。

宮近だけではない。城木も、ユーリも、愕然とした顔で声を失っている。姿やライザさえも、いつにない表情で黙っている。

庁舎の床、いや、警察という足場がぐにゃりと歪み、果てしなく崩壊していく幻想の感覚。

「……やはり自分には信じられません」

宮近が呻《うめ》く。

「そうだ、あるわけがない。きっと何かの間違いだ。単純なミスかも知れません。調べれば分かる」

「上層部に訊いて回るのか。あなたは秘密を漏らしましたかってな」

姿が茶化す。

「バカと一喝されて終わりだ。警察でも軍隊と同じだろう」

「いや、軍隊よりもっと救いのないところだ、警察は」

ユーリがこともなげに言う。

再び全員が黙り込む。

「いいさ、いずれにしろ確証があるわけじゃない……今はまだな」

シガリロをくわえたまま沖津が立ち上がった。

「行こう。そろそろ捜査会議の時間だ」

会議では新たな進展の報告はなかった。

王兄弟、ナタウット・ワチャラクンの背後関係――不明。

三機のホッブゴブリンの搭乗者の身許《みもと》――不明。

押収した爆薬の使用目的――不明。

ミウネ貿易の資金ルート――未解明。

ベトナム人密輸グループの取り調べ――続行中。ただし現時点で、王富国《ワンフーグオ》らからのオーダーで武器を納品しただけである可能性が濃厚。

クリストファー・ネヴィルについては、それまで取引のない一見《いちげん》の客であったとベトナム人は口を揃えて供述した。リーダーのグエン・ミン・ヒエンの供述によれば、誰の紹介かとネヴィルに問うたところ、「クライアントに聞いてきた」とだけ答えたという。

室内には重い疲労感のみがあった。

実行犯は全員死亡して、事件の全容解明の可能性はほぼ消えたに等しい。ネヴィルの背後関係についての捜査も行き詰まったまま。捜査員達も意気消沈した様子を隠せないでいる。

「少なくとも我々は一般市民に新たな犠牲者を出さずに済んだ。それは誇るに足ると私は思っている」

沖津は全員に向かって言った。その左右にはいつもと同じく城木と宮近両理事官が着席している。捜査員に対して千葉県警への匿名の通報の件は説明されたが、沖津は宮近についてては触れなかった。

誇るに足る——そう発した沖津の言に反して、一般市民からの批判は厳しいものだった。公共の橋を現場の判断で破壊。周辺住人への衝撃と住宅への被害。挙句、被疑者死亡。すべて特捜部SIPDの不手際として認識されている。そして警察内部からの糾弾はさらに厳しい。

「これで終わったわけではない。引き続き捜査は続行する。そして必ず真犯人を炙《あぶ》り出す。今我々の手の中にあるのは手掛かりにも満たない断片のみだが、いずれこれらがつなぎ合わされる日がきっと来るだろう。それを信じて捜査を続けるしかない。我々があきらめてしまったら、それはおそらく取り返しのつかない事態に直結する。なぜなら……」

捜査員達が、そして姿、ユーリ、ライザらが沖津を見ている。

「敵は警察の中にいるからだ」

ゆっくりと、明瞭に——沖津は言い切った。

「知っての通り、押収物の中にマル被の背後関係や今後の標的を特定できるものは何もなかった。しかし……これがあった」

沖津はテーブルの上に置かれたビニール袋の一つを取り上げる。中には一冊の道路地図帳。倉庫から押収された物品の一つで、鑑識の厳密な検査でもめぼしい指紋、毛髪などは採取されなかったはずである。大量に市販されており、全国の書店やコンビニで購入できるその地図には、ほぼ全ページの警察関連施設にボールペンで印が付けられていた。警察と無関係であるマンション等の建造物もかなり混じっている。印の付けられたすべての物件について調査が行なわれたが、相互の関連性はついに見出されなかった。

王富国《ワンフーグオ》が引き続き日本警察への攻撃を企図していたであろうことは推測できる。だが推測はあくまで推測でしかない。

「印の付けられた中には、何箇所か警察と関係のない物件も含まれている。諸君はそう認識していることと思うが、実はそれらは警察と無関係ではないのだ」

由起谷《ゆきたに》や夏川らが顔を上げる。城木と宮近はすでに知っているらしい。

「公安を始め、捜一や外事が極秘裏に使用していた施設がこれらの当該物件にあった。別名義、あるいは架空名義で借りたマンションなども含まれる。捜査の性格上、決して公表されることのない施設だ。すでに撤収済みだがな。その場所を知り得る者がいるとすれば、それは警察内部でしかあり得ない。また同時に、これだけではその人物を特定することは不可能だ。さらに付言すれば、上層部はこの物証の意味を憶測に過ぎないとして事実上否定している」

沖津の語調が厳しさを増した。

「姿警部の拉致事案でも明らかな通り、この敵の大胆さは尋常のものではない。ネヴィルに日本での武器入手ルートとしてベトナム人グループを紹介したのは唯一迂闊とも見えるが、私はむしろ違うように思う。『偶然を信じるな』。私自身がこの言葉をもっと深く考えてみるべきだった。すべてが計算の内だったのだ。ネヴィルが成功すれば無論よし、たとえ失敗しても最低限の結果は残せる。つまり、我々に対するメッセージ――警告だ」

メッセージ。警告。特捜部への？

「そうでなければ、警察官を拉致しようとは考えない。特に龍機兵《ドラグーン》の搭乗要員をな。警察組織の内部情報を、それもかなり高度なレベルで知る者でなければ到底立案し得ないプランだ。そしてこの敵は市民の犠牲をなんら顧みない」

沖津は一旦言葉を切って一同を見る。真摯な感情がその目にはあった。

「我々はこの敵と戦う。我々だけが戦える。それがＳＩＰＤだ。前例のない困難な戦いとなるだろうが、諸君ならやれると信じている。我々は警官の中の警官になろう」

警官の中の警官。

なれるだろうか、俺達に。

捜査員の中の幾人かは奮い立ち、また幾人かは考え込んだ。

由起谷や夏川らは前者だった。緑は後者だった。

ユーリは前者と後者の狭間にいる自分を嫌悪した。

城木は深く頷いていた。

宮近は終始俯《うつむ》いて顔を上げなかった。

姿とライザは他人事のようだった。

だが、たとえどのような形であろうとも、沖津の言葉はその場にいた全員の胸に銘記された。


会議室を出たユーリを、姿が呼び止めた。

怪訝《けげん》そうに振り向いたユーリに、姿は言った。

「付き合えよ、一杯奢るぜ」

珍しいことだった。あまりに珍しくて、ユーリはつい頷いてしまった。

姿が案内したのは、庁舎内の休憩室だった。

「奢るって……これか」

あからさまに呆れた顔をしているユーリに冷たい缶コーヒーを渡しながら、姿はもう一度自販機の同じボタンを押す。

「そうさ。何を期待したんだ？」

「…………」

「俺はこう見えてもコーヒーにはうるさい方だが、缶コーヒーも意外と捨てたもんじゃない。TPOによってはこっちのほうがいいくらいだ」

バカバカしい。早く切り上げようとユーリは缶のプルトップを押し開ける。

「特にジャングルでの戦闘の後なんか堪《こた》えられないね。東ティモールで冷えたこいつにありついた時のことをよく覚えてる。あの時は富徳《フードゥ》が一緒だった」

缶を口に運んでいた手が思わず止まる。

姿は特に感慨深そうでもなく、缶コーヒーを啜《すす》っている。

「どうした、缶コーヒーは嫌いか」

「ああ」

「そうか、悪かったな」

「…………」

「あの出動の前に、ここで由起谷と飲んでいるのを見たもんでね。てっきり缶コーヒーの美味さに目覚めたのかと思ってな」

見られていたのか。だがあの時、由起谷はコーヒーを飲んではいなかった。

ユーリは直感した――姿はすべてを見ていた。

それを伝えようと自分をここへ誘ったのだ。

好意か、悪意か。後者ではない。おそらくは前者だろうが、だとしても恐ろしく分かりにくい好意だ。どう解釈すればいいのか、考え出すときりがない。訊いてもはぐらかされるだけだろう。この男はいつもそうだ。

「ここにいたのか」

二人は同時に振り返った。

沖津部長が立っていた。一枚の紙片を手にしている。

「特捜部宛てに妙なメールが来ているぞ。フォン・コーポレーションの社長室からだ」

沖津は紙片に目を落とし、

「『美味いコーヒーの淹れ方……豆7、焙煎2、抽出1』……なんのことか分かるかね？」

「ああ……」

と姿が思い出したように、

「關《クワン》か……意外と律義な奴だな」

「馮《フォン》の秘書という男か」

「ああ、だが到底カタギとは思えない。コーヒーと同じでね、人にも匂いってもんがある」

「オズノフ警部、君の心証は」

「間違いなく黒社会の構成員です。しかもかなり上位の」

「そうか」

二人が手にした缶コーヒーを見て、沖津は自分も自販機に硬貨を投入する。ドリンクを選びながら、紙片を二人に差し出す。

「こうも書いてあるぞ……『タンザニア、サルバドル、グァテマラを組み合わせ、最後に龍の血を』」

最後に龍の血を。

「なるほど」

紙片を受け取った姿が、ニヤリと笑う。

「見かけによらず面白い奴だな」

ユーリも横から紙片に目を走らせ、

「これは……我々への挑発、いや挑戦ですか」

「ラブコールだよ」

取出口から二人と同じ缶コーヒーを掴み出しながら、沖津が飄々《ひょうひょう》と言った。

「この通り、新たな取っ掛かりが舞い込んできたじゃないか。この先きっとどこかでつながってくるぞ。馮《フォン》グループ、それに和義幇《フーイーパン》という裏社会の大手が」

缶コーヒーを一口飲んで、顔をしかめる。

「どうもこれは……口に合わんな」

「そうですか」

姿が不服そうに口を尖らす。が、すぐに楽しげな笑みを浮かべ、

「闕《クワン》が教えてくれた通り、最後に龍の血を入れれば、少しはマシな味になるんじゃないですか」

「そうかも知れん」

沖津も姿と同じ笑みを浮かべる。同じ不敵な笑みを。

やはりあんた達は分からない——ユーリは無言で缶コーヒーを口に含む。

そして感じる。痩せ犬の体内を巡る龍の血の脈動。

最後に龍の血を。

謝辞

本書の執筆にあたりまして、元警察庁警部の坂本勝氏に取材し、多くのご助言を頂きました。

また科学考証に関して谷崎あきら氏の協力を仰ぎました。

御二方のご助力に深く感謝の意を表します。

主要参考文献

『ドキュメント　現代の傭兵たち』ロバート・ヤング・ペルトン著　原書房
『実戦　スパイ技術ハンドブック』バリー・デイヴィス著　原書房
『図説　銃器用語事典』小林宏明著　早川書房
『オールカラー　軍用銃事典［改訂版］』床井雅美著　並木書房

著者略歴　1963年生まれ，早稲田大学第一文学部文芸学科卒，作家　著書『機忍兵零牙』『機龍警察　自爆条項』（以上早川書房刊）

HM=Hayakawa Mystery
SF=Science Fiction
JA=Japanese Author
NV=Novel
NF=Nonfiction
FT=Fantasy

機龍警察《きりゅうけいさつ》

〈JA993〉

二〇一〇年三月二十五日　発行
二〇一三年七月　十五　日　八刷
（定価はカバーに表示してあります）

著者　月《つき》村《むら》了《りょう》衛《え》
発行者　早川　浩
印刷者　入澤誠一郎
発行所　株式会社　早川書房
郵便番号　一〇一 - 〇〇四六
東京都千代田区神田多町二ノ二
電話　〇三 - 三二五二 - 三一一一（大代表）
振替　〇〇一六〇 - 三 - 四七七九九
http://www.hayakawa-online.co.jp

印刷・星野精版印刷株式会社　製本・株式会社フォーネット社

ISBN978-4-15-030993-0 C0193

本書は活字が大きく読みやすい〈トールサイズ〉です。